陳映真全集

3

1977
|
1979

人間

目次

瓦器中的寶貝 1

文化，在基本上，是一個社會的經濟體制中各種關係的表現。在性質上，一個社會的文化，總是為了加強、增進和維護既有的經濟和生產體制的；在內容上，一個社會的領導性文化，總是表現了那個社會中最強有力的，掌握了這個社會的生產手段者的思想、感情、道德和價值判斷的。

在農業的、自然經濟的社會，有講求人與人之間嚴謹的階級差等的、要求階級順服的、男尊女卑的、父家長專斷的文化，以維繫以土地和手工業為主要生產手段的社會，壓抑低層農民的反抗和叛亂；在內容上，忠孝之道，長幼尊卑之序，三從四德之教，節義之德，浸透整個社會，成為全社會各階層共同的價值和行為規範。即使在販夫俗子之中，在民間戲曲之中，封建的意識，成為強烈甚至「吃人」的支配力量。

而工業革命之後所締造的工商經濟社會，卻是以空前的生產規模，生產空前大量的商品，創造了空前的社會物質財富。這個新的工商社會，同時也建築了與空前廣大的生產規模相應的、空前多的人所涉入的「大眾文化」。

這個大眾文化有這樣的幾個特點：

一、拜金主義——工商社會，是一個由無量數商品所堆砌的社會。在商品流通的過程裡，金錢是重要的流通媒介。因此金錢的威力大大地膨脹，支配著人類的一生。金錢是樂園的鑰匙，是「一切力量的力量」。一切價值，一切關係，都可以簡單地用金錢加以詮釋、買賣。

於是一個站在國會之前侃侃而談的一國首相，暗地裡可以收取外國飛機公司的回扣；一個在學生時代充滿理想熱情的青年，一旦坐上大公司管理者的座椅，就大談經濟無國界，大談寧可亡國而「民主」「富裕」，也不能容忍自己民族的「落後」和「專制」；父母可以讓女兒在火坑中先是找生活最起碼的資料，繼之則吸取奢華生活之所需；本來應該專心向學的大學生，把大部分的精力用在做生意，搞買賣，滿眼滿腦，都是錢，錢，錢！對金錢的崇拜，成了一種至高的宗教，使全社會的人向金錢頂禮膜拜。

二、商品的拜物狂——工商社會，是一個商品的生產和消費的社會。正是商品的生產和消費的過程，推動著工商社會。為了促進商品的大量消費，擁有和使用大量商品，便成為工商社會的榮耀。無數種化妝品，各有其獨特而奇怪的用途，湧進每個家庭的化妝檯。無數種日常用品、舒適的家庭用具，誘使你將它們買進你的客廳、臥室和廚房。服裝的款式、頭髮的式樣、鞋子的式樣、嚼口香糖、喝可口可樂、接吻愛撫的方法、聳肩攤手的姿態，都成為瘋狂的商品潮到處氾濫。加上大量生產和大量消費，使更多的人可以取得這些商品，商品的拜物狂形成空前廣大的範圍，使社會大眾漂浮其中，滾滾不息。

三、精神事物背後的物質動機——在猖狂的商品崇拜中，工商社會甚至將人們一向視為超然不可交易、買賣的事物——如美德、信仰、知識和良心——都置於商品法則的支配。學術有其「市場」，至今已是裸裎的事實。振振有詞的「科學中立」論的背後，掩蓋了多少資本家的貪欲。一個「父嚴母慈，溫馨和樂」的中產階層家庭觀，正掩飾近代家庭關係中露骨的金錢關係。當代的基督教再也不提指責奢侈淫逸，追求人的最終解放和對被侮辱者，被踐踏者的提攜的先知教義。工商社會的「良心」，永遠不被及在冷酷的利潤動機下的工業結構中，人類在生命、心靈、精神上的消耗，損害和斲傷。

但是，這樣虛偽的精神事物，卻以商品的魅力，經過最精確的設計和宣傳，使絕大多數社會大眾深信不疑，成為他們自己的文化，自己的思想和價值標準。現代急速發展的傳播事業，便是將工商社會中少數有力的利得者的道德、思想和價值，說成是全體社會大眾自己的道德、思想和價值的最雄辯、最詭詐、最有力的說教者。

像這樣，工商社會的大眾，實際上並沒有真正屬於他們自己的文化。他們所愛唱的歌，他們所嚮往的生活方式，他們據以言動的價值模式，他們的衣著，他們的思想和感情，沒有一樣不是在維護和增進一個他們所創造而又不屬於他們所有的物質社會，沒有一樣不是代表著少數擁有生產工具和商品的工商寡頭的實際利益，也沒有一樣不是直接或間接，公開或隱藏地表達了屬於真正掌握了工商社會的少數人的感情，思想和價值的。沒有一份報紙，一份雜誌，一門學科，一本小說，一曲音樂，是以廣大生產大眾所能懂得的語言、思想和感情去編印、撰寫和創作的。於是銷蝕人心的、激發對商品的無限需求的、庸俗的、安於既成現實的、懶散不求長進的、看不見激變中的世界的、墮落的「文化」，不但充斥社會的每一個角落，也充斥在教堂、課室、研究室和書齋之中，而且遠遠望去，還整個地照耀著「經濟成長」、「國民所得」、「科學技術」、「自由」、「創意」等輝煌照人的光芒。

「落後地區」的大眾文化，還要加上一個奇怪但又具有強大支配力的因素，那就是對於外國事物的崇拜。

原來今之所謂「落後地區」，絕大部分都曾是十九世紀後半西方帝國主義國家的殖民地。那時候，工商經濟的西方國家，由於國內工商業高度發展，產生了對於國外市場，原料和更廉價勞力強烈的需求迫力，於是展開了瘋狂的殖民地掠奪的競爭。

於是自給自足的、農業經濟的殖民地，為了適應殖民母國工商經濟掠奪的需要，便在強制性地、不自然地、外鑠地的情形下，使向來的農業經濟趨向解體，而在殖民母國強大的支配下，在一定的範圍內，走向附庸的工商經濟，而永遠在工業產品與農業原料產品間差別價格交換下，受到無盡的剝削。因此，「落後地區」的文化，便鮮明而不可抹拭地炮烙著外國工商資本強大不可抵禦的烙印。因為，我們已經說過，文化，在基本上，是一個社會中經濟諸關係的表現。如果「落後」國家的經濟諸關係中，自其走向近代經濟的胚胎時期，以至於整個發生過程的每一個環節，都和外國工商資本分不開，則其文化的內容受到外國的支配，毋寧是非常自然的。

到了今天，北方的、富裕的、先進各國，透過國際性跨國企業，透過國際性的銀行群，透過高水準的技術知識的壟斷，透過高級工業產品與低級原料，半成品之間的不等價交換，甚至透過政治的支配，對南方的、貧困的、後進的國家進行廣泛而強大的統制。於是大國的文化——熱門音樂、各種畫派、各種流行款式，各種學術派別，各種知識……不止向「落後」國家作水銀瀉地式的傾洩，也頑強地向同是已開發但未若超級大國之大者滲透。

在這種情勢下，資本、技術遠不若大國，而在政治、經濟上受其強烈影響的「落後」國家，在文化上受其壓倒性的侵淫，更是無法避免的事了。

大國對小國，富國對窮國在經濟上的這種壓倒性的支配，在小國、窮國的文化和思想生活上，造成深刻的影響，落後地區的知識分子，尤其是受到西方強勢文化教育或者曾親自在西方受過「現代」教育的知識分子，往往極其忿忿地宣說或指責自己民族在文化上的落後。在他們的眼中，自己的祖國充滿了可恥的貧困、無知、愚昧、迷信、懶惰、欺詐，不求上進、殘酷、專制……等等。而西方的國家，卻相對地充滿經濟發展、科技文明、開化、禮貌、友善、正義、光明、民主、自由。這種心態，發展到極端處，竟以做一個中國，一個落後地區的人為恥，宣稱文明無國界；宣稱哪個國家文明、民主、科學，哪個國家就可以管理這個世界，俾便將文明云云廣播於世界。這種心態，在「大眾文化」中，表現在社會的中上階層；他們競以使用外國語言，穿著外國服飾，接受外國習慣，購置外來商品為誇耀；在社會的下層，則對外來的事物表現出又畏懼、又羨慕，同時又忿恨的情緒。

在東西洋經濟帝國主義支配下的廣大「落後」地區的文化，總是烙印著上述那種貧窮而又充滿了物質誘惑的，附庸於外國的文化。這種文化是庸俗的、銷蝕人心的、無作為的、自傷自賤的，附庸的、奴隸的文化。從整體的觀點來看，這種文化在麻醉人心，在維護和增進既有的被傾銷的、出血性的社會經濟體制，從而在維護和鞏固一個支配落後地帶的新式殖民地體制。

然而，我們要進一步指出的是，這種文化是披著一件醉人的、蠱惑的外衣，以「大眾文化」

的樣式、精密、集中而強力地在「落後」地區氾濫、滲透著。而且，像一切外來的資本一樣，外來的文化，也有它的買辦者在推波助瀾。這些文化買辦，往往又是居於「落後」地區的文化領導者的地位。

有一句很有名的話，說：當問題意識發生的時候，在客觀上已經具備了解決這個問題的條件。「落後」地區的文化問題，在帝國主義全面支配了一段時間後，終會開始一項反省，批判和尋求乃至改造的運動。有帝國主義支配文化的地方，就必然地有反抗帝國主義者、尋求民族文化認同的運動，在千萬層壓制和困難的環境中激盪、成長。這種新的，反對外國支配的、尋求民族歸屬的文化運動，在社會軋轢深化、社會趨向轉型和再編成的時代，尤為明顯，並且為一個新生的大眾文化的形成，預備最初的條件。

在這樣的意義上，我們所謂的「鄉土文學」，便具有它的重要性。當然，「鄉土文學」的確切的意含，以及它所指謂的範圍，至今尚待有一個比較明確的釐定(不，筆者甚至對於「鄉土文學」之能否成立，毋寧是抱著質疑底態度的)。

如果「鄉土文學」指的是以描寫在「現代化」沖激下當前台灣農村中的人的處境及內容的文學——例如黃春明的許多優秀的作品——那麼，它在「反省、考察和逼視『落後』地區中的人，在氾濫而來的外來強勢的、支配的社會底、經濟底衝擊下的處境」這個主題上，那麼，它便和成長於整個六〇年代的許多傑出的台灣年輕的文學家的文學主題，有共同的地方。但是「鄉土文學」在取材農村的時候，反映了尚未完全被外來文化完全吞食的，或者正在和向廣大農村地帶伸展巨爪的外來文化做著痛苦的、令人怜憐的抵抗的農村中人的困境，而引起我們特別的關注。我們在黃春明類如坤樹那樣的人物中，猛然回憶起幾乎被我們遺忘了的，在我們的童年時代鄉村的記憶中所熟知的人和事物。對於童年時代的、鄉間的人和事物的鄉愁，比什麼都強烈地在情感上提醒了我們一個寂寞的現實——民族的、傳統的文化之掩沒在城市的、外來的文明裡。朱銘的「牛車」，洪通的民俗性的畫軸，小大鵬在林懷民的發表會中那麼簡單的動作，之所以立即激發我們的熱情，分析到最後，恐怕是它們使我們在突然間撞見了那睽別已久的、自己民族的心靈所致吧。

面對外來文化衝擊的「落後」地區，有幾個反應的模式：(一)全盤西化，無條件(連梅毒)照單全收之；(二)負隅頑抗，企圖扳回封建的、農村的古老過去的秩序。這兩種態度之間，還互為水火。五十年代在台灣的文化問題論戰，便是把曾在大陸進行於二十年代的論戰，以較小、較淺的規模，在台灣重複了一次。然而，還有第三種反應的模式，那就是在現代化中走自己民族的道路。要自立更生，獨立自主，勤儉建國；既要認真、虛心學習外國的有益的經驗，又要深入揭發和批評帝國主義支配性的影響；既要發展生產，辦好國民經濟，又不走西方工商經濟的老路；既要擴大民族的原始資本蓄積，又不走對國內和國外殘酷榨取的路子。在文化上，既要學外國和自己傳統中的長處，又要保持自己民族獨特的風格，不受囿於自己傳統中落後的因素。三民主義的道路，就是這樣的一條道路。

中山先生是中國最早揭發和批評了資本主義和帝國主義的偉大的思想家。他不單要打倒封建的舊中國，他更進一步深刻地揭發了帝國主義在中國社會、經濟、政治和精神、文化上的毒害。他指謫帝國主義「將中國做成他們的商場，源源不絕地銷售商品；一方面又將中國的土地出產及人民勞力，來滿足他掠奪原料、榨取勞力的欲望」，他指謫帝國主義「用宗教來耗奪中國人的精神」《中國國民黨九七國恥紀念宣言》；他攻擊一些「把中國的主權，都送給許多外國人，只要自己學成美國人，便心滿意足……」的中國買辦「學人」。至於整個民生主義，一言以蔽之，就是一套反資本主義的社會經濟學說。

在帝國主義下的中國，中山先生提出了民族主義，在外來資本支配下、民族資本薄弱的中國，中山先生提出了民生主義；在封建的、專制的中國，中山先生提出了民權主義。中山先生沒有在帝國主義的凌辱和荼毒下，退縮到保守主義，也沒有向西方的一切一面倒。中山先生為中國指出了另一條中國自己的道路：三民主義的道路；在政治、經濟的國家和國際生活中，追求中國的獨立和自由的道路。

有好長一段時間，我們把三民主義當作新科舉制度中的論孟。但不需多久，一個憂時愛國的知識分子，將會發現所尋求的寶貝不在別處，而在自己家裡的瓦器之中。在小小的枝節上，像一切學說一樣，三民主義或有可議之處。但三民主義最基本的精神——追求「落後」地區人民在政治上、經濟上、文化上甚至心靈上徹底的「人之解放」的精神——永遠是中國乃至這一代全世界渴求正義、和平和幸福的人類共同的指針。

初刊一九七七年四月《仙人掌》第二號，署名石家駒

1　本篇為《仙人掌》雜誌第二號「鄉土與現實」的專號文章。一九七七年四月《仙人掌》第二號於三月一日印行，據此排在三月。

原鄉的失落

試評〈夾竹桃〉1

〈夾竹桃〉是鍾理和在民國三十三年，即中國抗日戰爭勝利前一年的作品。作品所描寫的，是北京的一個大雜院裡，像「是生長的磽瘠的砂礫間的，陰影下的雜草」的幾家人的生活。但是，鍾理和並不曾孤立地描寫這個大雜院，他說：

> 這所院子典型地代表著北京城的全部的院落。
>
> ——鍾理和，〈夾竹桃〉，《鍾理和全集‧卷一——夾竹桃》，頁一

實際上，鍾理和不止藉著這所大雜院寫整個北京城，他實在是也藉以寫當時整個的中國罷。這只要讀到〈夾竹桃〉的後半，曾思勉和黎繼榮議論中國需不需要法律和道德（頁十二）；議論所謂「歷史的重擔」沉重地壓著中國，使中國宿命地無可逃於「貧窮—破滅」的命運（頁五七）云

云，已不難明白。

在這個「比喻」的條件之下，鍾理和以嘲諷、怨懟的語氣，以台灣前行代作家中少見的洗練、精徹的語言，描寫了這個大雜院裡悲慘、落後的生活：

> 這裡漾溢著在人類社會上，一切用醜惡與悲哀的言語所可表現出來的罪惡與悲慘。（頁三）
>
> 他們是生長在磽瘠的砂礫間的、陰影下的雜草，他們得不到陽光的撫育，得不到雨露的滋養。（頁十一）
>
> 他們如此在濃煙、塵土、不潔、貧血、缺乏、臭蟲、昏暗、忍耐中生活著。（頁四二）

具體的說，在這大雜院充滿著不堪的貧困和道德的頹敗——吸毒、自私、偷竊、幸災樂禍、賣淫和懶惰。

如果這就是大雜院；就是當時的北京城；就是當時的中國，沒有人應該對它的現實性有絲毫的懷疑。因為，這一切落後的悲慘的景況，一直到今天，還廣泛地存在於被稱為「落後國家」

的廣大地帶。在印度次大陸上，在巴基斯坦，在印尼，在中亞細亞，在古老而幽暗的非洲，在遼闊的中南美洲，到處都是貧困、飢餓、道德「敗壞」、愚昧、迷信和疾病。而描寫這貧困、這飢餓、這道德的「敗壞」，這迷信和疾病的文字，素來也不少，不過似乎可以大別為三種。

頭一種是帝國主義者。他以人種和文化上的優越意識，不憚其詳地記載被他自己的民族所壓服的民族的種種落後情況。類如英國詩人吉卜林的作品，是怎樣地滿足了倫敦高級社交圈中的仕女們對傳奇的需求；滿足了他們大英帝國的光榮意識，喟然而嘆，說：「可憐的、野蠻的印度人，讓我們把你們當作上帝課於白種人的負擔，勇敢地背負教化的責任吧！」日本人的「大東亞共榮圈論」，也大率類此。

第二種是殖民地喪失了自信的知識分子。在殖民者以鎗砲壓服，繼之以「教化」之後，有些殖民地知識分子完全喪失了民族自信心。在殖民者「光輝燦爛」的文明的照耀下，自己的民族不論在生活上、精神上，顯得千瘡百孔。他們始則羞愧，繼則惱怒，再繼則產生深重的劣等感。於是，他們也對祖國的落後，發出辛辣、毒惡的批評。在這個批評中，看不見他自己的民族的立場，從而拒絕和自己的民族認同。

在〈夾竹桃〉裡，我們就看到這種令人疼痛的民族自我憎惡意識。在抒寫大雜院裡頹敗殘破的居住的條件之後，鍾理和以嘲笑的口吻說道：

> 幸而他們是世界上最優秀的人種，他們得天獨厚地具備著人類凡有的美德：他們忍耐、知足、沉默。他們能夠像野豬，住在他們那已昏暗、又骯髒、又潮溼的窩巢之中，是那麼舒服，而且滿足。於是他們沾沾自喜，而自美其名曰：像動物強韌的生活力啊！像野草堅忍的適應性啊！（頁三）

鍾理和也指責中國人的「自私」、「怕事」（頁十四）、「懶怠」、「虛榮心」、「好面子」、「無理由的囂叫」（頁十八—十九），彷彿這是中國人獨有的惡癖。在論及女性的時候，鍾理和寫道：

> 是幸是不幸，不知道，事實上這樣的女人，要算中國最多，最為普遍。吝嗇、自私、卑野、貪小便宜、好事、多嘴、吵罵（……）。（頁九）

鍾理和並且生動地描寫了這個大雜院裡的婦女對兒女的殘暴，主婦間相互的偷竊、缺乏憐恤的心，為了極少的代價出賣身體……。

在中國面臨帝國主義鯨吞瓜分的時代，中國的志士仁人也成篇累牘地吐露過他們對舊中國的失望、悲哀、甚至忿怒。但這一切的悲忿，有一個下限，就是這悲忿源於對中國的深切而焦慮的愛；就是不喪失批評者自己作為中國人的立場。但鍾理和的批評，卻逾越了這個下限，對自己的民族完全地失去了信心，至於「深惡痛絕」起自己的民族。

曾思勉是從「南部故鄉」（台灣？）來北京的人。他和另一個知識分子黎繼榮，是這個大雜院裡唯一理性的觀察者。對於生活在貧困和悲慘的最低層的大雜院居民，曾思勉

對他們深惡而痛絕。

〔……〕他看見了宇宙間一切惡德的堆積，看見了滾轉在動物的生存線上的人類的群體。他們恰如棲息在惡疫菌中的一欄家畜，如果不發生奇蹟，那麼，他們結果是只有破滅，而從世間消逝了他們的種類。（頁十三—十四）

尖刻的語言，有時正好表達作者最辛苦的愛心。但，在這一段話裡，我們感受不到一絲一毫作者對殘破而黑暗的舊中國裡的同胞的愛。

曾思勉對於中國人的知足和勤勞，視為與中國人的「無知、不潔與貧窮一樣」值得詫異之事（頁十七）。如果他恨的是中國人太知足，不知道起而反抗，從而改變他們的命運；如果他恨的是中國人只知道「像牛一樣孜孜地勞動」（頁十七），而不知爭回自己的勞動成果，反抗別人的掠

奪，那麼，他對於中國和中華民族是懷抱著希望的。但鍾理和似乎不是這樣，因為：

他（曾思勉）不由得對此民族（即中國人）感到痛恨與絕望了。（頁十六）

痛恨與絕望的頂點，使曾思勉開始深刻地感到自己與那些素來曾信以為是同胞的人們，發生了人種學上的疑惑：他發覺自己和「他們」有「截然不同的思考方法與生活觀念」，並且發覺「他們」已「差不多喪失了道德的判斷力與人性的美麗和光明」，從而「一變其向來的信仰與見解」。「他對他們深惡而痛絕」。不僅是這樣，「他幾乎為他自己和他們的關係，已抱起絕大的疑惑。他常狐疑他們果是發祥於渭水盆地的，即是否和他流著同樣的血、有著同樣的生活習慣、文化傳統、歷史與命運的人！」

鍾理和在〈原鄉人〉和其他作品中，曾清晰地表露了他對於中國的血緣的情感。但這種情感，在驚愕地發覺到祖國的落後之後，逐漸消失於視域中的盲點。〈夾竹桃〉中用了第三人稱的多數總稱「他們」，來把曾思勉隔離開來。曾思勉是個旁觀的人。他雖則實際上生活在大雜院中，但他自始不曾涉入過。在認為「歷史的重擔」和「貧困」是中國無可抗拒的命運之後，曾思勉對黎繼榮的「應該怎麼辦？」的問題，做了這樣的事不干己的回答：

我的目的，只在說明事實罷了。至於他們需怎樣才好這個問題，只好讓他們自己去研究……。

曾思勉，這個旁觀的、犬儒的、慨慨然欲自外於自己的民族和民族的命運的人，他所「說明」的「事實」，又是什麼呢？

首先，他認為中國最大的問題，是人民無法保障自己的生存。在極度的貧困下，人的生命彷彿蜉蝣。生存是他們最重要的，第一意義的事件。對於在飢寒、生死中掙扎的中國人，要適用法律和道德，是「可笑而無聊的」。（頁十二）

因此，中國的要務，不在於研究和推行道德，而在於「怎樣來維持我們的生命，並且怎樣來排除能夠威脅我們生命的一切障礙。」（頁五六）

舊中國的破產，來自帝國主義者的掠奪，和來自與帝國主義者相勾結，以魚肉同胞的各種勢力的摧殘。要「保障中國人民的生活」，不使他們永遠「勞碌於生死的歧途，死與餓」（頁五六）。只有起而戰敗帝國主義者以及它在中國的僕從。

但在鍾理和，中國的噩運，是不可改變的。任何努力，都不足以改變中國宿命地被詛咒了的命數。

「是的，﹁中國人是﹂命運的傀儡！」曾思勉不耐煩似的重複說。至此，他又回復了那冷冷的諷刺的話調：

他們在命運的圈子裡走著、摸索著。但他們自己一點兒也不知道。有時候，他們不住地想逃開這個圈子，不管是有意識或無意識的。總之，他們從很早就想掙脫它﹁……﹂最近，則有辛亥的民族革命、五四運動、識字運動、對婦女的關心、農村解放、勞動保護、家庭制度的改革……等等。但是悠遠的歷史，使這個圈子紮得極度堅牢。這我們可以從現狀看出他們掙扎的結果，所得的功績與成就是那麼的渺小。最顯明的例子，則是，他們還餓著肚子。

這樣子，他們負著歷史的重擔，像網底游魚。他們在這裡或生或死、或哭或笑；後母虐待前妻的遺子；穢水倒到鄰院的門口；為二個窩頭，母子無情，兄弟爭執；竊盜、酗酒、吸毒、犯罪、遊手好閒……。虐待者，和被虐待者，即生者與死者，他們俱同樣受著命運的撥弄。何謂命運？拆開來說便是貧窮、無知、守舊、疾病、無秩序、沒有住宅、不潔、缺乏安全可靠的醫學、教育不發達、貪官汙吏、奸商、鴉片、賭博、嫉視新制度和新的東西的心理……。這些，便是日日在蹂躪他們、踐踏他們的鐵蹄；是他們背負的祖先所留下的遺產！（頁五六—五七）

原來中國人並不一直是懶惰、自私、不潔……，他們還想過「逃開這圈子」——「不管是意識或無意識的」。他們有過「辛亥的民族革命、五四運動、識字運動、對婦女的關心、農村解放、勞動保護、家庭制度的改革……等等」。但是，在曾思勉的眼中，這些都是徒然的掙扎！如果鍾理和竟不能從「辛亥的革命、五四運動……」和「農村的解放……」看見它們在中國人民於反抗帝國主義和封建主義以自求解放之歷史過程中的意義，那麼，他看不見這些運動所播下的種籽，如何在抗日戰爭中逐漸茁長、開花，滙成一股強大的新生中國的力量，也不足為奇了。中國的「貧窮、無知、守舊、疾病、無秩序、沒有住宅、不潔、缺乏安全可靠的醫學、教育不發達、貪官汙吏、奸商、鴉片、賭博、嫉視新制度和新東西的心理……」，對於鍾理和，是上天以「歷史的重擔」、「祖先所遺留的遺產」的形式，課於中國人民頭上的，萬劫不復的咒詛和命運。地主階級出身的，從一個殖民地——台灣——漂泊到另一個殖民地——「滿洲」——的知識分子鍾理和，渾然忘記了：在日本統治者的眼中，包括鍾理和在內的台灣同胞，也是充滿「貧窮、無知……」，乃至於「嫉視新制度和新東西的心理」的可笑又復可憎的怪物。鍾理和不幸地在貧病中倒下以後將近二十年後的今天，台灣的社會，有了一定的發展。如今，我們常常可以聽見從台灣到比較落後地區旅遊回來的人，以輕蔑、鄙惡的語言，述說別的民族是怎樣地「貧窮、無知……」，甚至也「嫉視新的制度和新的東西的心理」，彷彿他們一切的悲慘，無非是那個民族的下劣的稟性，那個民族所流血液的混惡卑下所致。

有「民族性」之說。說大和民族、日爾曼民族、盎格魯撒克遜民族是天生優越的民族，也就是說「支那」民族、馬來民族、印歐民族、印地安人、黑種民族是天生下賤、劣等、「不潔」、「愚昧」的民族。然而，持此說的人們，似乎無視於那些「優秀」民族的國家中被孤立、被掩埋、被慢性化的貧困；由龐大的財團、軍方和中產階級所結成的「守舊」勢力；無視於由類如「非美委員會」、「特高組」、「中央情報局」的頑強而凶狠的「嫉視新制度和新東西」的組織，不但抑壓本國的新生力量，更透過國際性政治和經濟的支配，粉碎和制壓別的國家追尋民族自由、國家獨立的運動；無視於類如洛克希德醜聞之類的國際規模的貪汙和腐化；無視於國際性產業壟斷、工業產品和農業產品的不等價交換，對廣大「劣等民族」國家的經濟榨取等有組織的「奸商」行為；無視於企業化的「賭博」、「娼妓」、「毒品」事業……。至於「無知」、「疾病」、「無秩序」、「沒有住宅」、「不潔」、「缺乏安全可靠的醫學」，在「優秀民族」國家中的龐大貧民區、少數民族區、貧瘠的山區中，更是司空見慣的悲慘事實。

民族性之說，是支配者民族為了支配這個世界所泡製的最可恥的謊言。它不但為「支配有理」創造理論的根據，更在被支配者民族中，造成「被支配有理」的劣等感，視自己的悲慘命運為與生俱來，不可改變的「命運」。其實，說穿了也很簡單。有錢的人，就有教化，就看起來富泰、可敬……。窮人就得不到教化，就骯髒、自暴自棄、愚昧、疾病、迷信、酗酒、賭博……。於是有人說，富人之富決非偶然，因為富人是優秀的種類，無往而不富，是上帝所揀選以管理世上的財富。窮人之窮，也不是偶然，因為他們是根性卑下的種類，無往而不貧，注定要受役於富人……。這種「一以貫之」的「支配有理」論，只有一個目的，即在於掩蓋一個事實：那就是許多民族的、社會的悲慘生活，來自一個不合理的制度，而這個不合理的制度，正是少數「優秀」的人們，為了他們自己的利益而刻意制定的。

從一九五一年到一九八三年，鍾理和生活在日治時代的台灣的一個地主之家。在這一時期的台灣，日本對台灣的資本主義改造已有了相當的成果。一個中央集權的殖民政治支配，透過殖民地官僚體制和警察系統，堅強地屹立於台灣。舊時代台灣的地主——封建勢力基本上消滅。鐵路、郵電、公共土木工程的完成，教育在一定範圍內的普及，衛生設施的建設，蓬萊米的商品改造，都市的與起，都為了建設一個日本帝國主義經濟圈內一個殖民地資本社會所要求的「合理化」運動而臻於成立。台灣從一個前近代的、半封建、半殖民地的社會，經過日本的統治，而轉變成一個近代的、資本主義的、殖民地社會。

在這樣一個社會中成長的鍾理和，便具有一個現代社會中的人的一些價值觀。然而，殖民地的孩子，畢竟對傳說中的「原鄉」——祖國，懷著一份感傷的戀慕。他奔向瀋陽，並不完全是為了反抗封建的殘餘影響對他追求自由的愛情的壓迫，而也為了「……原鄉人的血，必須流返原鄉，才會停止沸騰！」

但是當他抵達初為殖民地的「滿洲」，他從一個比較近代化、比較合理化的社會，進入一個前近代的、半封建的，甫為日本殖民地的中國東北，「原鄉」的烏托邦幻滅了。中國的悲慘和落後，給予他至為沉重的打擊——儘管「老太太」一家，一個工人的家族，給予他永難忘懷的溫暖和呵護（見〈門〉）。原鄉人的血，原想在原鄉求一個安居的歸宿，卻不料非但「停止了沸騰」，簡直為之冰封霜結。

問題在哪裡呢？

問題在鍾理和不曾了解到，[2]二十世紀的中國，正值她由前近代的歷史階段，向著近代的歷史階段做著苦痛的衝刺的時代。在這一個時代中，充滿著多次的革命和反革命；多次的侵略和反侵略。舊的、落後的中國，和新的、前進的中國，正在互相激盪、翻滾。一個新生的、近代的中國，正在和外來帝國主義、內在的舊勢力做著最艱苦的搏鬥。而鍾理和所看見的中國，正是這樣一個天翻地覆，一片混淆的中國；正是那正在承受迎接一個自由了的、獨立了的民族和國家所必要的陣痛的中國。然而，在中國生活了六年的鍾理和（以作品寫成的民國三十三年計算），並沒有在一片令人做棘心之痛的落後和悲慘的中國生活之內，看見隱藏在其中的中國的正體。於是他的單純的，因「原鄉人的血」而來的，單純的民族感情幻滅了。他不知道，要認識這一個歷史時代的中國，光憑感傷的熱情，是注定要失望的。他必須對十九世紀以來，世界進入帝國主義時代以後，世界弱小民族所共同面臨的命運和問題，有理性的認識；他也必須弄清楚：在帝國主義者和國內舊勢力結成堅固的陣線以魚肉同胞的時代，一個知識分子應該站在什麼立場，夥同國內的那些人，團結奮鬥，取得勝利……。

這裡，就有了第三種描寫自己祖國的殘破，自己民族的落後的文學。對於這些殘破和落後，它懷有同樣或更深的痛惡，但它知道這一切殘破和落後底根源。它以摯熱的愛，和基於這愛而來的忿怒，揭發那殘破和落後。它更明白地看見那正在湧現和壯大的、明白的、光明的、前進的中國的潛流。它具有積極介入、求革新、求實踐的雄心大志……。

然而，不幸地，鍾理和沒有或缺乏這些重要的認識。他在中國大陸所看見的是數百年來帝國主義和國內舊勢力在中國所造成的可悲的落後和貧困。他對這一切的貧困「深惡痛絕」，以犬儒的、嘲弄的語言浴之以惡言。更進一步，他懷疑，甚至拒絕承認自己在民族、人種上和中國人有相同的地方。

在此，鍾理和的民族認同，發生了深刻的危機。

但是，這絕不是一個孤立的、特殊的案例。當殖民地的知識分子，被殖民者所給予的「現代」教育開啟了智慧以後，他首先要面對的，就是自己祖國的殘破和落後，自己同胞的「貧困和無知……」。於是有一部分人拚命地使用殖民者的語言，穿著殖民者的服飾，模仿殖民者的生活方式和一切的文化，卑視和輕賤自己的同胞，一意要按照殖民者的形象改造自己。一直到今天，我們看見有多少人在國內、在國外，表現出這種民族自我認同的失落。

鍾理和的一生，代表著那個時代部分知識分子一生的歷程。鍾理和的民族感情，也是一定歷史過程下的產物，具有重大的意義。他代表了在光復前後的一部分台灣省知識分子的整個痛苦的心態。在日人統治下，他們的「原鄉人—中國人」意識尚有一個歸託。原鄉中國，代表著民族的解放，國家的獨立；代表著同胞間骨肉般的熱情；代表著一切未來的光明和幸福。然而，一旦面臨了前近代的中國，他們吃盡苦頭，受盡挫折。他們和鍾理和一樣，在整個新生的、近代中國的分娩期所必有的混亂中，所漫天揭起的舊世界的灰塵中，看不見中國的實相，從而也不能積極地、主體性地介入整個中國復興運動之中。正相反，他們尋求原鄉的心靈頓時懸空，在苦難的中國的門外徘徊逡巡，苦悶嘆息。在這些受創的心靈之中，有些人由悲痛而疾憤，走向分離主義的道路。

我們懷著深刻的心靈的疼痛，去讀，去了解鍾理和。〈夾竹桃〉所呈現的是具有無比現實意義的問題。際此新生代的台灣省知識分子正在開展著對前行代台灣文學家的再認識和再評價的當前，我們應當一方面善於正確地、科學地給予這些前行代作家的勞作以肯定的評價，從而吸收之，發揚光大之。但同樣重要的是，也要以正確的、科學的態度，批判和分析他們可能有的錯誤，將他們的錯誤做出歷史的分析，當作我們在台灣的全體愛國的、革新的中國人底共同的經驗，以便在未來的腳步中，走得更正確，更有力。因此，我們的批判，是針對鍾理和一部分作品中的一部分思想而發，卻無絲毫的損折於對鍾理和作為一個人、一個藝術家的敬意。他以可敬的堅毅和正直忍受一生難以置信的惡運；他對文藝工作不渝的忠謹和辛勤的工作；他為整個五〇年代的台灣農村留下了珍貴的紀錄，特別是作為一個殖民地的孩子，他心靈所受的，歪扭了的苦痛，都引起我們對他深刻的懷思。我們相信，對他的這個批判，正是使青年在整個中國近代史的背景下，正確地理解鍾理和類如〈夾竹桃〉、〈門〉、〈白薯的悲哀〉、〈逝〉、〈秋〉、〈地球之徽〉之類的作品的途徑。透過這種批判的欣賞，新一代生活和成長於本省的知識分子，才能正確地領會鍾理和一代的挫折的經驗，進一步超越之，以鷹揚虎嘯的主體意識，介入新興中國的建設。

一九七七年四月

初刊一九七七年八月《現代文學》復刊第一期，署名許南村
收入一九八四年九月遠景出版社《孤兒的歷史・歷史的孤兒》，一九八八年四月人間出版社《陳映真作品集9・鞭子和提燈》

1 本篇為鍾理和的小說〈夾竹桃〉之評論。文中引述據張良澤所主編的《鍾理和全集・卷一——夾竹桃》（台北：遠行，一九七六）一書。

2 人間版此下有「如同台灣史學家戴國煇所說，」。

「那殺身體不能殺靈魂的，不要怕他！」1

尉天驄兄在成功中學的時代，高我一班。在學校的時候，他並不認得我，只是他在校內的文藝活動中素來活躍。是「眾人識得和尚，和尚不識得眾人」罷，我卻早就知道他。然而當時卻怎也料不到：我會經由他的雜誌，變成一個弄文學的人。

大二那一年，是我半生中最困窘的時候，寄腳在一家教堂中的小房間。忽有一日，中學時代的同學尤君來訪，竟是來向我邀稿的。我把「短篇小說」課的英文作業，用中文重寫過，這便是發表在《筆匯》上的處女作〈麵攤〉。見到主編尉天驄，是這以後不久的事。

這以後，便陸陸續續在《筆匯》上發表幾篇生澀的小說。我是一個「創作欲」並不旺盛的人。回想起來，幾乎從來不曾有一篇是因為捺不住泉湧的寫作衝動寫出來的。

「這一期不論如何要有你一篇！」

「遲幾天沒關係，我可以等。」

就是這樣死催硬逼之下，我寫了一篇又一篇文章。《筆匯》辦了一年多就停掉了。這時，另外有一個年輕的文學同人雜誌《現代文學》，也有人來約稿，可是總覺得自己是「《筆匯》的人」；是尉天驄的「班底子」，怎也不想為它寫。終於為《現代文學》寫稿，是一位也曾是《筆匯》的指導者的姚一葦先生參與了《現代文學》實際編務以後的事。

民國五十五年，老尉又出來編雜誌了。我們在漢口街一段的「明星」聚頭幾次，便誕生了《文學季刊》[2]。

無論如何，誰都不能否認，《文學季刊》是一個豐收的文學雜誌。幾些今天正值盛年的、戰後在台灣成長的小說家，就是在這個苗圃上發芽、生長的。也許有人說，這是「風雲際會」吧！但我個人卻以為：主編尉天驄關懷和愛護同人的那一份憨摯的熱情，無疑是一個十分重要的因素。二十多年來，文學刊物並不在少。但似乎從來沒有一個文學刊物能一時聚集那麼多的作家。即使對於「其生也晚」的文學青年，《文學季刊》也一直是一份富有創造性的，令人嚮往和懷念的文學刊物。

五十七年仲夏，我驀焉遠行。不數月，我忽然接到尉天驄的一份法律性文件。展讀未竟，我已鼻塞眼熱。

「驢子，啊，好傢伙，驢子⋯⋯」

一九七七年五月

我喃喃自語，簌簌淚下。我想，世上有所謂朋友之義者，大約也不過於此吧。這篇文件，及至我返鄉之後，才知道曾以「一個作家的迷失與成長」為題，發表在當時的《大學》雜誌上。[3] 天驄憨摯的友情，雖然不曾改變我流落的行腳，然而竟穿過極大的憂懼和不可想像的阻隔，使我在那一片闃寂的絕谷中，千萬個意外地聽到那友愛的聲音，直接申訴於時代。而我也理解到：在那一剎那，他的聲音，已經超出了私人的情誼。

翌年，我在客旅的途中收到離家後新出的《文學季刊》，親切之感，不異收到家人寄自千里之外的家書。又翌年，在漫天季節風的荒陬的客中，收到尉天驄所編的《文季季刊》。在「當代中國作家的考察」一欄的扉頁上，我讀到這些句子：

> 二十世紀的中國作家何其幸運，他遭受的挑戰如此之多！
>
> 他必須面對封建社會殘留的病根和帝國主義侵略中國帶進的殖民地流毒，來矗立起自己作品的中國基礎。
>
> 他必須面對中國民族的苦難，從事反抗專制集權和恐怖政治的戰爭，來建立自己作品的中國精神。
>
> 因此，他不再是一個書齋中的作家，和這社會上的享現成者。他必須走入社會，剷除

自私，關心別人，而且要不斷地在現實中學習，學習成為一個中國人。

二十世紀的中國作家何其幸運，他遭受的挑戰如此之多！[4]

記得我是何等激動地瞭望窗外故鄉的方向。我知道，在那兒，人和事物都在變化；我彷彿看見了天驄和一些未曾相識的年輕的朋友們鷹揚的意氣。

從《筆匯》到今天，是一段漫長的歲月。以私人說，固然經歷了一些事物，就台灣的中國新文學說，也是一段發展和成長的時期。在這個時期中，以及以後可以預見的時日中，尉天驄這個名字，代表著團結、代表著熱情、也代表著進步。

自然，從七〇年代初年新詩論戰的時代以迄於今日，「文壇」上一直有這樣或那樣地以「扣帽子的能力很強」自詡的教授、作家、詩人、藝術家和評論家們。那麼，天驄，讓我送你一句拿撒勒人耶穌說過的話：

「那殺身體不能殺靈魂的，不要怕他……。」

是的，不要怕他。

並且輕蔑之以最冷，最深的

輕蔑！

一九七七年五月

初刊一九七七年五月《出版家》第五十七期
收入一九七九年一月慧龍出版社《民族與鄉土》（尉天驄著），一九八八年四月人間出版社《陳映作品集10．走出國境內的異國》

1 本篇為尉天驄所著的《民族與鄉土》（台北：慧龍，一九七九）之書序，收入人間版篇題改作〈「那殺身體不能殺靈魂的，不要怕他！」——序尉天驄《民族與鄉土》〉。

2 「文學季刊」的刊物名稱歷經四次改版變動：（一）《文學》季刊：一九六六年十月至一九七〇年二月，共十期。（二）《文學》雙月刊：一九七一年一月至一九七一年三月，共二期。（三）《文季》季刊：一九七三年八月至一九七四年五月，共三期。（四）《文季》文學雙月刊：一九八三年四月至一九八五年六月。本文泛稱《文學季刊》。

3 尉天驄〈一個作家的迷失與成長：對陳映真作品的印象〉，載於一九七一年十月《大學雜誌》第四十六期，頁七三—七八。後收入一九八八年人間出版社《陳映真作品集14．愛情的故事》，頁一—一三。

4 此段引文據尉天驄所主編的「當代中國作家的考察」欄目編案文字校訂，見一九七三年八月《文季》季刊第一期，頁四三。

三十年來台灣的社會和文學[1]

三十年來台灣的經濟和社會，有很大的進步。工業生產部門在我國國民經濟中的比重，早已凌越農業生產部門；社會財富急劇地增加。但是在這一切發展的背後，任何人也不能無視於自民國四十二年到民國五十四年間，美援資金和物資，在深刻地滲透到我們整個社會經濟、財政甚至行政的條件下，為我們奠定了六〇年代後半開始的繁榮。美援安定並鞏固了戰後台灣的社會，並創造了一個具有購買力的市場。五十四年以後，美國以直接投資，通過美國銀行團對台灣做金融輸出的方式，參與我國的經濟建設。五十四年前後，在戰後「奇蹟」似地發達起來的日本，也開始經由投資、貿易等途徑，和台灣的國民經濟，發生十分密切的聯繫。在我國社會經濟生活中，三十年來，美國和日本的資本、技術商品，占有強大而領導性的地位。

相應於美日資本、技術知識和商品對台灣社會經濟的強大影響，美日、特別是以美國為代表的西方知識、科技、文學、藝術、音樂等精神生活，也強烈地施其影響於我國的文化界。這個影響深遠而普遍，積年累月，甚至到了令人「見怪不怪」的程度。一〇五期的《大學》雜誌有一篇李豐醫師的文章〈把醫學從殖民地的地位挽救回來〉，正是深刻而沉重地描述台灣醫學長年來「殖民地化」的情況。這篇文章的開頭，說作者參加了台灣大學一次例行的臨床病理討論會。會議的內容和形式都與過去的沒有不同，卻因主持討論的李治學醫師在會議中盡量以中國話來討論，使作者深為感動。原來，幾十年來，台灣大學醫學院和台大醫院內所使用的語言，是一種「以中國的文法，使用外國詞彙」的奇怪的語言，行之已久，引以為常。這次李治學醫師改用完全的中文，竟反而引起了幾次哄堂的笑聲。文章的作者李豐醫師說道：

……中國人在中國的地方，因為使用中國的語言，來討論中國人的病情，而引起哄堂大笑，卻沒有人以為是很大的笑話；也沒有人認為是一個很大的諷刺。中國人在中國的地方，替中國人看病，卻要用彆彆扭扭的外國文字來寫病歷；中國人在中國的地方，使用中國的材料做研究，卻要用似通非通的外國文字來寫論文，也沒有人認為是笑話，也沒有人認為是一件很諷刺的事……。

接著，作者例舉了美國、日本和韓國，指出沒有一個國家的醫師是使用外國的文字來討論本國的病例、寫醫學研究論文的。惟獨像香港那樣的殖民地，才用英文作為學術上的主要語言，然而我們卻是一個獨立、自主的國家……。

作者接著指出：學術上、文化上，長時期借用外國的研究成果、語言文字的結果，養成一些能以外文表達驕人的學人。上行下效的結果，「學生的一切態度，都以洋為主。學校教育，幾乎變成一切都為出國；變成當作到美國去的預備教育。」

醫學界的情況是這樣，其他文化、思想、科學的方面又何嘗不是一片崇洋媚外的風景？在這一股子以洋為主，以洋為師的空氣中，三十年來台灣的文學，也不能例外地瀰漫著一股向歐美一面倒的風氣。

回頭檢視三十年來最具領導性和代表性的文學性同人雜誌，也不難看到西方文學對台灣文壇的影響。一些文學雜誌，除了緬懷三十八年以前中國大陸生活經驗的「回憶的文章」之外，譯介西方文藝思潮、作品和作家的文章，占有很大的比率。一些在這個風氣中培養出來的新秀作家的作品，無不在模倣西方的作品中渡過他們習作和成長的時代。

這些基本上「以洋為師」的文學，尤以成長於整個六〇年代的「現代詩」更有典型的意義。和現實生活的脫離；模倣和支借西方文學中頹廢的、逃避的情感和思想；使文學的形式病態地腫脹；思想和情感極端地潛入個人內在的心靈等，終於流為新的「文言」、晦澀、空洞，而完全消失了自己民族的風格。

六〇年代的末葉開始，一直到一九七三年石油危機之前，台灣遭逢世界性的景氣，社會經濟的發展，到達空前的高峰，使社會生活有了一個很大的改變，而進入了富裕的時代。

另一方面，時序進入七〇年代，二次大戰以後所謂的「冷戰」年代終於趨向終結，而展開了影響廣泛的國際政治秩序再編組的時代。我國在這國際性的政治波浪中，遭逢了不小的撞擊。於是追求並安於富足的美夢驚醒了。三十年來奉以為師的西歐，竟然如此唐突地在國際經濟和政治中棄絕了我們；許許多多原以為事不干己的，原以為遙遠的問題，迅速地向我們的眼前逼近。釣魚台的事件，第一次觸發了戰後台灣被譏為冷漠而無作為的青年一代，最真摯的愛國熱情和民族情感。十年來逐漸堆積的富裕，也顯現出一些社會問題：財富分配的不均、勞工問題、老弱疾苦的問題、農村經濟的瓶頸問題……都引起青年一代的關切和焦慮。

在這樣的背景下，七〇年代前夜的文學界有了以描寫本省經濟發展斷層面的所謂「鄉土文學」(黃春明、王禎和)；有了描寫西方思潮衝擊下都市生活的困境的小說(黃春明、王禎和、陳映真)。

七〇年代以後，相應於青年一代對國勢、對民族、對社會的關懷，掀起了一場「新詩論戰」。在這個論戰中，代表極端的輸入性西化文學的所謂的現代詩，遭受強烈的指責。文學的民族歸屬性；文學中的社會關懷；為更多數大眾的文學等諸問題，都被提出來了。在近代中國文學思想史上，這並不是一件新鮮的事。可是，和五四以來新文學傳承暫時斷絕了的台灣文壇，這是一件劃時代的事。

在這個時期湧現的新作家，顯現著深刻的社會關懷。楊青矗的工廠和王拓的漁村成為小說的主要背景。

也就在這個時期，展開了台灣省先行代作家的再評價和再認識的運動。日本殖民時代本省作家的抵抗文學，在光復後首次被有系統地加以研究。張我軍、賴和、楊雲萍……以至於楊逵、吳濁流等名字，逐漸引起文學青年的注意。這些作家的文學中的歷史意識，毅然和當時最冷酷、最巨大的冰壁對決，敢然迎接當時反對帝國主義和封建主義的時代使命等特點，經過近三十年的烟塵封埋以後，重新受到青年一代的重視和激賞。

從對於歐美文學的「一面倒」、到文學的民族歸屬性的自覺；從脫離現實的形式主義和主觀主義，到追求文學的社會性和民眾性；從引頸西望到對於台灣先行代抵抗文學的再評價和再認識，是一條漫長的發展過程；一條迂迴而又曲折的道路，尤其是小說方面，像精密的儀器一般記錄和反映了三十年來台灣的社會生活。可惜的是，在回顧之餘，台灣的畫壇和樂壇，比較缺乏明顯的成績。今後，在以歷經一段漫長的自我喪失到自我認同的文學為起點，我們有足夠的理由和信心，台灣的中國文學勢將有一次新的豐收，在無數的青年中，湧現著有自己民族風格和現實重要性的作家，為中國的再生，留下紀錄，做出貢獻。

初刊一九七七年五月十日《中國論壇》第四卷第三期，署名許南村

1 本篇刊載於《中國論壇》「當前的社會與當前的文學」專題。

弄個歌兒大家唱吧，伙計！

三月卅一日晚上，在淡江文理學院淡水校本部廣場上，舉行了一次民謠演唱會，竟而聚集了將近兩千個年輕人，在寒意侵入的夜裡，熱情地相聚了四個小時。

「唱我們自己的歌！」是淡江同學近年來的呼聲。長久以來，西洋熱門歌曲，西方的文學思潮和西洋的語文、西洋的教科書、西洋的「學術思想」，一直支配著我們大學生的文藝和知識生活。沒有自己的老師用自己的語文，依照我們中國的具體需要而寫的教科書，和沒有自己的歌可唱，是同樣可悲的事。然而，畢竟「沒有自己的歌」的悲哀，較屬於感情方面的事，青年們因而比「讀我們自己的教科書！」更早、更尖銳、更悲忿地提出「唱我們自己的歌！」的要求，也說不定。

這次演唱會，是我生平僅見的一次聽眾的熱情遠高過演唱表演的音樂會。主持演出的人物事先缺乏有組織、有計畫，有預期效果的籌備工作。其次，演唱的人，除了少數，似乎還不到某一定的水平。如果還要作求全的責備，整個演唱會就像一個餘興節目、同樂晚會。

然則，一個餘興節目，一個同樂晚會，何以能維繫兩千個年輕人長達三、四小時呢？

據我想，那是因為年輕一代的音樂(歌謠)愛好者，經過幾次討論，參加幾次自己的民謠晚會後，在認識上，已經自覺地、主動地要求並準備接受自己民族的歌聲。這至少意味著他們已經願意且可能在歌聲、合弦、樂器和技術上都近乎無懈可擊的西洋熱門音樂或民謠音樂之外，試試接受自己的歌謠。不，毋寧是他們已經覺得經過現代高級音響設備流出來的西洋歌曲雖好——治療這一代年輕人空虛、落寞、悒燥的情懷，有些創作的西洋民謠也頗能滿足某種文學的、社會的情感——但畢竟是他人的東西。在他們內心的深處，依然存在著一種飢餓——對自己民族心聲的飢餓。

針對這個需要，除了加強採集和整理在台灣的中國民謠，我們年輕的文學界應該開始創作歌詞，我們年輕的音樂界應該為新詞譜曲。廣大年輕的歌謠愛好者，已經勢不可當地向文學家和音樂家提出了緊迫的要求：要求有中國風格的，描寫現實生活各種情感的歌，讓他們在孤獨的時候、歡悅的時候、憂傷的時候、奮鬥的時候，隨時有自己的歌可以上口，鼓舞他們，安慰他們……。

其次，我們需要有好歌手。民謠的生命，有一大半是在唱的一面。許多動人的歌謠，一聽，就緊緊地抓住我們，就彷彿乍然聽見闊別已久慈母的聲音，令人激動、孺慕、歡欣甚至落淚啊！一個好歌手——就譬如六〇年代美國民謠復興時代的彗星約安・貝、比得・西格爾——比多少篇提倡民謠的論文，多少場高舉民謠的演講，還要雄辯得多了。

從發展的觀點去看，「餘興節目」、「同樂晚會」，或許是一個必要的過程。但這並不影響我對籌畫這次演出的朋友們深切的敬意。他們的熱情，他們的心意，他們將想法付諸實踐的力量，都是令人欽佩的。但如果下一場演出也這樣，怕要讓聽眾覺得：「你們說聽自己的歌，好，我聽你的。但是，聽了半天，似乎也不過是這樣罷了……。」怎樣把握住這個對民族音樂需求的高浪潮，怕是有心提倡的朋友們共同要面臨解決的問題罷。

是的。年輕人已經提了要求：嗨，讓我們聽我們自己的歌！給我們自己民族的歌聲！這個要求不是用責備，不是用叫囂，不是用消極的旁觀提出來的。他們用三、四小時聚守在寒冷的初春夜晚，圍繞著偌大的廣場，用慷慨的掌聲和會心的笑聲提出來的。

是的，親愛的音樂家，別再寫些莫名其妙的「現代音樂」。

而親愛的詩人，別再塗鴉些什麼現代詩。

是的，別再寫扭捏作態的散文，別再寫那些無病呻吟的小說……。

為我們寫歌，好讓我們

歌唱生活，歌唱工作，歌唱愛情
歌唱我們親愛的，親愛的中國……

初刊一九七七年五月《雄獅美術》第七十五期

第一件差事・四版自序[1]

收集在這個集子裡的[2]，除了〈兀自照耀著的太陽〉發表在《現代文學》而外，其他的都正好是發表在民國五十五年到五十七年間的《文學季刊》上的。六〇年代的後半，正是光復以後在台灣成長的新一代作家，不論在思想上、藝術上趨向於成熟的時代。《文學季刊》，便在這樣的時代，為這些作家提供了發表作品和互相激勵的園地。

和這許多富於才華和熱情的作家共事的三年，一直是溫暖人心的，難於忘懷的經驗。當然，主編尉天驄兄為人的誠摯，對同人的包容和熱情，無疑是凝結這許多性情殊異的作家的重要因素之一。

六〇年代的後期，是本省的經濟開始大幅度發展的時代。一九六五年，美援完成了安定本省的政治和社會，創造一個具有購買力和生產能力的商品和勞動市場的任務。此後，美國和日本以投資、銀行的設置、技術知識和機械等的對台輸入，在我國國民經濟中，構成一個重要的組織部門，而在世界性景氣中帶動和發展了我國的經濟。

在這個社會發展階段中，青年一代的作家所關切的，是和外來經濟力量在社會上的影響相應的外來文化對我們自己文化的沖擊所造成的自我認同的喪失。於是作家的眼光從我們逐漸被國際商品所「國際化」的都市移開，以關切的眼光，去注視民族生活最後的據點——鄉村。在那裡，都市的、工商業的、國際性的經濟和文化的強大影響力，正在向著不知所措的、無抵抗的鄉村，伸出巨靈之爪。描寫這種結構變革期的鄉村人的困境、尊嚴、悲傷和希望的，被不適當地稱為「鄉土文學」的優秀的小說，便發表在這時期的《文學季刊》上。

西方化、「國際」化的潮流下自我認同的喪失的問題，表現在城市知識分子的生活中，是一片「崇洋媚外」的精神。對於這樣的精神，我也於不知不覺之間，或者竟於半知半覺之間，受了感染。幾篇我在這個時期寫成的「隨想」文中，夾雜著不少不必要的洋文，便是賴不掉的鐵證。然而在另一方面，我便也做了幾篇小說，嘲諷了包括我在內的知識分子。認識和實踐之間的複雜和矛盾，竟有類此者。

然而，那時候，我心中曾隱約地燃燒著對於未來的希望。我懷抱著那一盞希望的燈火，在當時一片凌人、窒人的闃寂和茫漠中，孤單地、卻自以為充實地走來走去。

其後，我唐突地出了一趟遠門。客中的數年之後，我突然收到《文學季刊》蹶而後振的延續：《文季季刊》。就在《文季》上，我首接故鄉中激動人心的消息。我於焉才知道：故鄉再也不是素來的闃寂和茫漠。我聞見生發和鳥語的氣息。我忍著哽咽，讓熱淚歡喜地、感激地流下面頰，一邊讀著《文季》中這樣的警句：

二十世紀的中國作家何其幸運，
他遭受的挑戰如此之多！
他必須面對封建社會殘留的病根，和
帝國主義侵略中國帶進的
殖民地流毒，
來矗立起自己作品中的中國基礎。
他必須面對中國民族的苦難，
從事反抗專制集權，和
恐怖政治的戰爭，
來建立自己作品的中國精神。
因此，

他不再是一個書齋中的作家，和
這個社會上的享現成者。
他必須走入社會，
剷除自私，
關心別人，而且要
不斷地在現實中學習，
學成為一個
中國人。
二十世紀的中國作家何其幸運，
他遭受的挑戰如此之多！[3]

和出門時同等唐突地，我安然、欣然地回來。一面是為了經濟上的需要，一面是懷著對過去做一個總結的心情，把過去所做的小說，結成兩本集子。而其中的這《第一件差事》，即將四版，凡此都是始所不料的。過去在一個雜誌上常相聚結的朋友，為著世務人事的倥傯，有了一些不小的變化，幾至於零散了。而最出人意表的寂寞，竟是一時還看不見應該新起的俊秀。將近兩年來的觀察，知道了故鄉有變，有不變。其已變的，不可謂不大；而其不變的，依然或者益為闃寂和茫漠。新秀的不出，怕便是這不變或未變的闃寂和茫漠的一個部分罷。

因此，往時懷抱著一盞隱約的燈火而做的小說，於今即將四版而呈現於今日的青年之前，心中又不能無疑。對於局部的、已變的故鄉，這些小說尤見其無力和不徹底；而對於那未變的，急速物質化的故鄉，這些小說，怕也不能激起我當年欲要藉以激發的曠然的寂寞和怵然的反省罷。

然而，既然有較多的青年在長年的文學西化之餘，開始關切文學的民族歸屬性；關切文學的社會意義，關切台灣在日本殖民地時代的抵抗文學，從而再評價、再認識之——總之，既然有較多的青年開始也懷抱著希望的時候，《第一件差事》的四版，或者可以讓於今也在茫漠中孤單地、卻自以為充實地走來走去的朋友們，因為認出一些陳舊的足跡，而在跋涉中增添一份小小的鼓舞，那麼，這再版便不止於多拿一次版稅罷。

是為序，並藉以向讀者和出版者致以感謝的意思。

一九七七年五月

初刊一九七七年五月遠景出版社《第一件差事》（第四版）
收入一九八八年四月人間出版社《陳映真作品集9・鞭子和提燈》

1 本篇為一九七七年遠景出版社《第一件差事》第四版自序，原篇題為〈四版自序〉，收入人間版改作〈懷抱一盞隱約的燈火——遠景《第一件差事》四版自序〉。

2 小說集《第一件差事》，除尉天驄的〈序〉和署名許南村的〈試論陳映真〉外，收有小說五篇：〈兀自照耀著的太陽〉、〈最後的夏日〉、〈唐倩的喜劇〉、〈六月裡的玫瑰花〉、〈第一件差事〉。

3 此段引文為尉天驄於一九七三年八月《文季》季刊第一期所主編的「當代中國作家的考察」欄目編案文字。

文學來自社會反映社會[1]

一、文學和社會

我總覺得，文學像一切人類精神生活一樣，受到一個特定發展時期的社會所影響。兩者有密切的關聯，因為一個時代有一個時代的「時代精神」。以歐洲的浪漫主義時代來說，它在文學方面有各別國家和民族的不同，但和前一時代——即所謂的「擬古典時代」的文學相較，浪漫主義文學有一共同的特點，即個人的甦醒和解放。文學中奇詭的幻想；對於神秘、恐怖的激情；叛逆的熱情；對於肉體的、活躍的「人」底甦醒；誇大的感傷主義；對於傳統道德、紀律、觀點等諸束縛的反抗和強烈的自我中心主義等，風靡了整個歐洲。如果從全局去看，浪漫主義時代的宗教尋求個人與神之間直接的交通——即通過讀經和祈禱直接從上帝求取美感[2]，而不是通過層層的神職階級體系；在政治上的「自由、平等、博愛」，乃至於經由革命而打倒封建貴族專制，建立近代[3]市民民主政體；在經濟學說上有了以個人為社會幸福最高裁判的資本主義經濟學說。其他在音樂、繪畫、哲學、法律理論上，都浸淫了一種新的精神，即所謂浪漫主義的精神。許多思想史家都說，這種精神，是某一個年代，某一個國家的某一個人——例如法國的盧梭，喊出某一個主張——例如盧梭的「回歸自然」，引起共鳴，成為強大的風潮。然而，如果有一個用功的學生問：為什麼這個精神不早一天或晚一天發生，為什麼在「擬古典」時代和「浪漫」時期之間的所謂「前浪」時期，也同樣有思想家表現出同樣深刻、同樣敏銳的個人以甦醒和解放的思想，卻未蔚成氣候？那麼，這些思想史家，怕是難於解答的。因此，另外有些思想史家，便在每一個思潮背後，找社會和經濟的根源。於是他們發現到：就在浪漫主義思潮昂揚的時代，已是歐洲在產業革命之後，工業資本主義開始發展的時代。現代工業生產，創造了史無前例的社會財富，建立了前所未有的新興城市，以及一群新的人類——產業資本階級。這些人和過去的封建的、貴族的傳統毫無瓜葛，他們以新的生產手段，創造了一個充滿發展前途的、富裕的新世界。物質財富的開發和生產、科技的發展，對於前所未知的世界的不斷征服……，使他們以新的態度肯定了人的能力和價值。他們敢想、敢做，而且想了、做了，就產生空前巨大的成果。對於新興的工業資本階級，「人」甦醒了、解放了。一切封建貴族的價值和成就，相形見絀。於是他們像甫進入青春時期的少年一樣，內心充滿了熱情、好奇、自信、反叛、創造、幻想、感傷等情緒。這便隨著新興工業資本階級在經濟社會上的領導性，而領導了整個歐洲的精神生活。它表現在文學上，就有了文學的浪漫主義；在政治上，有了自由主義和民主主義；在經濟上，有了亞當．斯密的以「最大多數人的最大幸福」指導的資本主義經濟學；在宗教上、音樂上、繪畫上和哲學上，也都有同一個浪漫精神貫穿其間。一個時代的「時代精神」，一定有它作為時代精神的基礎的根源的，社會的和經濟上的因素。我這樣講，絕對沒有要告訴大家：社會或經濟是文學絕對的唯一的影響因素的意思，就好像數學上的變數一樣，比方說X＝2Y這個函數的關係，只要X值改變，Y的值一定也變。文學和社會、政治、經濟的關係，並沒有這麼機械，這麼呆板。我們只是說：社會或經濟是思想的或精神生活（當然也包括文學）的一個比較重要的因素。

二、三十年來的台灣社會

今天我們要談的是三十年來的台灣的社會與文學，讓我們先談談三十年來台灣的社會經濟，也許可以找出一些特點。我們知道，一九五三年是美援正式參加我們國民經濟的一年，一九六五年是停止美國經濟援助的一年。只要研究台灣經濟的人都知道，美援對於台灣經濟發展有很重要的作用。日本在太平洋戰爭以前，有意要把台灣創造成日本帝國主義南侵的基地。從那時開始，它才在傳統的「農業的台灣」、「工業的日本」政策上做了一次修改，於是台灣的工業開始有了比較大規模，比較重要的工業設施。但是不久，第二次大戰到晚期時受到盟國的轟炸，經濟封鎖和通貨膨脹的結果，整個地殘破了。光復之後我們政府來到台灣，當時台灣的經濟可以說幾乎完全癱瘓，快到破產的階段。當然，一些基本的工業設施和工務工程還在。為了使社會安定，為了提高經濟，以免和許多戰後國家一樣，受到共產主義在貧窮地區滋長，美國即根據這個政策，援助台灣以及戰後的西歐，其目的就是在穩定經濟，防止左派力量成長；另一目的就是創造一個有購買能力的市場。我們曉得美國在第二次大戰裡愈打愈有錢，生產力愈來愈高，所以他在歐洲和其他地區，就必須用經濟性的援助來幫助他，一方面穩定當地的政權，使得不被赤化，一方面創造一個有購買力的市場，來買美國的東西。同樣，美援在台灣整個經濟和財政上有非常重大的功能，甚至於在決定台灣哪一種工業應如何做，都得經過美國同意和審核才能動用他的錢。可是，事實上，這十幾年來，台灣地區從公營事業慢慢地開始成長了，特別是韓戰以後，越戰之後更是蓬勃發展。而在這十九年來的台灣國民經濟生活裡面，美國的資金、技術、資本、政策和商品，對我們台灣經濟有絕對的支配性的影響。一九六五年美援停止，並不意味著美國經濟因素對台灣影響的終止，就好像他所宣稱的一樣，他認為台灣已是一個在經濟上可以「自立」的地區，當然，能否自立是另一個問題。他的意思是說，台灣已經可以自己生產一些比較初級的東西，而且有了相當的購買力了。一九六五年以後，美國對台灣在經濟上採另一種參與的方法，即投資的方式，就是資本上的輸出。銀行一家一家地設立，美國資本的工廠亦然。美援停止之後，日本資本也來台灣了。一直到今天，日本的資本，技術和商品對台灣有非常顯著的影響。《中華雜誌》一直如此大聲疾呼：我們和日本的關係每年都是入超。一直到這兩年，我們才開始進行六年經濟計畫。此一計畫有一基本精神，就是要用我們自己的力量站起來，開始有了十項建設的設施，開始有資本密集工業的籌畫。這一切目的都是為了擺脫過去三十年來太過於偏重外來資本，外來技術影響而做的努力，也許這努力很困難，可是值得我們支持。這是一條好的道路。不錯，三十年來，台灣的國民經濟即使像今天這樣，已經有了某種程度上的成長，是在什麼樣的條件下發展的呢？就是：開始是美國，後來是日本的資本和技術的一種絕對性的影響之下成長出來的。這是三十年來台灣社會經濟非常重要的特點。

三、西化——三十年來台灣精神生活的焦點

在這樣的社會經濟特點下，我們來回想一下，這三十年來台灣經濟生活的各個方面，就可見到一個特點，就是——西化，受西方的影響或東方日本的影響很大。首先，我們看政治上的

影響，我們所要討論的不是我們政府的政治設施，而是政府以外的政治上的運動和想法。在五〇年代和六〇年代交接時，有一個自由化運動，那時候有一家被禁止了的雜誌——《自由中國》雜誌，是「在野黨」和黨外政治運動的機關刊物。它的方向是西方的議會民主主義，他們所要求的是政治上的西方式自由民主，他們想依照西方的樣式組織在野黨，他們的理想和目標完全是西方的議會政治路線。當然，這也反映了剛剛在台灣隨著經濟成長而成長起來的，新的台灣的民族工商階級在政治上的要求。這是我們政治上的目標，直到今天我們還有很多人要求政治上的民主和自由化。我這樣說，並不在對這個運動做什麼價值的判斷，我只是告訴大家；這個運動和整個三十年來的西方經濟對台灣的支配有不可分離的關係。其次，從一般思潮來看，我可以舉出一家「自動關閉」的《文星》雜誌。那時有一位作家，一連串地寫了許多文章，其中表現的思想，無非是個人主義和對權威的懷疑和反抗，在中國未來的方向和道路的問題上，提出了一個口號——「全盤西化」，甚至於大聲疾呼：為了要全盤西化，我們應該不惜犧牲，連西方的缺點也照單全收之。從思想內容上看，這並沒有新奇的地方。我們知道中國在一九二〇年或三〇年代，就有過這種「中西文化」孰優的論戰，而且討論的很深刻、很廣泛。從全局去看，基本上這個問題已經解決了。可是，由於台灣在一九四九年之後，由於各種因素，和整個中國近代思想傳承發生了斷絕，所以在發展的過程上，必須把這些老的，似乎在中國已經解決的問題，重新在台灣再繞個小圈。從台灣的整個歷史看來，這是件非常有趣的事情。這和台灣由於帝國主義和中國大陸分離有很大的關係。比方在早期，台灣也有白話文的論爭，但在時間上隔中國的白話文問題的討論，有十年左右了，就是說中國大陸的白話文已經辯論過，在基本上，問題已經解決，而且在白話文已於中國的許多文學作品中開花結果的十年之後，台灣才開始討論這個問題。還有像中西文化論戰也一樣，七〇年代以後的新詩論戰也可做如是觀。西方式的個人主義、自由主義對權威的反抗，對自由的嚮往或對西方傾倒的心態，是三十年來台灣革新思潮的主流。最後，我們再看看，這三十年來台灣的學術界和科學界是怎樣的情形。在談這問題之前，我介紹同學讀一篇文章，即第一〇五期的《大學雜誌》裡頭，李豐醫師寫的〈把醫學從殖民地的地位挽救回來〉。這篇文章是這麼開始的。她說：她是一個醫師，台大醫學院是個教學醫院，每個禮拜要舉行一次臨床病理討論會。三十年來，這個討論會中所使用的語言，是一種以中文語法夾雜英文語彙的特殊語言，由於行之已久，大家習以為常，早已不覺得奇怪了。可是，有一次，來了一位剛從美國回來的李治學醫師，他很努力的用中文在這個討論會上做報告，結果引得全場哄堂大笑。原來在這二、三十年來，大家習慣於那種中不中西不西的語言，如今突然換成中文，講起來可能反而顯得彆腳，於是大家竟然引為奇怪而笑了起來。可是，在場的李醫師覺得很沉痛，她說：「中國人在中國的地方，因為使用中國的語言來討論中國人的病情，而引起哄堂大笑，卻沒有人以為是很大的笑話；也沒有人認為是一個很大的諷刺。中國人在中國的地方，替中國人看病，卻要用彆彆扭扭的外國文字來寫病歷；中國人在中國的地方，使用中國的材料做研究，卻要用似通非通的外國文字來寫論文，也沒有人視為是笑話，也沒有人認為是一件很諷刺的事……。」接著作者又舉出我們鄰近的日韓，很遠處的歐美，指出這些國家中，沒有一國的醫生是用外國的語言文字來討論他們本國的病歷，寫論文的。惟獨香港是例外。但香港是英國的殖民地，而我們卻是一個獨立自主的國家……。她說，我們學生苦讀了十幾年，好不容易考上了大學，第一件最令她迷惑的是外文的教科書，如海浪滔天而來，搞得昏頭轉向，天天翻字典。如此整個台灣的教育變成了外國高等教育的預備教育，台灣有些學子好不容易捱到了個博士，報紙上偶而也登載一下，但是，在整個學術市場上，就絕對比不上在外國繞了幾圈回來的人。這個問題我們一點也不陌生，我想大概除了中文系之外，沒有一系的教科書不是外國人寫的，甚至還有些學校的系主任和很多老師也是外國人。在基本上，我並不是反對外國的東西，我一直認為外國的經驗中好的東西我們要接受，外國的東西我們要有批判的分別地加以吸收。然後用到我們民族的具體情況上。我們要了解：什麼叫教科書呢？教科書就是一個國家的學者專家，用他在學術上的成就，面對他們自己的民族或國家的具體問題，提出解答的方向，然後把他的解答和方向，交給他的下一代，使他的下一代能按照自己的智慧、自己的成就去面對自己的問題，然後一代代的承傳下去。沒有一個國家的教科書是用別的國家的語言寫的。就拿醫學來說吧，也許我們想：全世界的癌症一定都一樣，所以美國人治療癌症的經驗，一定也會變成我們的經驗。可是，外國有色人種在鼻咽癌和肝癌上的病例很少，但在台灣卻很多。假如你是醫學院的學生，你讀了外國的內科學，那麼在肝癌那一章，也許你就發現書上說這病例很少見，他們沒有多少資料研究。關於肝癌的解答，你在這本以外國情況為基礎的教科書上是找不到的。實際上，在台灣，我們在鼻咽癌和肝癌的研究上已有相當的成就。可是，我們的有關研究論文並不是寫給我們看的，而是用彆彆扭扭的英文發表在別的國家的醫學雜誌上。對於外國醫生，他是看了只是了解有這麼回事，對他們沒什麼實際的價值。但是對於台灣的醫學教育卻是一項不可饒恕的損失。這個問題值得每個同學想想，如果開始的十年我們從沒有變成有，需要借重外國人的經驗，外國已有的成就，這是我可以同意的。然而三十年來我們整個學術界和大學教育，讀的是別人要他們的子弟解決他們自己特殊問題的教科書；二、三十年來我們的老師很少用中國的語言，以中國的材料，針對中國具體條件寫成教科書給我們讀。你們應有權利要求老師寫這種教科書。「對西方的附庸化」，是台灣學術界或者說是科學界的一般情況，至於其他的社會生活更不用說了，尤其最近十年來台灣學生生活普遍有了顯著的改善，家庭生活富裕化，甚至在台灣正景氣時，有學生自己搞起貿易來了。這並不是年輕人的錯誤，是這個客觀而具體的環境下所造成的。再說我們的音樂系，在二、三十年來的教育下，沒有培養出一個真正具有中國民族風格的音樂家，音樂系的學生成天和外國的音樂為伍，充其量只培養一個外國音樂的很好解釋者，那就是演奏家。可是，他們花那麼大的力氣，那麼多的心思，經過那麼痛苦的煎熬，學的竟都是外國的東西，從來沒有自己民族的聲音。我曾聽過一位教授說：沒有一個音樂上具領導性的國家不是音樂上的民族主義者。他以德奧為例，他們的音樂教科書從小學到專門大學，多半都是他們的民族作家。愈低層的音樂教育，愈多是他們自己的民族音樂，他們的民謠，他們民族幾千年來的歌聲。繪畫更不用說了，我們可以從我們學生的畫展中看出紐約、巴黎、東京的影子，畢卡索的影子，許多我們在畫冊上熟悉名字的影子。文化上精神上對西方的附庸化，殖民地化——這就是我們三十年來精神生活突出的特點。這一認識也許使我們驚愕，但卻是不爭的事實。此無他，唯一的解釋，我想，是由於我們整個實際社會生活就是籠罩在別人強勢的經濟支配下的緣故。我們附庸性文化，只是社會經濟的附庸化的一個反映而已。

四、文化附庸中的台灣文學

在這樣的精神環境，讓我們回顧這三十年來台灣文學是怎樣的一個情形。在台灣年輕一代文藝工作者成長的時期，我也參與了一點，所以我可以就這個問題做一回想，和大家做個探討。首先，我要介紹的，當然是標示文學運動最重要的標誌——文學同人雜誌。先說當時由夏濟安主編的《文學雜誌》。它有兩個組成部分，第一個部分是介紹西洋的東西，西洋的思潮和西洋的作家；第二部分是因為當時來台不久，新一代的台灣作家尚未成長，而當時的幾個作家都是以回想在過去大陸上的經驗為創作的題材，所以我替它起了個名字，叫「回憶的文學」。《文學雜誌》中主要的這兩個部分，並沒有現實上台灣生活的反映。但很重要的一部分還是西方東西的介紹，用很大的熱心加以評介。另外一本《筆匯》雜誌，雖然和學院離得較遠，卻依然被籠罩在一片西化的潮流之下。「五月畫會」的一些成員，當時，還只是師大藝術系的學生，整天在《筆匯》上搞「康定司基」、「達達主義」、「超現實主義」。在文學上，《筆匯》也花不少力氣介紹外國的作家、批評和理論。主要的真正指導他們文學道路和思想的是西方的東西。《現代文學》更不用說了。它可以說是私人辦的當時台大外文系的習作雜誌。《現代文學》的同人，把學自課堂和閱讀西洋文學，以中文實踐。五四新文學的傳承中絕了，他們就在西洋文學中找傳統，模仿西方文學的內容和形式，從事創作。這樣說，絕不是在批評或嘲笑他們，在社會經濟全面附庸於西方的時代，文學藝術不向西方「一面倒」，才是不可能的。《現代文學》培養了很多優秀的作家，像白先勇、陳若曦、歐陽子、王文興等。再說一九六六年創刊的《文學季刊》。如今看來，西方的東西在這個雜誌中仍然占有很大的支配力。我們也曾花過很多力氣，把還看不太懂的西方文學評論很吃力地翻譯出來，然後登了出來，同時又介紹作家和流派等等。當然，我們也培養了許多作家，如大家非常喜愛的黃春明，產量較少但非常賣力精工的王禎和，還有現在作風已改變的施叔青。不過，《文學季刊》和《現代文學》畢竟有些不同之處，後者是全心全意的往西方走，而前者一直在尋找自己的道路，或者主觀上願意走自己的路。而這尋找的工作在一九七〇年以後有了很大的進步。我在《文學季刊》開始寫些隨想的東西，當時也曾把一些不必要的英文字眼夾在文章裡，顯然是崇洋媚外。當時，我對西方的影響已經有了反抗的意思。可是，即使如此，我還是樂此不疲，甚至到今天，有時候和人講話偶爾還有幾句英文單字。這是一種心態，是整個文化空氣之下，我們的處境。

五、七〇年代的變化

在一九七〇年代的開始，客觀事物和我們精神生活都有很大的變化。首先是國際政治上的撞擊，一九五〇年代開始的「自由世界和共產世界兩分」的世界冷戰的時代，已經慢慢結束了，趨向於多元化世界。在一個時代結束，另一新時代在形成的過程中，我們受到很大的撞擊。我們自動的退出了聯合國，然後是一連串的外交挫折。我們過去一個勁往西方看，一個勁往東方日本看，總覺得人家好，所有美好的名詞都和美國，日本連上關係。可是，到了七〇年代以後，我們突然發現這些我們奉以為師、視以為友的「自由世界」重鎮，竟冷酷地背棄了我們。一些本來似乎還很遙遠的事，似乎跟我們沒關係的事，忽然一下子都來到我們眼前了，使我們措手不及。這是國際上的變化。再說經濟方面：經六〇年代末到一九七四年，由於世界性景氣，我們遭逢前所未有的繁榮時期。在這個時期中，一方面是社會財富的增加，一方面也顯示出工商經濟體制內部的問題：顯著的是財富分配的問題，工人的工作條件問題，工人的職業疾病問題，農村、漁村、礦區的社會問題等，引起了青年和社會深刻的關切。再加上「釣魚台事件」的勃發，首次啟迪了戰後年輕一代愛國情緒和民族主義的情感，真切地感覺到依附於強國下自己民族的危機。過去，我們對中國的感情和認識，是地圖上像秋海棠的一片葉子的中國。我們只在中國現代史的課堂上，讀到帝國主義的侵略時，悲忿一番，過會兒就忘了。「保衛釣魚台」的運動發生之後，青年同學才真正在實際運動中參與了自己民族的命運。

（一）「保釣」後的思潮和文學

這一切的變化，使年輕的一代，從原本只知引頸「西」望，變成愛看自己的本身、自己的社會、自己的同胞和自己的鄉土。他們喊出了一個口號，「要擁抱這個社會，要愛這個社會」。於是，有了社會調查的運動，到山地、漁村、礦區等去調查當地的實際生活情形，他們也展開了服務運動；青年們帶著一顆赤誠的心，到孤兒院、老人院去慰問。總之，他們開始關心自己校園以外的事物，關心實際的社會生活，當然這些關心也許還欠深入，但從發展的過程說，這是三十年來第一次在台灣的青年字典中有了一個新的詞彙——「社會意識」、「社會良心」和「社會關心」。在這樣的思潮下，台灣文學也有了轉變，那就是以黃春明、王禎和為代表的「鄉土文學」。這一個時期的文學作家，全面地檢視了在外來的經濟、文化全面支配下，台灣的鄉村和人的困境。他們不再支借西方輸入的形式和情感，而著手去描寫當面台灣的現實社會生活和生活中的人。在文學形式上，現實主義成為這些作家強有力的工具，以優秀的作品，證實了現實主義無限遼闊的可能性。這一時期的文學思想，表現在一個論戰上，即「現代詩論戰」。在這個論戰中，相對於「現代詩」之「國際主義」、「西化主義」、「形式主義」和「內省」、「主觀」主義，新生代提出了文學的民族歸屬，走中國的道路；提出了文學的社會性，提出了文學應為大多數人所懂得的等愛國的、民族主義的道路。他們主張文學的現實主義，主張文學不在敘寫個人內心的葛藤，而直寫一個時代、一個社會。

(二)「鄉土文學」

說到「鄉土文學」，有趣的是：一般所稱「鄉土文學」的代表作家如黃春明和王禎和等，都不同意將他們的文學稱為「鄉土文學」。中國新文學在台灣的發展，有一個過程。經過六〇年代晚期以前的「西化」時代，在七〇年的前夕和七〇年代初年，作家開始以現實主義的形式，以台灣社會的具體生活為內容，檢視西方支配性影響在台灣農村所造成的人的困境。七〇年代以後，楊青矗的工廠和王拓的漁村成了小說的主要場景。他們在現實生活中找題材，找典型的人物，在現實的生活語言中，調取文學語言豐富的來源。在這一個意義上，王拓說：「是現實主義文學，不是鄉土文學」。對「西化」的反動和現實主義，是這一個時期文學的特點。

從歷史上看，「鄉土文學」是抗日文化運動中提出來的口號。由於深恐中國文學在殖民地條件下消萎；由於中國普通話和閩南話之間的差異；由於日治時代台灣和大陸祖國的斷絕，當時，傷時憂國之士，乃有主張以在台灣普遍使用的閩南話從事文學創作，以保中華文學於殖民地，而名之為「鄉土文學」。

當然，今天情況在有大的不同，但相對於過去「鄉土文學」有強烈的反日本帝國主義的政治意義，今天的作家，也在抵抗西化影響在台灣社會、經濟和文化上的支配，具有反對西方和東方經濟帝國主義和文化帝國主義的意義。毫無疑問，由於三十年來台灣在中國近代史中有其特點，而台灣的中國新文學也有其特殊的精神面貌。但是，同樣不可忽視的，是台灣新文學在表現整個中國追求國家獨立、民族自由的精神歷程中，不可否認地是整個中國近代新文學的一部分。

(三)殖民地時代反日抵抗文學的再評價

也就在七〇年代的前夜，一些優秀的、年輕的文藝史學家，如張良澤、林載爵和梁景峰，開始著手整理日治時代台灣抵抗文學的歷史。一直到今天，《文季》、《中外文學》、《夏潮》、《大學雜誌》等，陸續不斷地有介紹和評介日治時代台灣抵抗文學的文章。這和三十年來，文學性雜誌上一味評介西方文學的事實，有多大的對比，多大的不同！這些前行代民族文學家，在過去近三十年中，由於文藝界以洋為師，「西洋」掛帥，竟被湮沒了將近三十年的時間，隨著時代的變化，和「現代詩論戰」、「鄉土文學」同時，開始了對先行代抵抗的民族文學家予以再認識和再評價，是有它的必然聯繫性的。

先行代抵抗的民族文學家給予我們的教育是什麼？首先，是他們有明顯的歷史意識，他們的文學，強烈表現了整個近代中國抵抗帝國主義的歷史場景，其次，這些作家表現了勇於面對當時最尖銳的政治、經濟、社會和文化諸問題，不逃避，不苟且，在抵抗中，正面表現了人類至高的尊嚴；再次，他們毫不猶疑地採取具有強烈革新意識和傾向的現實主義，作為他們文學表現的工具。對於台灣先行代民族抵抗作家的再認識和再評價，無疑地將成為新一代在台灣的中國文藝家最好的教材，承傳這一偉大而光輝的傳統，發揚而光大之。

六、結論

七〇年代以前，台灣不論在社會上、經濟上、文化上都受到東西方強國強大的支配。在文學上，也相應地呈現出文學對西方附庸的性格。

七〇年代以後，因著國際政治和國內社會結構的變化，開始了檢討和批判的時代。「保釣」運動激發了民族主義和愛國主義的熱潮，掀起了社會服務和社會調查運動，社會良心、社會意識首次呈現於戰後一代的青年之中。在這個變化下，文學在創作上以現實主義為本質的所謂「鄉土文學」的文學思潮，展開對西方附庸的現代主義的批判，提出文學的民族歸屬和民族風格，文學的社會功能；在文學史上，前行代台灣省民族抵抗文學的再認識和再評價，使日治時代民族抵抗文學中反帝，反封建的意義得到新一代青年的認識。從文學長期向西方一面倒到文學的民族認同；從逃避主義、現代主義、「國際主義」和主觀現實主義，到文學的民族談歸屬，到文學的社會功能，到文學的現實主義；從評介西方文學到對台灣先行代民族抵抗文學的再認識和再評價，是一條漫長的發展演變過程，有一定的歷史、社會、經濟的基礎。而我們也從而可以肯定，新一代青年，將沿著這一條曲折迂迴的道路，開發一種以台灣的中國生活為材料，以中國民族風格和現實主義為形式，創造全新的文學發展階段，帶來中國新文學在新階段中的一次更大的豐收！

（本講稿由楊豐華小姐整理，謹此致謝）

初刊一九七七年七月《仙人掌》第五號
收入一九七八年四月遠流出版社《鄉土文學討論集》（尉天驄主編），一九八四年九月遠景出版社《孤兒的歷史．歷史的孤兒》，一九八八年五月人間出版社《陳映真作品集11．中國結》

1 本篇為《仙人掌》雜誌「中國文化造型」專號文章。一九七七年七月《仙人掌》第五號於六月一日印刷，本文據此排在六月。

2 「美感」，人間版為「靈感」。

3 「近代」，人間版為「現代」。

台灣畫界三十年來的初春[1]

在我這個世代，對於先行代台灣畫家，已經不很熟悉了。但是光復後一代的青年畫壇發展的路徑，由於其和光復後一代青年文學的成長相並行，所以比較熟悉些。早在五〇年代，西方，尤其是美國的文化就在本省的文化上表現出強大的支配性影響。以當時的青年文學界來說，歐美文學思潮、作品和作家的介紹，一直是當時幾些文學同人雜誌的重要內容。而西方「現代」繪畫的思潮、畫家、作品和知識、技術的介紹，也在上述的文學同人雜誌內容上，占有重要的分量。例如劉國松、莊喆，都曾是《筆匯》月刊美術方面的活躍的編輯。

和「現代詩」一樣，「現代畫」在台灣的青年文藝生活中，特別在五〇年代後期至六〇年代中期，有過「輝煌」的地位。有不少的年輕畫家，一直到六〇年代，「進軍國際畫壇」，「揚名海外」，聲勢不能說不大。許多急躁的，充滿了藝術狂熱和創作機能的美術青年，紛紛往巴黎、紐約跑，或學習、或開畫展，絡繹於歐洲和美洲的道上。

謝里法便是這些滿懷野心和理想的青年畫家之一。

去國十餘年，在近五、六年中，謝里法常有文章在國內的文學雜誌和美術雜誌上出現。「跟阿笠談美術」，是謝里法在台灣發表的最具思想性的文字。足許為戰後嚴重思想貧乏的台灣畫壇中，最具教育性和啟發性的藝術論評。

身居海外，寫文章回來議論歐美畫壇的中國畫家，不只是謝里法一人。但謝里法啟聵振聾之處，在於他對歐美畫壇，具有犀利而深刻的批判的眼光。這和一登美洲，一到巴黎，就雙膝點地，痴迷不省地膜拜歐美的一切的人，有天壤的差別。

在台灣，謝里法幾乎是揭穿「歐美的繪畫向來是西方資本主義之變僮妾妓」的第一人。在資本主義下，利潤的貪欲，連一切素來被奉為清高的、獨立的東西——類如道德、藝術——都被改造成可以買賣，可以斂利的商品。他說：

> 那麼，取巴黎而代之的美國，又是怎麼一種藝術氣候呢？用最簡單的語句來說它的話：它是〔……〕在層層財團培植下滋長的藝術；它是以販賣地皮式的經營下訂立價值觀的藝術；它是以商標建立版權的藝術〔……〕。
>
> ——〈第二封信〉

在另外一封信中，謝里法把今日歐美藝術的商品性，說得更加透澈。他說：

畫商的背後有財團在支持著，當他想盡辦法製造某畫家作品的價格高漲之後，得利的不只是畫商本身，財團的獲利往往最大。這好比經營股票市場和販賣地皮，畫商可以勾結美術館和畫評家，使不值一文的畫家身價百倍，也同時造成了畫價的暴漲，因而撈來一筆巨財。所以說買畫的人，必須對行情有眼力。買進來的畫，三、兩年內便期待以雙倍或三倍價錢再賣出去。這都已成為美國有錢人的生財之道。

——〈第十五封信〉

於是，藝術品變成了股票、地皮；成了投機商人玩弄的奇貨。一大群貌似狷狂不群的畫家，便孜孜矻矻、戰戰兢兢地在畫商和財團的荷包下討生活。謝里法說：

至於畫家的身價以及他們的產物是藝術還是垃圾，更是決定在錢的有無。股票的上漲造成畫廊的興隆。去年三千元賣一幅畫的畫家，今年可漲到三千五，明年則更不止此數。因此投資藝術品較在銀行放利息或買地皮更有利。這一來畫家的產品件件都是藝術品了。不幸股票大跌時，畫廊也相形清淡，造成了畫家生產過剩，比倒垃圾都還費一番心思〔……〕。

——〈第五封信〉

這樣看來，說藝術品的價值是超越一般市場上的規律；是獨立的、崇高的、永恆的……人，倘若不是出於無知，便是出於欺罔。在資本主義下，藝術品服從於赤裸裸的商品法則。所謂「創作」、「典型」、「風格」云云，無非是商品商標、版權、專利的偽裝罷了。而那些咬著板菸、蓄著斯文的鬍子，滿口藝術評論術語的畫評家，只不過是推銷商品的廣告企畫家、推銷員和應召女郎的皮條客。謝里法說：

有產品就得有商標，方能收到廣告之效；商標的式樣越突出，所得的廣告效率就越高。借用文士派畫家的語氣，所謂式樣突出的商標則稱為「個人突出的藝術風格」。風格是不可抄襲的，以商業道德說，那是「版權所有，翻印必究」，在法律上也給予專利的特權。但文士派畫家們因不屑拿藝術與政治和商業並論，因此，「版權所有論」與「專利特權論」無法見容於藝術理論之中，因而有了更高雅的稱謂，如「創作論」、「典型論」、「風格論」等等了〔……〕。

〔……〕該死的還是那群把麻臉新娘談成天仙的畫廊僱用的藝評家了！

——〈第五封信〉

「現代畫」之為形式而形式，之流風常變，有一大半便是由畫商、財團、勾結所謂畫評家起鬨的產物。商品的推銷，一半是被動地迎合市場的需要，一半是主動地經由精心設構的廣告術，教育和創造出來的。類似嚼口香糖、搖呼拉圈那樣出奇無聊的需求，便是商人主動去創造的。「現代畫」流派的轉換；現代畫家各自成「流」的「風格」和「典型」；現代畫評家奇詭的議論，說穿了，和商品的推陳出新，服裝、鞋帽款式的按季、論年變化，在本質上，沒什麼兩樣，也和股票的起落、地皮的漲跌，在根本處很有相同之處。謝里法說：「素描所以長久為畫家所愛惜，能用來跟潮流是有主要的原因吧！」（〈第十封信〉）跟得上由財團、畫商和僱傭的畫評家一手製造的「潮流」，才能名利雙收，否則永無出頭之日！

由之，在資本社會中，畫家再也不是什麼獨立的藝術家。畫家和勞動者、和小生產者一樣，是商品的製造者。他們不是按著自己獨立的藝術創意作畫；他們是隨著財團、畫商和僱傭畫評家的金光閃閃的魔杖，挖空心思，絞盡腦汁製造「潮流」，栖栖遑遑、孜孜矻矻地趕「潮流」。他們的藝術作品，幸者為畫商、財團、僱傭畫評家捧為「天才」的作品，當作股票、地皮翻炒之餘，分得一點殘羹，名利雙收；其不幸者，半生「嘔血瀝心」之作，不值一堆糞土，挫折而終。而所謂「畫評」、「畫論」和「宣言」云云，追根究柢，只是一批無聊知識分子「把麻臉新娘談成天仙」的謊言罷了。——這些，正是謝里法在「跟阿笠談美術」這本通訊上所揭發的整個歐美「現代」藝術、「新興」藝術的內幕。

從五〇年代到今天，也不知有多少畫家到國外去留學，去開畫展。但似乎只有謝里法一個人有這份洞識，有這份誠實，有這份膽識，做了勇敢、深刻的揭發。當我們看見大多數的中國滯外畫家，以參加外國小鎮上的一個畫展就忙著向國內發消息、寫文章以驕國人；寄回國內的文章議論中，大量向國人販賣外國畫評家的謊言；一心一意張大眼睛，豎直耳朵緊跟、快跟巴黎和紐約的「潮流」時，我們知道，台灣青年畫壇三十年來卑屈地、可憐地、附庸地、盲目地跟著歐美奔波的時代，到謝里法已至盡頭，而孕育著一個新的、批判的、反省的時代。路子是走得迂迴了些、曲折了些；時間是長了些、遲了些，但一封封讀著「跟阿笠談美術」的信，還是令人止不住因喜悅而來的胸塞眼熱之感。

謝里法不只是消極地批判和揭發了資本制度下歐美畫壇的各種真相，即破的一面；他還有積極建設和尋找一條新的、中國的藝術方向和風格的努力，即立的一面。

藝術的社會責任

藝術起源於鮮活的人的勞動和生活。藝術原與人、與生活、與勞動，是分不開的。這只要看各民族原初在石壁上、在器物上的畫，就不難明白。後來，隨著社會的發展，從事繪畫的人逐漸脫離了生產，以繪畫為專業，為同樣脫離了生產而從事管理和支配社會的若干階層的人服務，從而繪畫的內容，也相應地脫離了社會生活、勞動，以及生活中、勞動中的人。這種非生活、非勞動和非人的傾向，到了「現代派」，早已超過了「不回歸線」。而曾經在初到巴黎時「完全地接受西方藝術洗禮」的謝里法，終以批判的精神，說出一句寶貴的話：

藝術產生在人所生活的環境裡，只有在生活中的人才產生得出藝術來（……）。

——〈第六封信〉

「現代派」人以繪畫的「純粹」為言。所謂「純粹」，便是在繪畫中抽離一切人的、生活的、社會的、勞動的因素，而追求極端歧義化和不可知化了的「內在」的世界。「現代畫」的主觀主義、唯心主義，在資本社會中商品和市場的不自然、不完全的條件——即財團、畫商、畫評家之人為的投機和操縱——之下，發展成各式各樣奇詭的形式主義。顏料以外的各種物質材料的運用，聲、光、電和器械的使用，對自然形象的拒絕和改組，甚至極端的模仿照相的「真實」……，林林總總，正如一家巨型超級市場中的商品多樣而常變。但形式的多樣，正好說明了從內容完全游離了的藝術形式之空虛、欺罔和矯飾。在充滿了戰爭、革命、侵略、抵抗、飢餓、疾病、政治黑暗、社會不公、生態環境的破壞的二十世紀，絕大多數的「現代畫」一直在扮演著既有秩序和既存現實的弄臣、俳優和妾妓的角色。它們像各式各樣的「廣告」，美化既存社會，而把陰暗的現實、嚴重的問題遮蓋了起來。謝里法說：

我們又聯想到多少畫家的筆製造出來「農家樂」的幻覺，這是藝術功能癱瘓了的結果。〔……〕

還記得「四海無閒田，農夫猶餓死，誰知盤中餐，粒粒皆辛苦。」這句唐詩嗎？自古我們的先賢不已揭發了「農家樂」派使用廣告術的傳統陰謀家的居心，〔……〕藝術家們必須以良知和銳利的畫筆，刻劃出社會的每一個層次，像那一句唐朝的憫農詩，把「四海無閒田」和香腸的裡層幕後挖掘出來，〔……〕。

——〈第六封信〉

「把『四海無閒田』和香腸的裡層幕後挖掘出來」！謝里法引用了一個笑話。有人以歐美的社會是一個「豬進去香腸出來」的社會，極言歐美社會生產之機械化和生產過程之完整。「豬進去香腸出來」的社會，是一個工業資本經濟的社會；而「香腸」，便是五花八門商品的象徵。謝里法號召畫家「以良知和銳利的畫筆，去揭發鄉村的凋疲和商品經濟的秘密——即資本對於無償勞動的掠奪。於是繪畫有了功用，有了使命。畫家應該起而揭發和批判世界上既存的不公平、不合理，為建造一個公平、合理、自由與和平的世界而努力。」——這是三十年來台灣畫壇聞所未聞的聲音；是在台灣成長的新生代藝術家提出藝術的社會良心、社會責任和社會效能的第一人。在六〇年代，我曾在〈現代主義底再開發〉[2]中，對盛行於台灣的文學底、藝術底現代化主義提出了批判的意見。七〇年代初，台灣的新銳文學界展開了對於現代詩的討論和批判，提出了文學的社會功能、文學的民族歸屬等重大問題。在創作上，文學界收穫了以批判和抵抗西方對台灣文化殖民為主題的現實主義文學，而取得一定的成果。但是，同一時期的台灣畫壇，卻是一片茫漠的沉寂，毫無回應。

現在，謝里法明朗、深刻地回應了這個運動。

謝里法不只提出了繪畫的社會屬性，提出了繪畫為社會服務的使命，他也提出了繪畫的民族歸屬性：

過去仿古人筆墨的畫家看不見台灣，後來練素描的畫家也看不見台灣，〔……〕。

——〈第十封信〉

藝術的民族歸屬性

一雙「為藝術而藝術」的眼睛；一雙孜孜矻矻趕「潮流」、跟「潮流」的眼睛；一雙唯外國畫商、財團和畫評家的指揮棒是瞻的眼睛，當然看不見台灣。而在當前，在目前的歷史階段中，對於目前生活並植根於台灣的中國人而言，台灣的生活是具有最大現實意義的中國生活。但迷信「為繪畫而繪畫」、「為素描而素描」的眼睛，面對這樣具體的生活時，竟是完全盲目的。謝里法說——

素描的周圍，〔……〕被素描專利了的眼睛所看不到的周圍，又是些什麼？看不到的是生活，和在生活裡面所蘊藏著的一切。〔……〕閉起被素描訓練過的眼睛，被素描專利了的眼睛，或說被素描強奸了的眼睛，那時妳將會看到一個新天地；那是活的天地，充滿著一切美的醜的，可愛的和可恨的。

——〈第十封信〉

謝里法要求畫家將「實實在在活著的有血有肉的人」，「將之活生生地納入……畫裡，生活在……畫裡」（〈第十六封信〉）；要把人當作「為生活而勞動著的村民」——而不是當作「活動的景物」；不是當作「個人退了色的記憶」——入畫。殖民地時代的台灣，曾有來自日本的畫家來台，以「畫台灣」而領導台灣畫壇。但是，在這些殖民者、統治者的眼中，台灣只是「山啊、水啊、花啊、鳥啊」，而「誠然沒有一景一物屬於過台灣」（〈第十六封信〉）；盡是「大師們的畫冊中偷來的藍啊、黃啊、紫啊、靛啊」，「也沒有哪個顏色屬於過台灣」（〈第十六封信〉）。

並且，「與這塊土地相依為命的居民，在其創作中已全然忽視了。」（〈第十六封信〉）。不幸的是，「近五十年來的台灣畫運，是這種『純情』為藝術而藝術的心所領導下，給帶出來的。」（〈第十六封信〉）近五十年來的台灣畫壇，便是這樣脫離了社會，脫離了人——「為生活而勞動著的」，「有血有肉的」人的畫壇！謝里法的這一聲喝破，令人怵然而驚。從而，謝里法要畫家們為他們自己的畫尋找歸宿。他說——

阿笠，西洋美術對妳我的意義是：引導我們走進再向自己認同的那條路。通過了，所看到的台灣才更美好。

——〈第九封信〉

台灣的地方特點和中國的全局觀點

在〈第九封信　赤牛〉中，謝里法十分感傷地以生我、育我的鄉土為認同的宿止。也許長年羈旅，憂時傷國，因而對於鄉土懷抱了過分膨脹的情感。但是，即使是鄉土的回歸，應該不止於聽見台灣民謠而戚然淚流吧。對於在台灣努力生活著的人們，老實說，台灣並不僅只是一首民謠；一嘴的檳榔，一身的「土」氣，一腔子「台灣國語」——甚至不堪入耳的「幹你娘」、「駛伊娘」——，也不只是腳上的木屐、小店裡的「愛玉冰」、「仙草冰」和「大橋頭的歌仔戲」。不，這些毋寧是愚昧的漢族沙文主義在電視上製造出來的形象。在台灣「為生活而勞動著的」人們，正也和「為生活而勞動著的」一切中國人一樣，胸懷大志，對中國的前途充滿了光明的希望和堅毅的信心。他們要和一切中國人一道，決心為中國的自由和獨立，主體地貢獻自己的力量。

也許正因為在尋求認同的宿止時，謝里法還沒有把眼光做中國的、全局的觀照，他在指出繪畫的社會現實性和民族歸屬性的內容時，沒有討論到相應於這個內容的形式問題。內容決定形式。中國，連帶地是台灣美術建設——尤其是藝術表達形式的建設方向問題，幾乎和內容問題的提出，而同時產生，長久存在於我國民間的民俗藝術，無疑是建立中國、連帶地是台灣美術新形式的主要母體。當然，批判地、謙虛地、誠實而熱心地接受西方藝術成就中的精華和有益、有利的部分，也是同等重要吧。

對帝國主義藝術影響的抵抗

在台灣，近代意義的美術，孕育於日本領台時期。光復後，歐美藝術隨著歐美資本、技術和其他商品對台灣的支配性影響，而支配性地影響、領導了台灣的畫壇。帝國主義文化的影響和殖民地文化的性質，五十多年來正是台灣畫壇的特點。謝里法說——

> 台灣島上居民的生活方式不斷在改變著，畫家們的畫也在發展中改變著，可是兩者間的關係卻異乎尋常地淡泊。顯然〔台灣〕繪畫受到外來的影響，遠超出本島社會對它的影響。說開來，不都是由於那外來的領導所種下的惡果。以後再怎麼也只好被人家牽著鼻子向前走了。
>
> ——〈第十六封信〉

改變台灣畫壇的殖民的性格，從批判開始——

今天，我們藝術的門戶是開放的，讓西方——尤其是美國的「前衛」思想滾滾地流進來。卻別忘了，必須通過批判的眼光，然後接受西潮。

——〈第六封信〉3

藝術價值和社會

剖析歐美繪畫的商品性；揭發財團、畫商和畫評對繪畫的投機；揭露西方繪畫非人的、非社會的、非生活的本質——這些都是謝里法所作，在台灣美術思想上三十年來僅見的批判工作。但除了消極的批判，謝里法提出了美術史之社會的史觀。在每一個社會發展階段，都有一個支配和領導該社會之經濟的階層。這個階層的情感和思想，相應於其在社會經濟上的領導地位，成為該社會的領導和支配性的情感和思想。因之，那個社會中一切的精神和文化，便從屬於這個領導性階層的感情和思想而倡建、而創造。謝里法說——

西洋美術所反映的都是每一階段裡西洋社會文明的容貌。被提出來在學術界裡成為討論對象的繪畫，當有它所代表的時代意義。所以它能串連而成為一個發展的系列。這便是我們通常在美術通史中看到的西洋繪畫。事實上，這只是站在一個特定的價值觀點上作評價而後編寫的美術史，所選擇的當然是配合了這價值觀的繪畫，嚴格地說來，它只在這系列的美術價值觀裡是有代表性的。若更換一個立場，這時因評價的轉變，或許就得另擇取一批繪畫來成為它的代表了。

——〈第十六封信〉

這便產生了畫家立場的問題。以領導階層的思想和感情——即價值標準而寫的美術史，是一種美術史；同樣，為取悅或表現這階層的思想和情感的美術作品，是一種美術作品。反之，便是另一種美術史，另一種美術作品。當然，在前一種美術史和美術作品中，就沒有廣大的「為生活而勞動著的」人群；就沒有社會，沒有真實、廣泛的生活。謝里法又說——

從來我們讀到過的歷史，是以社會支配者的活動為中心寫下來的歷史，所以他們的口味才在歷史中顯得如此的重要。如果有可能將歷代以來被支配者的口味為重點寫歷史，要以對被支配的群眾有感染力的畫家來編一部平民的美術史，那麼提名到史頁上的畫家就又是另一批人馬了。

——〈第十六封信〉

在古代，帝王將相和地主老爺們有他們的口味，從而合乎這口味，對他們有感染力的文學、藝術和文化，才是入流的、高雅的文學、藝術和文化；同樣，在今天，財團、資本家有他們的口味，從而合乎這個口味，對他們具有感染力的文學、藝術和文化，才是新潮的文學、藝術和文化。台灣「現代畫」何以在群眾中顯得雖然高傲卻出奇的孤獨，何以傲視同胞而諂媚於外國主子；何以在其中看不見自己社會中的具體現實生活；何以看不見「為生活而勞動著的」同胞；何以看不見自己民族的風格……，至此已是彰彰若揭了。盛行於此間藝術界的藝術的超然論、絕對論、純粹論和藝術國際主義，在藝術的社會史前，便現露了它欺罔的、俳優婢妾的真面目。

現實主義藝術和文學的聯合

在更積極的一面，謝里法提出了藝術向當前台灣革新文學學習與合作的要求。他說——

一年來，妳斷斷續續郵寄了許多新出版的小說送我。這裡頭像楊青矗的《在室男》和《工廠人》、黃春明的《鑼》、王禎和的《嫁妝一牛車》、王拓的《金水嬸》；鍾理和的全集和吳晟的《吾鄉印象》(詩集)等。妳說:「他們都是走進農村、漁村和工廠,雙足紮實踩在台灣泥土上執筆,為勞動中的人代言的知識分子。」

文學界的朋友們,已開始關心向為文人所漠視了的民眾,憑著知識分子的良知,在文學創作中表現著與土地汲汲相關的人們的艱苦生活。相信這般向土地認同、重新肯定自我的精神,會逐漸喚醒沉醉在「現代派」迷語中的文藝青年,也刺激一心想在文化古塚中掘寶求富的文藝青年。形勢之所趨,美術界的朋友們必然也將正視這個問題。

——〈第十六封信〉

新的「現代」主義

是的。和文學比較起來,台灣的畫壇和音樂界,向來顯得太遲鈍、太懦弱了。但「形勢之所趨」,謝里法終於首先「正視」了這個問題。但願這是一個充滿了廣闊發展前途的開始和呼召,讓美術界的朋友們,「必然」地起而展開一場對三十年來台灣美術工作和教育的總結算和總批判,從而開啟台灣畫壇一個「新的階段」,看見「一個新的藝術從自我的重新肯定後,再出發時業已萌芽」(〈第十六封信〉)。從而,「現代」有了新的意義。隨著資本文明的終結,終結了人類史前的野蠻歷史。[4]在一個自由的、獨立的、平等的、民眾的時代的開端，開端了人類「現代」的歷史和文明。在這新的文明中，才有真正「現代」的文明：

在國外，妳只是利用新的環境培養了再學習的能力，讓你回國後投身入屬於自己的土地時再向廣大的群眾學習。西洋所給妳的，往往是一副探視「現代」的眼力，妳一定得回到自己的同胞當中，才能窺得那屬於自我的「現代」，而「現代」的繪畫則是從群眾中產生出來的藝術。

——〈第十六封信〉

初春

長年以來，我曾以為台灣的畫壇和台灣的樂壇一樣，是一片無思想的地帶。讀完謝里法的「與阿笠談美術」，我萬分雀躍地，如久所渴望地證實：我錯了。繪畫原是最具有群眾性的藝術。隨時隨地，只要有畫的地方；只要有人在畫畫的地方，終是立刻能聚集許多群眾，熱心、讚歎、喜悅地圍觀。但三十年來，台灣的畫壇心中從來沒有過這些民眾，卻一直引頸西望，上焉者躋身紐約和巴黎，跟著人家的財團、畫商刻意製造的「潮流」，失魂落魄地轉，下焉者在台灣翻破西洋「大師」的畫冊，東偷西竊。在他們無數的畫布上，沒有活生生的，「為生活而勞動著的」人，沒有社會，沒有具體的現實生活，沒有台灣，沒有中國，沒有為民族的解放、國家的獨立而艱苦奮鬥的弱小貧困國家的精神面貌，沒有激盪人心的急變中的世界……。三十年來，台灣無數的畫家，甘為他人最卑賤的俳優臣妾，卻對芸芸的、勞動的、從無美術生活的安慰的同胞，不屑稍假辭色。

就在這時候，曾經「完全地投進了西洋，無條件地接受西方藝術的洗禮」（〈第九封信〉）的謝里法，作為這三十年來台灣畫壇神魂顛倒地向西方「一面倒」的反動，開始了深刻的反省和批判，他揭露了現代西方藝術之商品的性質。（從而，謝里法擬以一個不成熟卻饒有深意的構想——以繪畫的社會平均勞動作為衡量繪畫價值的標準）；揭發了財團、商人、投機分子所操縱的西方畫壇；揭發了西方藝術非人的、非生活的和非社會的性質；指出美術史的社會性和階層性[5]；批判了五十年來台灣畫壇的殖民地性格，提出美術的民族歸屬和社會性能，提倡台灣藝術界向台灣新銳的革新文學界學習進而攜手前行……。這一切，立論雖不是新創，立說雖不夠奇詭，但它無疑是三十年來台灣美術思想界中頭等重要的大事，具有重要的教育和啟蒙的意義。「跟阿笠談美術」，不但是當前藝術學生不可不讀的好教材，更是一切迷信「現代」的文學青年、迷信「歐美即至善」的青年和知識分子所當熟讀而深思的好書。

與謝里法素昧生平，於繪畫又素無學養。但讀完付梓前的稿樣，不由得因幸見台灣畫界三十年來的初春而歡喜，至於眼熱胸塞，並成此序，作為個人向即將甦醒和激變的台灣畫壇獻上的祝賀之禮。

民國六十六年六月

初刊一九七七年七月雄獅圖書《珍重！阿笠——在信中與阿笠談美術》（謝里法著），署名許南村

另載一九七七年七月《夏潮》第三卷第一期，一九七七年七月《雄獅美術》第七十七期

收入一九七八年四月遠流出版社《鄉土文學討論集》（尉天驄主編），一九八四年九月遠景出版社《孤兒的歷史・歷史的孤兒》，一九八八年四月人間出版社《陳映真作品集10・走出國境內的異國》

1 本篇為謝里法所著的《珍重！阿笠——在信中與阿笠談美術》（台北：雄獅圖書，一九七七）之書序，文中的「跟阿笠談

2 美術」為謝里法在《雄獅美術》月刊的專欄名稱，《珍重！阿笠》一書為此專欄文章的集結。此書序另刊載於《夏潮》雜誌（第三卷第一期，篇題為〈台灣畫界三十年的初春——序謝里法「跟阿笠談美術」〉）和《雄獅美術》（第七十七期，篇題為〈台灣畫壇三十年的初春——（珍重！阿笠序文）〉），發表時間均在一九七七年七月，而夏潮版部分引文誤植第十五封信為第十六封信（人間版依夏潮版校訂收入，文中標題位置略有調整），雄獅美術版本則有部分段落錯置（頁一二一—一二五），故本文採一九七七年《珍重！阿笠》書序版本進行校訂，引文部分亦據《珍重！阿笠》一書進行修訂。

3 〈現代主義底再開發——演出《等待果陀》底隨想〉一文，刊載於《劇場》雜誌第四期（一九六五年十二月），頁二六八—二七一。

4 此段引文出處初刊版誤植為「第九封信」，此處據一九七七年的《珍重！阿笠》的內文改作「第六封信」，此段引文收入人間版時則改作正文且無標明出處。

5 人間版無「隨著資本文明的終結，終結了人類史前的野蠻歷史。」。

「階層性」，人間版為「階級性」。

「鄉土文學」的盲點

最近拜讀了葉石濤先生的一篇力作〈台灣鄉土文學史導論〉[1]，深覺得這篇文是近兩年間出現的，自五〇年代以來已不得一見的、運用了新的歷史科學以討論文學的好文章。

在這篇文章裡，葉先生指出台灣由於它的地理的、歷史的條件，在精神生活上，自有台灣的特點，同時也有中國的一般性格；葉先生也從一九四五年以前的台灣社會經濟史上，指出帝國主義和封建主義，一直是在台灣的中國人民現實生活上最大的壓迫。因此，反對帝國主義、反對封建主義的主題，一直是過去台灣作家最為關切的焦點。葉先生也從而指出歷史上「台灣文學」之現實主義的傳統——有別於墮落的，為寫實而寫實的自然主義——應是具備明顯的改革意識的現實主義，以及具備類如巴爾扎克作品的、帶有強大的、自發的、傾向性的現實主義。

但是，文章裡有一個重要的論題，即作者對於「台灣鄉土文學」一詞，尚沒有十分明確的界定。從〈台灣鄉土文學史導論〉的篇名去看，令人有一個印象，即台灣還有別的文學，例如「民俗文學」、「城市文學」等等，而作者是為其中特定的範疇內的文學——「鄉土文學」寫史，從而序之。可是就〈導論〉的內容去看，作者把從郁永河到吳濁流之間的，即四〇年代以前的台灣重要的文學作家和作品都包羅進去，其實便是一部近代的、在台灣的中國文學的歷史。那麼，所謂「台灣鄉土文學史」，其實是「在台灣的中國文學史」。至少，就葉先生看來，一九四五年以前的台灣的文學，是「鄉土文學」吧。

台灣的新文學所發生的社會環境，是一個殖民地・資本主義的社會形成和發展階段的社會。在這個社會裡，一方面是舊式封建的土地關係趨向終結，一方面是半封建的，小農的土地關係和日本現代化壟斷資本同時並存。日本在台灣的壟斷資本，以糖業資本為主要。製糖工業和農業有深刻的關聯。當時台灣農民的三分之一，就是為日本製糖會社提供剩餘勞動的蔗農。其他的工業，能集結工人達五百名以上的工廠，幾乎沒有，而且大多和農業生產部門，有緊密的關係。因之，農村和農民，便成為當時日本帝國主義下台灣社會中物質的——從而人的——矛盾之焦點。葉先生所說，日治時代台灣作家關切的焦點集中在農村和農民，便正好反映了這一個具體的現實。

那麼，如果日治時代的台灣的文學家，大都以農村和農民為創作題材，並不是出於當時的作家主觀喜好，而是出於那個特定歷史時期的特定的具體條件下的文學任務。如果葉先生是以日本殖民時代的台灣的文學，有農村、農民的特點，而據以稱台灣的文學為「鄉土文學」，恐怕不能表現出「鄉土」以上的、更具實質性的東西吧。

「鄉土文學」一詞，沿用已有數年，如果從連雅堂算起，已有五十多年了。近來，文學思想界正在對於「鄉土文學」的意涵，展開釐清的工作。鍾肇政在去年說：「……沒有所謂『鄉土文學』」。他認為「所有的文學作品都是鄉土的，……因為一個作家必須有一個立腳點，這個立腳點就是他的鄉土」。倘然有人以「鄉下的」、「很土的」眼光去看，鍾先生就「不能贊同」了。另外，石家駒以為，「鄉土文學」在取材於農村的時候，「反映了尚未完全被外來文化吞食的、或者正在和向廣大農村地帶伸展巨爪的外來文化，做著痛苦的……抵抗的農村中人的困境……」。但是他卻認為在「反省、考察和逼視『落後』地區中的人，在氾濫而來的外來強勢的、支配的社會底、經濟底衝擊下的處境」這個主題上，「鄉土文學」和「其他成長於整個六〇年代的許多傑出的台灣年輕文學家的文學主題，有共同的地方」。那麼，就在這個「共同的地方」，「鄉土文學」便消失了它的獨特性。

王拓把「鄉土文學」和二十多年來台灣的「西化文學」對比起來看。相對於「西化文學」之沒有民族風格，脫離台灣的具體社會生活，文學語言和形式的西方化，鄉土文學表現了中國的民族情感，表現了台灣具體的社會生活，並且從民眾所廣泛使用的語言中，求取語言豐富的寶藏。王拓並且進一步把鄉土文學和其所產生的時代，即六〇年代末期以至七〇年代初的國內外政治、經濟的條件，連繫起來理解，從而擴大地視為台灣[2]的現實主義文學的一個組織部分。

是的。放眼望去，在十九世紀資本帝國主義所侵凌的各弱小民族的土地上，一切抵抗的文學，莫不帶有各別民族的特點，而且由於反映了這些農業的殖民地之社會現實條件，也莫不以農村中的經濟底、人底問題，作為關切和抵抗的焦點。「台灣」「鄉土文學」的個性，便在全亞洲、全中南美洲和全非洲殖民地文學的個性中消失，而在全中國近代反帝、反封建的個性中，統一在中國近代文學之中，成為它光輝的、不可割切的一環。台灣的新文學，受影響於和中國五四啟蒙運動有密切關聯的白話文學運動，並且在整個發展的過程中，和中國反帝、反封建的文學運動，有著綿密的關聯；也是以中國為民族歸屬之取向的政治、文化、社會運動的一環。抵抗時代的台灣文學之中國的特點，應該也是葉先生所關切的，但卻令人覺得在這篇優秀的文章中著筆不力。

除非強調台灣抵抗時期文學之中國的特點，文中所提出的「台灣立場」的問題，就顯得很曖昧而不易理解。

「台灣立場」的最起初的意義，毋寧只具有地理學的意義。它在近代的、統一的中國民族運動產生之前，相應於中國自給自足的、以農業和手工業為基礎的中國社會經濟條件，而普遍存在於中國各地。

然而在日本人占領台灣，使台灣社會變成一個完全的殖民地社會之後，「台灣立場」，有了政治學的意義。台灣的社會矛盾，和殖民地條件下的民族矛盾，互相統一。在社會經濟上被榨取的當時台灣的農民、工人和市民階級，在民族上絕大多數是在台灣的漢民族；而在社會經濟上居於榨取和支配地位的資本家，在民族上又壓倒性地是日本人。在被壓迫者的一方，則以「台灣（人）立場」和「日本（人）立場」對立起來；在壓迫者的一方，也同樣以「內地（日本）人」立場和「本地（台灣）人」立場對立起來[3]。

有過這樣的立論：台灣淪為日本殖民地之後，日本在台灣進行了台灣社會經濟之資本主義改造。台灣從陷日前的半封建社會，進入日治時代的資本社會。在台灣的資本主義社會形成過程中，近代新都市興起，而集結於這些新的近代都市中的，是一批和過去的、封建的台灣毫無連繫的市民階級。他們在感情上、思想上和農村的、封建的台灣的傳統沒有關係，從而也就與農村的、封建的台灣之源頭——中國，脫離了關係。一種近代的、城市的、市民階級文化，相應於日本帝國主義對台灣之資本主義改造過程；相應於這個過程中新近興起的市民階級而產生。於是一種新的意識——那就是所謂「台灣人意識」——產生了。立論者將它推演到所謂「台灣的文化民族主義」，倡說台灣人雖然在民族學上是漢民族，但由於上述的原因，發展了分離自中國的、台灣自己的「文化的民族主義」。

這是用心良苦的，分離主義的議論。

讓我們先看日治時代的台灣資本主義改造的實體。日人領台後地籍的整理；山林沼澤的國家管理；賦稅的法律改革；土木工程的興建；農產品——蓬萊米、甘蔗和番薯——的商品化改造；地主階級納入中央集權政府之下而打破其封建權力——即收奪了地主在地方上政治、法律和經濟上獨立的權力；製糖工業的日資壟斷，農民的僱傭勞動者化……，確實使台灣的社會進入了「不同」於同時代大陸中國的社會階段。

但是，我們還應該看到這一切變化中的殖民地性格。基本上，日治時代台灣的資本主義化有一個上限，那就是在日本帝國主義經濟圈中，台灣必須以屬於「工業日本、農業台灣」的限制之下。因之，在日治時代，台灣的工業一般地不發達，而且又一般地和農業生產部門分不開。例如當時最大的工業，即日資的製糖工業，工廠規模不大，而且離開廣大的甘蔗生產部門，台灣的製糖企業是無由想像的。

再就當時台灣籍的資本家來說，據矢內原的研究，大都是從過去的封建土地資本轉化而來。和土地資本無關的資本家，只有漢奸分子和股票投機分子。更重要的是，台灣籍的資本家只有分得利潤之權，而無直接經營和管理之權。

這樣看來，在日治時代的台灣，是農村——而不是城市——經濟在整個經濟中起著重大作用。而農村，卻正好是「中國意識」最頑強的根據地。再就城市來說，由於台灣籍資本家也同受日本殖民者在經濟上、政治上的壓迫，有反日的思想和行動。而這些城市中小資本家階級所參與領導的抗日運動，在一般上，無不以中國人意識為民族解放的基礎。這是只要熟悉日治時代台灣民族運動和文學運動的人所深刻理解的。因此，在這個階段中的「台灣意識」，除了葉先生所不憚其煩地、堅定指出的「反帝、反封建」的現實內容之外，實在不容忽略了和台灣反帝、反封建的民族、社會、政治和文學運動不可分割的、以中國為取向的民族主義的性質。如果葉先生的「台灣意識」論，是以台灣這一地區，在其殖民地社會的歷史階級中台灣的中國人民反對帝國主義、反對封建主義、追求國家統一、民族自由的各種精神歷程為內容，那麼，它便首先是中國近代史上追求中國的獨立、和中國民族[4]徹底的自由的運動中的一部分。只有從局部的觀點看，在對抗日本侵略者的層面上去看問題時，有反抗日本的、反抗和日本支配力量相結托的台灣內部封建勢力的「台灣意識」；但從中國的全局去看，這「台灣意識」的基礎，正是堅毅磅礴的「中國意識」了。

也許葉先生的論文，是以台灣的文學之中國性格為一種「自明的」認識，而未著意加以申論。但筆者有鑑於國內外對於台灣的文學寄予日益深切的關懷，乃就讀後的一點粗糙的感觸，引申成文，盼望一切真誠關切台灣的文學的各界，再作進一步的討論。

台灣的中國新文學，於半個多世紀的時間，在荊棘中頑強地抽長、開花。近二十五年來，新一代台灣的中國文學作家，在暫時的受支配於傾銷而來的美日文學之後，在最近開始了對殖民地時代台灣先輩作家之再評價和再認識的工作。先輩作家的歷史責任感；他們和野蠻而黑暗的現實毅然對決的氣魄；文學題材的社會性、民族性和現實性的傳統，揉和新一代作家對中國語言和方言語言的較為熟練的把握，我們可以十分樂觀的態度肯定台灣的文學必然會有更大的豐收，為整個中國文學貢獻出我們應有的貢獻。在這一點上，我們又很不能理解葉先生對「新一代的台灣鄉土文學」作家的將來，何以抱持著那麼語焉不詳而又怵目驚心的悲觀的態度了。

初刊一九七七年六月《臺灣文藝》革新號第二期、總五十五期，署名許南村

收入一九七八年四月遠流出版社《鄉土文學討論集》（尉天驄主編），一九八四年九月遠景出版社《孤兒的歷史·歷史的孤兒》，一九八八年五月人間出版社《陳映真作品集11·中國結》

1 葉石濤〈台灣鄉土文學史導論〉，刊於一九七七年五月《夏潮》第十四期，頁六八—七五。

2 「台灣」，人間版為「中國」。

3 人間版無「；在壓迫者的一方，也同樣以『內地（日本）人』立場和『本地（台灣）人』立場對立起來」。

4 「中國民族」，人間版為「中華民族」。

走出泥淖，展開新頁！[1]

在六〇年代的中期，我開始對包括現代詩在內的「現代主義」文學和藝術，提過批評的意見。對於那些批評，當時既沒人贊同，也沒人反對。七〇年代初，有了現代詩論戰，對「現代詩」大抵上批評得夠透，也夠深。我想，鐘擺已經擺向另一個方同。「現代」的迷霧，經過這次批評，大部分廓清了。我相信再沒有年輕人相信現代詩了。

現在，我們似乎應該把心思多擺在新的詩歌的建設上頭。有許許多多的詩人，都知道「現代」是一條死胡同，但又找不到新的出路。許許多多的詩人主觀地想改，想找一條新的表現上的路子，但又舉步維艱，大半條腿子還掉在「現代」的泥淖中。當然，變，是一個過程。有些人變得好快，好俐落；有些人就變得曲折，變得辛苦。但，變總是好事。變得慢的，我們等；變得苦的，我們鼓勵，我們熱心對待他們。在這變革之中，似乎有一個普遍的問題。即詩的藝術性的問題：用平白的話來寫，「沒有詩味」，「不像詩」，怎麼行呢？寫詩，肯定要講藝術性。在文學上，詩或者比散文，比小說要講藝術性吧。特別是在「現代詩」以後新詩歌的建設上，有許多人等著誣陷，詈罵、嘲笑。但只要有一首既平白易懂，又有現實的思想內容，復又能動人情感和靈魂的詩出現，我們就已掀開新詩歌的新頁了。

然而所謂藝術性，還有一個價值準則的問題。比方說吧：在抗戰的年代，最激動人心，最迫切地等待回答的問題，是抵抗侵略者，是民族的自由，是國家的獨立。在那個年代，「藝術」標準，就和過去二十多年在台灣者不一樣。誰要是在抗戰的年代寫出類如「現代詩」那樣的東西，一定會被看作瘋子吧。為了把侵略者趕跑，為了動員全國的同胞，詩一定要寫得連「老嫗」都懂。當時的詩歌，曾經鼓舞了億萬同胞；曾經撫拭無數喪失故鄉於異族鐵蹄者的眼淚；曾經給億萬同胞以抵抗的勇氣和尊嚴……。但是，對於少數還自覺或不自覺地自外於國難的人，這些詩，也許就「粗俗」，「沒有詩味」，「沒有藝術性」了。立場不一樣，對事物，對世界的看法也不一樣，連帶對文學藝術的藝術價值基準，也會不一樣。

寫出好作品來，是批判了現代詩而又欲建設新的詩歌的人們的重要課題。當然，光求好心切，也是不行的。從迷戀「現代」到否定之，是一個發展過程；從寫出比較差，比較上還帶著「現代」後遺症的新詩歌，到寫出比較好，完全沒有「現代」的包袱的新詩歌，又是一個發展過程。我相信，只要在創作實踐上開出一條新路子，立刻就會有無數的青年，以新的創造性，寫出一首又一首激動人心，反映時代和生活的好詩來。

初刊一九七七年十二月《詩潮》第二期，署名許南村

1 本篇為出席一九七七年七月三十一日《詩潮》舉辦的「現代詩的方向」座談會之「書面意見」。

當前中國的文學問題[1]

關於知識分子的責任問題，我以為知識分子是人類社會中一直占較少數受教育的人，常受人尊重和羨慕的一幫。知識分子也覺得自己很滿足這個身分。但我今天只舉兩個例子來談知識分子的責任問題：一是俄國的托爾斯泰，他是俄國歷史的寓言者，他是一個貴族，也是一個知識分子。貴族通常是自以為了不得，應該是養尊處優的，貴族自視是流著藍色的血，是比流著汙濁暗紅色血的奴隸高尚。一切文化都是貴族創造的，貴族高過一切，享受也是理所當然的。但是托爾斯泰在他放浪半生後，突然領悟到覺得做貴族是件很羞愧的事，於是把他所有平白得來的農田陸續的放領給了他的農奴，他甚而與農奴們一起割稻、做皮鞋的粗活，還覺得非常自得其樂。貴族裡有自以為是精英的族類，有的卻如托爾斯泰一樣以貴族身分而覺羞愧，這兩種不同的思想心態，且不予評其是非，歷史上在社會轉變時代，常有這種以特殊階級為恥的例子，像托爾斯泰精神值得敬佩。

再舉一例，今天有很多當醫生的，頗認為自己苦過學、留過洋，換得今朝撈金的階段，收費高，唯利是圖，且毫無醫德。但是我們再看德國的史懷哲，當初一人背著醫囊，到黑暗落後的非洲大陸行醫，把文明的福祉——進步的醫藥帶給常人所遺棄的落後非洲。但當他的行為為世人知道而尊揚他時，卻又有無數的名醫願隨他為助手。由以上的例子，而想到知識分子所持有兩種心態，一種知識分子，知道我所接受的知識是社會所栽培的，現在我有知識是不是應為了某種個人利益而替藥廠寫某種藥品如何如何的好，雖然並不知道這藥的真正效果。還有一種知識分子，如美國的奈德，他指出消費品的毛病，為消費者提出許多有意義的意見。後者這種不為本身利益的責任良心工作，這是種反生物學的東西，是屬於人的東西，不同於生物本能的傾向，如狼吃羊、牛吃草等，能除去自己私心，去關心那些低收入者，去為社會服務。也就是人類這點反生物學、超生物學的原因，使人類數千年來的歷史顯出一點光輝、希望，表示出一點人類的尊嚴。

第二點所要談的是西化問題：今天我們談西化問題，肯定絕不會有像義和團認為西洋的一切都是不好的。有位醫界人士曾說，台灣二十年來病歷研討會，用的不是中文、也不是英文，若有人以中文來發表他的資料，人們反而會覺奇怪好笑。而這些外文使用地方，並不是全然是術語用詞。這問題，若是我們說在剛接受西方學術時的學習，倒還可解釋。而一、二十年來我們的學術界還不能學得自己的學術面貌，雖然我們肯定是學習西方的，而終不能建立自己面貌，那麼我們學術的精神永遠不能不跟著別人走。這種過分、不正常的西化是我們學術界應該徹底檢討的。

另外談到在台灣中國的新文學，它成長的歷史是非常艱辛的，經過異民族的統治，民族的文學受到了壓制，但是並沒有放棄民族的氣節，在光復重新開始學習自己的語文，來學習創作，經過政府教育工作，廿年來已經結成了初步的文學果實，雖然這文學還不是十分好的，但是我們寄望於將來繼起的文學能有更好的作品。但是我們對這種自己文學的初步成果，需要愛護鼓勵。

再者，我們對台灣這幾年文學的產生，不管有多少不同的意見，但對它的關切愛心是一致的。我們讀黃春明的作品時，不會說是這是代表本省人的文學，正如看白先勇的作品時不是討論它是本省或外省的文學，而是談到他們所寫令人感動熱愛的作品，這才是鼓舞人心的文學，這刹那間，我們會忘掉一切的成見、隔閡、界線，這是國內外一致關切深愛的文學。在這基礎下，緊緊的團結才是我們所需要的。

初刊一九七七年十月十日《中國論壇》第五卷第一期、總四十九期
收入一九七八年四月遠景出版社《鄉土文學討論集》(尉天驄主編)

1
本篇為一九七七年八月中國論壇社舉辦的「『當前問題的探討』座談會之五：當前的中國文學問題」之座談發言，此場座談會的與會者有「主席：楊選堂先生，主持人：尉天驄教授，主講人：顏元叔教授、彭歌先生、姚一葦教授、何欣教授、楊選堂先生、黃春明先生，發言人：陳映真先生、朱炎教授、王拓先生」。座談全文〈當前中國的文學問題〉收入一九七七年十月十日《中國論壇》半月刊總四十九期的「創刊兩週年紀念特刊」中，本文僅摘錄陳映真發言的部分。

建立民族文學的風格

一個誠懇的[1]文學青年，總是首先、而且主要地從自己民族的過去和當代的文學家及其作品中，吸取滋養，受到鼓舞，逐漸成長為那個民族新生一代的文學家。

一個民族的文學教育，總是首先、而且主要地把自己民族的文學，當作主要的教師和教材，使那個民族的文學之獨特的民族風格，得以代代傳續。

然而，在我們這一代，外國的、別的民族的作家和作品——特別是現代美國的頹廢的文學作品，成了大多數文學青年的榜樣和範本。

我們的民族，是富於文學資產的民族。然而，在大部分我們這一代作家還是文學青年的時候，卻只能在一大堆外國的、世紀末的作家和作品中，如飢如渴地把別人的東西，當作自己的「傳統」。

每次想著這些，總是感到無由言說的愴痛。而這愴痛，因著眼看今日的青年朋友大抵依然

一九七七年十月

過著文學的亡國者的生活，而仍舊或者益加深沉。

也正因為這樣，我曾在一篇簡要地討論三十年來在台灣成長起來的中國新文學的文章中，給予一些和我屬於同一時代的文學工作者以肯定的評價。這些作家，都是我所尊敬和信賴的朋友。我知道他們的謙虛和誠實，足以使他們自知他們都還沒有寫出最偉大的作品；然則，在他們已經發表的作品中，他們使用了具有中國風格的文字形式、美好的中國語言，表現了世居在台灣的中國同胞的具體的社會生活，以及在這生活中的歡笑和悲苦；勝利和挫折……。這些作家也以不同的程度，掙脫外國的墮落的文學對他們的影響，揚棄了從外國文學支借過來的感情和思想，用自己民族的語言和形式，生動活潑地描寫了台灣——這中國神聖的土地，和這塊土地上的民眾。正是他們的文學，使三十年來台灣的中國文學，頭一次有了生動的、具體的社會生活，和親切、感人的，為生活而辛勤工作著的同胞的面貌。這些作家們，更以描寫外來經濟和文化的支配性影響下農村中的人的困境，和被外來經濟和文化所「國際化」了的都市中的人的諸形象，批判了台灣在物質上和精神上殖民地化的危機，從而在台灣的中國新文學上，高高地舉起了中國的、民族主義的、自立自強的鮮明旗幟！

「你們有偏狹的地域性！」

對於這樣的批評，我們回答以莊嚴的、鐵一般堅定的「不！」

台灣的生活，對於目前生活在台灣的一切中國人，在目前這個歷史時期中，是最具有現實意義的中國的生活。但是，有些人，不論在台灣生活了多久，但在他們靈魂的最深處，從來就沒有把台灣真正地視同自己國家的一塊寶貴的土地；也沒有把廣泛的、在台灣為生活而辛勤工作者的民眾，看成自己骨肉相連的兄弟同胞。一個對於每日生活於斯的自己國家的土地不抱有一絲情感；對於衣之食之，日日相接的民眾不懷有一點點同胞的愛情的人，怎麼能從心靈的深處真正地關切整個苦難的中國，又怎麼能真正地愛七、八億偉大的中華同胞？而正就是這些骨子裡對台灣和生活在台灣的中國同胞沒有一絲一毫感情的人——不論其籍在大陸或本省——每每於全民族都在為自己的自由、獨立和尊嚴做著最艱苦危難的奮鬥的時候，爭相脫產逃亡。而當他們指責「你們有偏狹的地域性」時，他們自己早已不把台灣當作中國自己的土地，也早已不把這土地上的民眾當作中國自己骨肉相連的同胞。

然而，一個中國人要當中國人，是他神聖不可侵奪的權利，是不假手別人的認可和批准的。同樣，在台灣的新一代中國作家，要以自己民族的語言和形式，在台灣這塊中國的土地上，描寫他們每日所見所感的現實生活中的中國同胞、中國的風土，並且批判外國的經濟和文化之支配性的影響，喚起中國的、民族主義的、自立自強的精神，是斷然不假手別人的批准和認可的。

「你們搞寫實主義，寫社會上的小人物，是揭發黑暗面，搞階級文學，搞工農兵文學！」

比起前一種指控，這是用心最為陰狠，最能暴露出指控者心靈之黑暗的羅織和誣陷的。

黃春明、王禎和、王拓、楊青矗和其他許許多多優秀的作家們筆下的人物，散落在廣泛的農村、漁村、學校、市鎮和工廠，勤勞地生活，殷勤地工作。藉著這些作家的作品，我們看見了這些人們素樸、正直的面貌；看見我們自己民族最真切的喜、怒、哀、樂。正好是這些活生生的人物和他們的生活，教育了作家自己；教育了知識分子；教育了更廣大的讀者：必須首先和我們所日日居息的土地、和我們所日日相與的同胞有心連著心的感情，我們才和自己的民族血脈相通，才能在瀰漫的外來影響中，為淡漠、漂泊甚至失喪的民族感情，找到一個穩固的、中國的歸宿。

然而有人竟然說這樣的人物是「小人物」；說他們的生活是「黑暗面」！讓我們問：有什麼樣的誣蔑、什麼樣的羞辱比這個更大、更粗暴？

事實正好相反：這些「鄉土」的人物，集合起來看，尤其是當他們在啟發我們從他們身上貼切地看見幾千年來同其素樸、正直、勤勞和勇敢的中國民眾偉大的容貌時，這些人物，便有了巨大而莊嚴的形象；他們的生活，也成了激發我們不斷創造和革新的、光輝而極具啟發性的生活。

至於什麼「階級文學」、什麼「工農兵文學」，讓我們問問：是哪一個作家，在什麼時候，在哪一篇文章中的哪一個部分，主張或宣傳了什麼「階級的文學」，什麼「工農兵文學」？讓我們再問問，這些作家的哪一篇作品裡，表現了這些內容？

楊青矗，一個在自由的社會裡自學有成的，專寫「工人小說」的作家，曾在〈寫作人權——兼談知識分子的過敏症〉中勇敢而沉痛地說：「……中共提倡農、工、兵文學，我們的作家就過敏而忌諱寫工人的作品，不去關心工人生活的苦樂，好像一沾上寫工人的東西，就是共產黨似的那樣令人恐怖。好多朋友警告我，你專寫工人的東西，你要小心。甚至在某些文藝座談會上有人公然叫囂『某某人專寫工人的東西，我們要注意他居心何在？有何企圖？』……講這種話的人，不乏有人故意藉有關單位和知識分子因忌諱而患過敏症來戴人帽子，……為要保住自己的既得利益不管別人的疾苦；……藉機戴人帽子以求表功……。」他還說：「有些人動不動就以『會落入敵人口實』的大帽子扣人，嚇唬得一般人只好歌功頌德，掩飾真相。」「一味以會落入敵人口實為藉口，貪官得以掩護，民瘼難於上達，民怨難伸」，這才真是容易為敵所用。

「你們不談人性，何來文學？」

在一個強國欺凌弱國的時代；在一個大約有五分之三的人口還生活在長期、慢性的貧困、飢餓、無知和疾病的地球上；在跨國性產業和銀行集團支配缺乏生產資本和技術的弱小民族和國家，從而斲傷了這些民族的心靈、汙染了這些民族的自然環境、掠奪了這些民族的物質資源的時代，人性的問題，集中地表現在人怎樣掙脫這一切的枷鎖，奪回失去了的、被創傷的人的尊嚴，以釋放人在創造和革新上最大限度的能力，從而建立一個真正有人味的、自由、公正而幸福的世界。十九世紀以來，中國有多少志士、多少仁人，為了這個崇高的理想，奉獻了自己的一生。國父孫中山先生，便是其中最為傑出而偉大的一位。在這一時代中的中國的文學家，也個別地用他們的筆，做出了應有的貢獻。因而，如果當代的年輕一代的作家沒有刻意去歌頌「繁榮」、「國民所得」和歌臺舞榭，不因為別的什麼，而是因為他們在冰冷的經濟指數、繁華但寂寞的城市建築和頹廢的夜生活中，看不見溫暖的人性。他們描寫在激變中的台灣農村、漁港和無數的廠礦中，為生活而奮鬥的人們；描寫處在社會轉型期中鄉村同城市中人的困境；描寫外國的經濟和文化的支配性勢力下中國人的悲楚歪扭反抗和勝利，不為別的什麼，而為的是他們在這一切之中，看見了人性至高的莊嚴，從而建造了以這莊嚴為基礎的自己民族的自信心。

關心民眾的疾苦，與自己民族的獨立與自由，是幾千年來中國知識分子重要的傳統操守之一。這一代在台灣的中國作家，謙虛地、嚴肅地秉承了這個傳統。他們相信，中國的文學，和世界上一切偉大的文學一樣，侍奉於人的自由，以及以這自由的人為基礎而建設起來的合理、幸福的世界。因此，中國的新文學，首先要給予舉凡失喪的、被侮辱的、被踏踐的、被忽視的人們以溫暖的安慰；以奮鬥的勇氣；以希望的勇氣；以再起的信心。中國的新文學，也要鼓舞一切的中國人，真誠地團結起來，為我們自己的國家的獨立，民族的自由，努力奮鬥。

在台灣的中國新文學，有過一段悲壯但卻光榮的歷史。在一九三〇年代，在日本鐵蹄下的中國作家，用中國自己的語言，寫下在異族凌辱下中國同胞的生活。台灣的中國新文學，便是在這種悲壯的條件下誕生在寶島上。在短短的十多年中，在台灣的中國新文學以無比的民族尊嚴，面對面和龐大的，不知以暴力為恥的日本帝國主義對抗，產生了一些優秀的、抗日的民族主義文學。日本侵華戰爭擴大，這些愛國的文學和文學家，橫遭錮禁，一時只剩下侵略者的文學、漢奸的文學和唯美的文學。

光復以後，中年代的台灣文藝作家，從頭學習了祖國的語言，立刻拾起自己的筆，寫下甫從帝國主義的枷鎖中取得自由的台灣。感謝三十年來自由寫作的環境，光復後成長起來的新一代作家，能使用優美的中國話，初步寫出他們獻給中國文學史的，比較好的文學作品。

對於這樣的文學，應該予以全面的肯定。少數幾個人粗暴的、政治性的誣陷和攻訐，應該立刻停止。這些攻訐的文章，很不得人心，使一大片以「鄉土」為題材的作家，心懷傷忿。讓我們安慰這些受到委曲的作家：除了那麼幾個粗暴、無知的打手，全部已經讀過你們優秀作品的海內外同胞，都衷心地為著你們堅持在自己的文學中表現中華民族的靈魂；為著你們選擇在自己的土地和同胞中吸取永不枯竭的創作泉源；為著你們在滔滔而來的外來文化、外來文學的支配性影響中，豎立起中國文學自立自強的精神；為著你們所創造的藝術世界，使我們驚喜地、感動地重新去認識、重新去愛自己的土地和同胞，並且經由文學的快樂和感銘，在我們的心中，栽種了對自己民族又軒昂、又自在的信心——為了這一切的一切，讓我們深深地感謝你們……。

從中、外、古、今的文學史去看，向來沒有一個或一派作家，可以藉著政治的權威，毀滅、監禁別個或別一派的作家及他們的作品，而得以肯定或提高自己在文學上的地位的；也從來沒有一種有價值的文學，可以因殺害或監禁了那個文學的作者，禁止那個文學作品，而剷除他在文學上的價值的。毀滅一個作家、監禁一個作家或用行政命令禁止一本文學作品，都非常容易，但這毀、這監、這禁，為一個民族所帶來的在心靈和元氣上的斲傷，卻要以長遠的時間中民族心靈的荒蕪和枯滯，作為不易補償的代價。

然而，我們永遠不會讓那些對「鄉土文學」做了不幸的、粗暴而無知的誣陷的文章，使我們悒忿憂滯，而不當地產生分裂主義的情緒。

正好相反，我們要永遠記住我們享有過的這樣的經驗：當我們讀完黃春明、王禎和、王拓、楊青矗，以及許多其他富於才華的作家作品後，掩卷感動、心懷激盪的時刻——在那個光輝的、溫暖人心的片刻，我們忘記了什麼省籍的分別，忘記了一切平時的分別，而融合為一。

是的，讓一切海內外中國人，因著我們在對於台灣的中國新文學共同的感受、共同的喜愛、共同的關切的基礎上，堅強地團結起來，從中國新文學在台灣自立自強的精神中，進一步帶動我們在思想上、文化上、科學上、連帶地在社會上、經濟上和政治上，展開一個中國的、自立自強的運動，來戰勝一切的艱難，為我們自己民族的自由，和國家的獨立，做永不疲倦的奮鬥！[2]

初刊一九七七年十月《中華雜誌》第十五卷總一七一期
收入一九七八年四月遠流出版社《鄉土文學討論集》（尉天驄主編），一九八四年九月遠景出版社《孤兒的歷史．歷史的孤兒》，一九八八年五月人間出版社《陳映真作品集11．中國結》

1 「誠懇的」，人間版為「民族的」。
2 人間版文末有編者按：「關於鄉土文學論戰，彭歌先生所發表的〈不談人性．何有文學〉（發表於一九七七年八月十七—十九日《聯合報．副刊》）是不同立場言論的代表。尉天驄先生所主編的《鄉土文學討論集》（一九七八年）收集了正反兩面的意見，有興趣的讀者不妨參閱之。」

〔訪談〕關懷的人生觀[1]

小說有沒有反映社會現實的責任？

這個問題，是一個小說家的藝術觀的問題。一個藝術家的藝術觀，和他的人生觀、世界觀分不開。有不同的人生觀或世界觀，就有相應的、不同的藝術觀。

舉個例子說罷：假定有甲、乙兩個素質、訓練都一樣的知識分子。他們全都從小聰明、敏銳，從小學到大學，都是秀才型的學生。甲生大學畢業後，出了國，讀了博士，被美國的一家大公司所羅致，負責一個研究部門。他娶了一個也是才女型的留學生，他們在美國高級住宅區中買下一幢大房子，開兩部汽車，生下漂亮聰明的娃娃……。總之，甲生以為個人追求自己的幸福，是一個人最大的人生目的。而由於他的各種條件天生地優於別人，他有權利享有世上最耀眼的幸福。這樣，他感到滿足、快樂、自在。

乙生大學畢業後，到台西鄉去當一名鄉下醫生。他想，在一個社會裡，他之所以能離開社會生產，有一段時間讓他讀書、思想，基本上是有無數跟他同年輩以及其他許許多多的人參與社會上各種生產所換取的。他覺得他虧欠這個社會、這個民族或自己的國家一筆債務。現在他畢了業，他對自己說，我們的國家、民族、社會什麼地方最艱苦、落後，我就到什麼地方去，把我所學到的智識的福祉和快樂，貢獻給自己的國家、自己的民族、自己的同胞……他辛勤工作，生活儉樸，然而他也感到滿足、快樂、自在。

同樣，我們也假定才華相似的甲乙兩作家。

甲作家以為自己有高人一等的心靈世界，高人一等的藝術才能。他覺得藝術的世界，是少數精英人的世界。藝術由少數——所謂「創造性的少數」——創造，也只能由少數人去欣賞。藝術家最高的法律就是藝術本身，「現實」的一切都不是他所關切的。

然而乙作家也許覺得藝術家只是辛勞地創造和維持這個世界的無數民眾中的一員。他覺得藝術應該來自生動活潑的具體社會生活，認為藝術的快樂和感動，應該和無數創造和維持了這個社會，卻幾千年來從來沒有分享過藝術的快樂和感動的人們分享之。他也許認為，在一個充滿了問題——貧困、無知、壓迫和暴力——的世界中，作家應該夥同一切懷抱著人的善意，為建立一個更好、更和平、更自由的世界而奮鬥的人們——科學家、政治家、宗教家，乃至於廣泛的民眾，貢獻自己的力量。因此，他或許就認為，作品「藝不藝術」，不頂重要。重要的是他要用什麼形式去表現一個內容——使人得造就的；使受綑綁的人得自由的；使自卑自賤的人得信心的；使哀傷的人得安慰的；使一切的暴力羞恥的內容——而使盡可能多的人理解這樣的作品。

對於甲類的作家，「反映社會現實」當然並不是藝術的責任。

對於乙類的藝術家，「反映社會現實」——光明的、激盪的和鼓舞人心的現實，和反面的、激發人去改革的現實——是「為了建造一個更好的世界和人生」的手段之一。對於這一類作家，寫作不是怡神養性；不是「高貴心靈」的享受。寫作，對於他們，是藉著「反映社會現實」，來建設人間樂園——例如三民主義的幸福社會——的手段。

有人說，這樣的主張有「排他性」，您以為如何？

主張地靜天動的人和主張天靜地動的人有根本的不同，自然互相「排斥」。主張生活的目的在追求一己的幸福的人，和主張生活的意義在追求整體的公平和自由的人之間，也會互相爭辯。主張和主張間的互相差異、辯難，基本上不是壞事。「真理愈辯愈明」嘛！但是，如果不依講道理的方式，而藉著政治誣陷、行政命令、暴力和強制的方法去主張自己的主張，就不是好事，就會使思想和創造力受到摧殘和阻礙。

兩千年來，不論中外古今，主張文學是少數精英高級心靈所創造，從而也只有少數精英才能、才配享有的意見，總占著強大的優勢；幾千年來，表現帝王將相、才子佳人的文學藝術，不論中外，總占著支配性地位。主張文學藝術的民主化——即為更多數人欣賞，寫更多數人的文學——是最近幾年才由幾個年輕作家提出的。這些年輕作家既沒有後台，又沒有任何足以施強制於人的力量，只是「各言其志」，怎能說他們有「排他」性？

再說，有些人表面上左一句「博大精深」、「有容乃大」，右一句「廣慈博愛」、「溫柔敦厚」，但他論斷別人的，卻字字句句，帶著無比凝冷的殺機。這種論斷文章已證明極不得人心，引起廣泛的反感。誰在「排斥」誰，民眾畢竟清楚得很啊。

目前，「社會現實」一詞，引起爭論，您的看法？

顏元叔教授最近有幾篇文章，解釋了他「社會現實主義」文學的內含，並力言它和「社會主義的現實主義」文學的差異。他要說的，我想已說得夠清楚了，我對「現實主義」，還沒有他那麼有系統的主張，在此也恐怕不必多說。

我想說一下的，有兩個方面：

頭一方面是，因著人有不同的地位，不同的立場，對於現實就有不同的看法。一般說來，居於利得地位的人，基本上想永久保持這利得，從而不希望這個世界發生變化。這些人對現實有他們的看法。但這看法當受囿於他們既有的利得。另外有些人，是非利得者群，對於現狀懷著批評的態度，主張現狀的改變。這些人對「現實」又有他們的看法，這看法富於變動、創意和幻想。舉個例子說，日本人主張中國人同他合作，開發中國，以促進「大東亞」地區的「共同繁榮」。這是一個支配者民族在他的立場上的想法。但是我們中國人不同意這種看法。這是因為我們是居於被支配、被壓服者的立場去看問題。

對什麼才是「社會現實」的問題，恐怕也因此而有不同的看法吧。

其次一方面，我要說的是，從文學史看，在一向充滿謊言、暴力、歪曲、意見和思想的壟斷的人世上，一個人道主義的作家要表現現實，往往是一件拚命的事……。

反映現實的小說，是否一定要用「寫實主義」？

我想不一定吧。像〈桃花源記〉那樣乍見是幻想的作品，仍然有深刻的現實意義。

還有，「內容決定形式」啊。如果你寫的是自己方寸間的、主觀的、內省的心靈世界，在形式上就不能不用主觀的、晦澀的、奇詭的語言或結構。如果你寫的是托爾斯泰的聖彼得堡，是巴爾扎克的巴黎市民世界，你就自然的使用他們那偉大的寫實主義。

寫實主義的另一個問題，是「用盡量多數人所可明白易懂的語言，寫最大多數人所可理解的一般經驗」。我稱此為文學的民主主義：讓更多的人參與文學生活，寫更廣泛的人們，讓更廣泛的人有文學之樂。

對於這次文學論爭，有什麼感想？

文學生活，是人的精神生活之一。有什麼討論，要討論得細緻，要講道理，要比作品。粗暴的方法、威脅恫嚇的方法、強制執行的方法，都行不通的。這回有些人寫文章，既不讀人家的作品，又不耐心地同別人講道理，一味扣帽子，弄得很不得人心，把自己一世文名也搞砸了。這對他們個人實在是一種令人扼腕的損失，使人們對主管文藝當局也產生很不必要的誤解。

那些人批評「鄉土文學」，更是一個無知的，不幸的錯誤。有人因此抑忿懷憂不已。我覺得應該肯定鄉土文學是中國文學的一部分。有人拿雞毛當令箭，對鄉土文學亂砍亂殺，但我覺得我們不應因為這一小撮人的錯誤，被逼出分離主義的情緒。正相反，我們應該更努力的寫，要寫得更好，更深刻，才能為我們中國新文學做更大更好的貢獻。

基本上我很樂觀。不為什麼，只因為我們從文學史上知道一個真理，即沒有一個或一些文學家，可以藉著殺害或囚禁別個或別的一些文學家，禁止別個或別的一些文學作品來奠定自己文學作品的藝術地位的。在文學世界裡，只有一個法律，那就是文學的藝術性。歷史本身是最不趨炎附勢的啊。

但是對文學的粗暴干涉是常有的事。然而文學是一個民族千年萬世的命脈所繫者之一。主事的人至少應該有戒慎恐懼，有「夜聞風雨之聲而難安枕蓆」的心。

最後，讓我們在我們所共同關切和愛讀的文學上，忘記別人粗心的傷害所帶來的傷痕，作為中國人而互相團結，互相和睦。

初刊一九七七年十月《小說新潮》第一卷第二期
收入一九七八年四月遠流出版社《鄉土文學討論集》（尉天驄主編），一九八四年九月遠景出版社《孤兒的歷史．歷史的孤兒》，一九八八年五月人

間出版社《陳映真作品集11・中國結》

1 本篇為《小說新潮》「小說與社會現實」專題系列文章。訪問：楊澤；執筆：詹宏志。

一九七七年十月

賀大哥

1

坐計程車趕到台北國際機場，已經是午后四時了。我跳下車子，匆匆地在機場的樓下、樓上繞了一圈，並不叫人擔心地看不見賀大哥。五時十五分的班機，畢竟是早來了。我走出機場，看見台北的秋天的陽光，照在機場正對面的民航大樓，使那弧形的建築，反射著一片白色耀眼的光芒。圍著機場前面大噴水池的杜鵑籬笆，已經被穿梭不停的車輛揚起的灰塵，蒙上一層厚厚的泥上。我走進噴水池的小公園裡，回頭看著機場。它像最近十年間在台灣各地新建的寺廟，說西不西，說中不中的樣子。機場門前有用水泥砌得索然得很的安全島，種植著一片暗紅大葉的小灌木。在這暗紅的小灌木間，等距地種著修剪成半球形的、深綠色細嫩葉子的常見而不知其名的小樹。在這深綠色的小半球之上，且以更大的等距，種植著修剪成頎長的等邊三角形的，更為常見，又不知其名的針葉樹。陽光為它們劃分出甚具幾何趣味的光暗；整個安全島便呈現出一種都市的、呆板的、舞臺一般的景致。

噴水池的左右，參差錯落地停滿了各種式樣、各種顏色的車子。噴泉不曾打開，使大理石砌成的方形的水池，顯得異樣的荒蕪和孤寂。有兩、三群送行的人，正在為他們遠行的親友拍照。

早上十時許罷，正準備出去上課的時候，大學醫院精神科的謝紹美來電話。

「你的那個老師剛走了。」她說。

「哦。」我說。

「今早剛過九點，大使館的人和美國來的醫生，還有你那老師的家人——他母親，還有……」

謝紹美停了一會，說：「還有，唉，你知道他在美國有太太嗎？」

「哦。」我說。

「你知道嗎？」她說：「人家他在美國，已經有了太太。」

「我知道，」我脫口而出地說。

「哦哦……」她說。

其實，我當然不知道。不過，如果賀大哥真是個遺忘症的患者，他曾告訴過我的一切關乎他的過去，都會變成一堆他「假造」的故事。

「這兒的院長、科主任醫師丁教授也來了，」她說：「在病房裡，中國人和外國人，嘰嘰呱呱地講英語。後來丁教授說他們要立刻送他回國。」

「賀大哥他……」我說。

「賀大哥？啊，見鬼喲，」謝紹美說：「他根本不姓Hopper，查出來了，他的真姓是Chalk。粉筆的英文單字，就是那個Chalk。」她迅速而自抑地笑了幾聲，「總之，小曹，在美國，人家找他也找了好幾年，楊大夫說的。這下好了，找到了他，趕快要把他送回去。」

隔著電話，我聽見謝紹美歎了口氣。我用雙手捧著電話。不是說很難過的，但眼淚卻那麼悄悄、悄悄地流下面頰。

「小曹，」她說：「你幹嘛了？」

我努力地搖頭。

「小曹！」她說。

我嚥了嚥口水，說：

「嗯。」

「幹什麼呀，你。別難過了。」她說。

「不會的。」

「啊，對了！」謝紹美恍然地叫了起來，「你看我，正經事不提，廢話一大堆。我告訴你啊……」她鄭重地說：「他們訂好了下午五點十五分的班機，馬航的。」

「哦。」我說。

「今天，無論如何，過來看我，」她說：「叫我放心，懂罷？」

「嗯。」我說。

我從機場門口的小廣場，走到機場入口的走廊裡，漫不經心地挑了一個入口大門站著。一輛一輛的計程車載來遠行和送行的人們。有一輛中型巴士放下十來個一看就認得出來的日本人，矮小的個子，小號的西裝。他們喫重地搬下包包袋袋的東西，然後列成並不嚴格的隊伍，在導遊的招呼下，走過我的身邊，走進機場。隊伍的末尾，是兩個穿著齊整的和服的日本老婦。其中的一個，且有些佝僂了。當我茫漠地想起一年多前讀過的一本叫作《菊花與劍》的書，忽然看到一輛並不很新的林肯，戛然地停在離我不遠的斜對面。另一輛橘紅色的計程車，就在我看著看著的俄頃，喫著林肯的尾巴，停了下來。有那麼一個片刻，兩部車就是那樣地停著。然後兩部車的車門忽然地都打開來，忙亂地下了一批人。他們安靜地等著最後從林肯下來的，長髮、亂鬚，形容疲乏的外國青年。

「賀大哥！」

我的突然悸動起來的心，無語地叫了起來。

住院不及一月，賀大哥就變得青蒼起來，並且顯明易見地胖了。林肯車上下來的，除了賀大哥，是一位高大的，蓄著整齊的杜布西髫子的，穿著剪裁精緻的灰褐色西裝的，五十開外的外國紳士；一位濃妝的外國老婦人，和一位紅髮的，精瘦高挑，臂上掛著一個惹眼的大手提袋的三十左右的外國女人。橘紅色計程車上下來的，是一位壯碩的，蓄著短髮，帶著墨鏡，穿了一套藏青西裝的中年外國人；一位四十來歲的，皮膚黝黑，在髮上抹著稀稀的一層髮蠟，帶著金邊眼鏡的中國人。

這一干外國人擁著賀大哥走進機場。賀大哥的變得分外白皙了的，微微地發胖了的臉上，有一種痴呆的、羞怯的表情。他不時地輕咬自己的嘴唇；不時地用右手捋著他的粗糙的、暗褐色的鬍髭；不對什麼人地、不為什麼原由地笑著。我隔著五步左右，跟隨他們走向馬航的櫃檯。一位很胖的外國人早已在那兒等候著他們。他和賀大哥以外的每一個人握手，然後帶著他們走進櫃檯後面，沒經過檢查，沒經過劃位，一直走進候機室裡去。

我慢慢地爬上樓梯，到了二樓。看看腕錶，是四點五十分。比二樓的掛鐘，快了約莫四分鐘。我不知道那些外國男人是些什麼人。但那年老的婦人，想必是賀大哥的母親罷。而那精瘦、高挑的女人，難道就是賀大哥的妻子？她看起來比賀大哥要大上三、四歲。然則賀大哥曾說他的母親在他大學畢業那年死了；他曾說他的母親是科學家，在大學中教理論物理。「但是她也是一個熱心的種族平等主義者和和平主義者，」賀大哥曾說：「不過她仍然相信美國的民主制度是改革美國的重要的希望，雖然甘迺迪和馬丁路德・金恩被刺殺的事件，差一點使她崩潰。」但是，像方才看見的，濃妝得怎麼替她掩飾也不能不說她打扮得太過野俗的那個美國老婦人，無論如何，也和我想像中的賀大哥的母親對不上頭。

二樓裡，送行的人們都各自簇擁著他們即將遠行的親友，有的喁喁地說著話，有的一張又一張地拍著照片。鎂光燈像小小的閃電，不時地在這裡、那裡閃爍著。我的心緒有些混亂，有些空茫。我無目的地瀏覽著幾個販賣土產的櫃檯，忽然買下一個由暗紅[1]、粉紅和鵝黃的人工花綴成的送行的花項圈。我知道，這個花圈，是怎麼也無法套上早已被挾擁著進入候機室的賀大哥的脖子。不過，整個早上，一心一意要來見賀大哥最後一面，甚至於想著能不能親口對賀大哥說：「賀大哥，振作起來」；或者以他曾無數次說過的話告訴他：「我們用我們的苦痛、眼淚、孤寂，甚至生命，去迎接將來的美麗的世界……」，但是賀大哥身邊那幾個人所造成的圍牆，使我和賀大哥之間，雖然只有幾步之隔，卻迢離著千山萬水。我的手緊緊地抓著花項圈，彷彿只有這項圈，才能使我一整個早晨為賀大哥翻騰的心，有個落實的地方。

我提著那由深紅、粉紅和鵝黃的人工花所綴織而成的項圈，一步步走下樓梯。當我走出機場的出口，伸手攔住計程車的時候，用英、日、中文播出，五點十五分飛往東京轉往檀香山的馬航班機開始登機的廣播，從機場裡沉靜、愉快地傳來。

「啊，賀大哥！」

我無聲地叫了起來。我驀地撇下計程車，轉身跑進機場，跑上二樓，匆匆地買了票，衝進送行的看臺。

飛機場上停著不同國籍的、不同裝飾和標誌的巨大的客機。旅客們一走出候機室，大都回過頭來仰望送行的看臺，搜尋他們各自的送行的親友。在通向馬航班機的通道上，我終於看見了賀大哥被前後左右簇擁著。他們是少數一些不用回頭來和送行的人招手致別的一群。賀大哥彳亍地走著，若無其事地走著，不時由他的母親矯正行走的方向。到了登機的梯下，賀大哥似乎猶疑著。那個帶墨鏡的男人用右手環抱賀大哥的肩膀，低下頭和賀大哥商議著什麼。然後賀大哥彷彿很怡然地踏上了梯子，頭也不回地走進馬航班機的巨大的、漂亮的機艙。

在賀大哥漫不經心地走進機艙的那個片刻，在一片空茫的我的心中，突然清楚地了悟了一件事：對於我，賀大哥已經從這個世上消失了。從今以後，我必須離開賀大哥，一個人生活，就像蒲公英的種子離開了枯萎的花朵，乘風而去，飛向遼闊無垠的世界。

我把花圈掛在隔開送行看臺的幾個區域的鐵絲網上，轉身走開。就在我轉身的時候，我看見離我不遠的地方，站著方才送賀大哥的那個面貌黝黑，打著稀薄的髮蠟的，帶著金邊眼鏡的中國[2]男人，默默地在秋天的陽光下，注視著停機場。

我走出機場，招來計程車，跳了上去。車子繞過機場前面的草坪和大噴水池的時候，我忽而想起方才走出陽臺[3]的旋轉門時，正好瞥見我留在鐵絲網上的，綴著暗紅、粉紅和鵝黃的人工花朵的項圈，在秋天傍晚的微風中，微微地顫動著。

「大學醫院。」我對司機說。

2

認識賀大哥，是今年暑假剛開始不久的時候。

期末考一結束，我們「慈惠社」就開始計議已久的服務計畫：到市郊小鎮裡一家天主教辦的「聖心小兒麻痺復健所」去當義務復健員。我們已經按著個人的專長和興趣，填好了表格，決定了每個人自己的服務項目。我自小喜歡塗鴉，就決定到手工藝部門去。

我記得很清楚：我們社裡七、八個社員，懷著辦郊遊兼慈善工作的心情，坐了公路車抵達市郊的T鎮的時候，是一個一晴如洗，豔陽高照，卻並不炎熱的六月底的早晨。我們下了車，又沿著一條歷史很久了的鐵路，走了十五來分鐘，一個猛轉彎，立刻就看見一個小小的渡頭，呈現在一條小小的斜坡的盡頭。渡頭上的大榕樹下，有兩個漢子坐著默默地抽菸。他們的身旁，有一擔空擔子、一輛機車、一隻土狗。渡船在河中央，正望著渡頭這邊撐過來。

河上有一層薄薄的迷霧。渡船上只有一個乘客，細看是一個高大的外國青年。河水潺潺地流著。我們幾個在都市裡長大的孩子，都摒息定睛地看著那漸擺漸近的渡船。小周收起她的花洋傘，說：

「好棒！」

她當然是在說河上渡舟的景觀之美。儘管在一層薄薄的水霧之外，城市的高樓依然遠遠地參差著；儘管看得見在河的對岸的蜿蜒著的公路上，有雜沓的車輛，眼前的渡船，卻使我們回到我們從不曾生活過的田園的、牧歌的、想像中的過去。

渡船已經撐出了水霧。或者由於一臉鬍鬚的緣故罷，船頭上的外國人，看來並不若想像中的年輕。他的髮鬚，在豔陽下，有些枯索，卻閃耀著金紅的顏色。他的衣著隨便，像校園裡偶爾一見的外國學生，甚至說得上有些邋遢。然而他的健碩的身材，使他看來猱捷、粗糲。他就是那樣安靜地站立著，在潺潺的水流聲中，隨著安靜的渡舟，安靜地靠上渡頭。

渡頭樹下的兩個漢子丟掉香菸，一個挑起只裝著肥皂粉、醬油和一打汽水的擔子，一個扶著半舊的本田五十機車。土狗用力地搖著尾巴。

「一次只坐八個人，」社長洪俊男說：「我們分兩次渡。」

除了我和小周、小珊，他們都在興奮地搶著上船，船一擺盪，小邱和阿娃就尖聲地叫。那異國的青年安靜地打從我和小周的身邊走過，留下一股淡淡的男人的汗臭，一步步走上斜坡。

「好漂亮的嬉皮袋，」小周說。

不曉得用什麼織成的赭紅色的、帶著長長的背帶的嬉皮袋，以鮮豔的顏色，配織著顯然是印地安人的圖樣——火紅的太陽、昂立的駿馬、展翅欲飛的梟鷹。

在小小的斜坡的半途，他一邊走，一邊把袋子從右肩換到左肩。我想起錯身而過時的他的臉：日曬得發紅的臉，瘦削的、濃眉的臉，蓄著彷彿聖誕卡上的耶穌的鬍子的臉。

一到復健中心，修女們以很高的效率為我們做簡報，並且花了一整個早上做簡單的講習。中午吃過飯，我們在安排好的客舍睡午覺。下午修女就開始領我們到各自志願的部門去服務。

不料我和葛修女一進美工部，就看見上午在渡頭上看到的外國青年，正在幫助一個病童鋸一塊木頭。

「這是Mr. Hopper。所裡的孩子都叫他賀大哥，我們也乾脆跟著叫。」葛修女笑著說。

他直起身來。我這才看見他有一雙開著很清楚的雙眼皮的大眼睛，只因為眼珠是棕色的，所以上午在渡頭上乍看之下，不曾注意。

「你好，」他笑著說。

「美工、手藝方面的人，不好找，」葛修女說：「所以賀大哥一直是一個人，很辛苦。」

賀大哥張開嘴笑。在蓬亂的鬍鬚下，我看見兩排潔白的、略長的牙齒。我有些局促起來。我正努力地自忖著一向因著富裕的出身而從不在人前扭愰失措的我，何以有這局促時，葛修女卻不聲不響地離我而去。

「我能做些什麼啊，賀大哥。」

我感覺到必須立刻說些什麼來驅除我的局促而近乎反射性地說。

他和平地凝望著我。在沒有冷氣的房間內，他早已輕微地冒著汗。

「早上我看到你們，」他說：「卻不知道就是你們。」

他把每一個中國字咬得很準確，卻不能就說絲毫沒有外國人獨有的腔調。因為他的腔調，因為他的「早上我看到你們，卻不知道就是你們」的這一句未見得不對，卻聽來古怪的話，我忽而愉快、自在地笑了起來。

賀大哥說早上他過河去幫人家補習英語。

「這兒的工作是義務工作，」他說：「我得另外賺錢吃飯。」

「你是天主教徒，我猜。」

「才不是呢。」他說。把「呢」字拉得異樣的長。

「哦，」我說。

「剛剛相反，我是一個談無神論的人。」

他開始回到他的工作。我默默地走到工作檯邊。一個坐在輪椅上的，面目清秀的女孩，開始用她的枯萎了的兩手，拉著一支鋼鋸，把咬緊在鐵架上的一小截圓木頭，循著畫好的直線，鋸成兩半。賀大哥用手拉著鋸子的另一頭，引導不能隨意運動的對方的拖鋸的方向。

「要仔細的去感覺，」賀大哥對聚精會神地拉著鋸子的女孩說：「感覺拉鋸子的時候，你的手指、肌肉的……，怎麼說呀？」他抬頭看望著我，「feeling，啊……？」

我想了想，「手上的感受，」我說。

「感受。」賀大哥如釋重負地笑了起來。

這時候，有五、六個做完[4]水浴按摩的病童，或倚杖、或乘輪椅地衝進美工室。

「賀大哥！」孩子們叫著。

他站了起來，兩手叉著腰，看著頭髮依然潮溼著的孩子們，各自找到他們的工具，開始鋸的鋸，刻的刻，揑的揑。就在那個片刻，我抬起頭來，看見賀大哥並不在笑著的臉上的眼睛，棕色的、開著分明的雙眼皮的大眼睛，流露著一種發自內心極深之處的愛的光芒。

「現在，你可以幫忙了。」

賀大哥突然轉過臉來說。

賀大哥要我為手和手臂的機能恢復得較好的病童，在三夾板上畫些簡單的圖案，讓他們或刻、或鋸。

「你想鋸什麼東西？」我對一個下巴尖尖的、白皙的男童說。

我依著孩子們的願望，畫出盡量把線條簡單化了的馬、公雞、汽車和獅子。我悄悄地在孩子們專心勞作的檯子間走著。我在一個用有顏色的蠟捏塑著什麼的小男孩面前停住。仔細地端詳了，才猛然地看出他的手裡塑著的，是一座粗臂、壯腿、英昂地屹立著的人像。

我看著他的因病而枯乾了的、而歪扭了的、架著不鏽鋼腿架的右腿，一股熱氣迅速地占滿了我的胸膺。就在那一剎那，我想起賀大哥的爍動著光芒的眼睛。

這以後的好幾個夜晚，當我們在客舍就寢前，在水浴按摩室成天穿著浴衣陪伴病童的小周，不時地和我竊竊地說著賀大哥的棕色的、「好溫柔的眼睛」。我總是笑而不語，想著並不住在所裡的賀大哥，到底住在台北的什麼所在，想著他在什麼地方吃早餐和晚餐，想著他換下的衣服怎麼洗……

「好像不怎麼愛說話的是嗎?」

有一回,睡前饒舌的時候,小周說。

「什麼?」

「賀大哥,」小周說,一邊吃著糖蜜的橄欖,「好像是個不怎麼愛說話的人,是嗎?」

「哦,」我說。

我沉思起來。認真地想,才發覺賀大哥真是個言語並不多的人。

「是啊,」我對自己詫異著似地說:「真的,他不怎麼說話,真的啊。」

小周皺著她原本就長得小的鼻子,笑了起來。

「好性格啊,那個人。」她說。

事實上,我和賀大哥一起工作的時候,他的我所不曾見過的認真、專注,尤其是瀰漫在他的工作中的真實的關愛,對於我,在工作中的每一個時刻,都是滔滔不絕的,聞所未聞的語言。我們的服務工作,很快地接近了尾聲。結束的前一天,我的心裡脹滿了焦慮、寂寞和悲傷混合起來的情緒。然而賀大哥卻依舊是那樣以他素常的專注工作著。

「賀大哥,」我終於說。

他正幫著一個小病童,在他好不容易鋸好的公雞上塗著顏色。他抬起頭來,說:

「自從你來。他們多做了好幾種圖樣。」

他的棕色的，有著很是分明的雙眼皮的眼睛。充滿了快樂。共事了將近十日，從沒有像這次那樣逼近地看過他的眼睛。他的棕色的瞳子。使我驀然地想起電視裡「動物世界」中的美洲的梟鷹的眼睛，卻沒有那鷹的狡黠和梟殘。

「賀大哥，真快啊，」我裝著豁然的樣子說：「明天，我們要走了。」

「哦，」他放下畫筆，直起腰來。他的深褐色的眉毛，密密地植滿了整個眉骨。從腮到顎，繁亂地、卷曲地長滿了鬍子。他用左手無心地抓著左頰，說：

「哦哦。」

有那麼一個片刻，我們都沉默著，只剩下孩子們鋸木、刻木和刨木的聲音。

「賀大哥，你說，」我終於說：「你說你不是天主教徒？」

「不是。」他說。

「為什麼你花費這麼多的時間……」我說，「我是說，花那麼大的氣力，在這裡。」

他露出他的異樣地整齊的、略微長了些的牙齒微笑起來。

「如果去愛人，如果……啊，我沒辦法用中文說。」

他於是用英文說，如果去愛人類同胞，變得需要有一個理由，這就告訴我們：人在今天已經活在如何可怕的境地。他說，如果愛別人，關心別人的事，竟只成為一些稱為這個或者那個宗教的教徒的事，這就告訴我們，這個世界已經不是人的世界。

他說著說著，他的棕色的，開著很大的雙眼皮的眼睛，逐漸地亮起一盞晶瑩的、熱烈的燈火。「幫助這些小孩，其實是幫助了我自己，」賀大哥說。「使我在一個人，一個人，」他著重地說：「從他的爬行的境地裡站立起來的努力中，認識到人的尊嚴……」

第二天用過早膳，我們「慈惠社」便離開了復健所。差不多大部分的修女都出來送行。但我卻沒有在送行的人當中看見賀大哥。

3

回到台北，本該過幾天就回到高雄的家去的，卻不知為什麼地逡巡著、猶豫著，而終於掛了一通長途電話，說是想「留在台北多讀點兒書，」而延遲了歸期。

「讀書！」媽媽在電話中說：「讀了一學期了還讀不夠！」

「只幾個禮拜嘛，媽。」

「要讀書，把書搬回來讀，也舒服些。」媽媽說。

我想起祖父的自他死後便長年深鎖的大書房。曾祖留下一大片地產，使祖父成為一個留學東洋歸來的律師。據大伯父說，學成方歸的祖父，曾和若干日本的名律師聯合組成一個律師團，為台灣的「思想犯」出庭辯護，而名噪一時；但也因而被日警當局目為「危險思想」分子，受到苛擾。然而沒有多久，祖父就妥協了。他成為「株式會社台灣商工銀行」的沒有管理權而坐食紅利的股東，卻因而堅決地不讓他的兩個兒子攻讀文史。學了化工的父親，終於以化學原料廠再度發了財。祖父以高壽去世的時候，父親和伯父已擁有紡織、餐旅和建築方面的產業，而使祖父的葬禮變成高雄有史以來最熱鬧的葬禮之一。

大約也因這個「家風」罷，我的大哥讀醫，現在在加拿大；二哥學生化，目前在日本。而我則因為是獨生的女兒的緣故罷，沒有「家風」的壓力，父親也就讓我自由地讀外國文學。書，倒是從小就愛讀的。然而，從復健中心回到台北以後，抓起這本書，讀不下兩頁；拿起那本書，看不進去。比起賀大哥的一些話，比起賀大哥的虔敬的愛的生活，房間裡堆砌得花花綠綠的書，竟忽而顯得那麼不知所云，言不及義的啊。

我逐漸開始不可抑制地思想著賀大哥。戀愛的事，大大小小的，我也鬧過。但我左思右忖，這一次，無論如何是不像——或者不只是像另一個戀愛罷。我變得吃得少、睡得更少。我想著，那麼集中地想著賀大哥，卻不是想著他的溫婉的、棕色的眼睛；不是耽想著靠在他單薄卻寬大的胸懷裡，讓他巨大、多骨節而且長滿了茸茸的汗毛的手，輕輕地觸撫我的髮和背……我反反覆覆地想著他說過的每一句令我五內震顫的話，想著他刻苦的，卻又無由想像的豐富、火熱而又遼闊的世界。

「一定要，一定要看到那個人的世界啊……」

不止一次，在許多失眠的夜裡，我這樣呻吟著。

我終於跑到復健中心，出現在賀大哥的工作室時，他卻不在那兒。葛修女叫我到肢架試穿室去看看。我穿過種滿杜鵑花的院子，抄小路到試穿室。從窗口望去，我看見一個小女孩穿上量製過的腿架，[5]在所長、楊矯形外科大夫和一群修女面前，讓賀大哥牽著小手，一步步地走過來，又走過去。

也不知道她在地面上羞辱地、孤單地、恐懼地爬行了多少日子，到今天才站了起來的啊，我想著。我把臉貼著試穿室大窗子的冷涼的玻璃上，看見賀大哥終於放開了手，讓那清瘦的小女孩，一個人努力地、嚴肅地、興奮地邁開一步又一步。看著看著的我，竟也流淚了。

試穿完畢，賀大哥一打開門，就看見了我。我的臉，猝然地紅了起來。

「嗨！」他說。

他的眼中，還殘留著大量的，從試穿室帶出來的快樂。

「忘了東西，來帶回去是嗎？」他打趣說。

我告訴他，我想利用暑假把英文補好。

「為什麼？」他說：「你英文不錯呢。」

我為他的又被異樣地拉長了的「呢」，笑出聲來。

「可是賀大哥說的一些事，一些話，我還不全聽得懂。」我說。

我們談妥了補習的時間、地點和費用。當他送我到復健所的門口時，他說：

「事實上，有兩個學生剛剛結束了補習，我也正需要去找一個來填補。」

他站在那裡，兩手插進牛仔褲背後的口袋。河岸上吹來的秋的微風，使他的深褐色的髮和鬚，在煦陽中曳曳地顫動著。

我曾看過去年二哥從日本帶來的科學紀錄片，顯現病原體的胞質小體分裂、傳遞的情形。以電子顯微鏡驚人地放大了的、五色繽紛的微生物的世界，在剪接過的影片中，進行著極端複雜而又快速的變化。和賀大哥補習的兩個多月裡，我的心智的世界也發生了那麼樣快速、複雜的變化。

賀大哥交給我的第一本課本，是黑色封面的《普希金傳》。讀著這個舊俄的天才的詩人；集貴族、無賴、紈褲、天使和反叛者於一身的詩人，恁恣而斗膽地挑激命運中狂亂的歡樂和危噩的詩人的一生，對於在平庸和馴良中長大的我，是不曾有過的震動。接著，我遇見了克魯泡特金，隨著他到過民國前的風雨的東北[6]，隨著他走遍腐敗而頑固的俄國，隨著他遇見直斥虛偽的禮儀，好學深思，稱頌真誠的人類愛的，被屠格涅夫稱為「虛無主義」者的俄國青年們；我也看見了整個當時在動盪中的西歐的激動人心的風潮。而當時俄國的一群恥於坐享他人的血汗所積成的財富，紛紛叛離自己富裕、高貴的門第，憑著自己的力量賺取衣食，並且蜂湧地、深深地走進俄國的廣大的農村，力求與農民親密地接觸，忠誠盡心地在知識上、生活上幫助俄國農民的擴及全俄的運動，更使我激動得連連失眠。

「在六十年代，美國也有過類似的運動。」賀大哥用英語說：「那時的美國青年，在一個又一個運動中，對美國的富裕，提出道德方面的質問；對美國國家永不犯錯的神話，提出了無情的批判。」

那時候還在大學讀書的賀大哥，「曾以為美國的『革命』就在眼前。」

「你簡直就覺得，那美麗的世界已經在望，」他說：「一個新的、美麗的美國啊。」

我從來沒有聽見過普普通通的一個英語單字beautiful，能裝載、能傳達出那麼叫人心疼的熱情和理想。

「後來呢？」

「後來呢，」賀大哥寂寞地、輕輕地搖著頭，說：「後來，多麼殘酷，那只不過是一場夢，啊，中國人說，說……什麼一夢？」

「噢，『南柯一夢』。」

「啊，南柯一夢。」

賀大哥似乎高興地笑了起來。他說他終於看到，「美麗的美國」、「新的美國」之來，或許是一百年、兩百年甚至更長的時間以後的事。

「一百年、兩百年啊！」

「對的。」賀大哥說。

「啊啊，」我憂愁地、筆直地望著他，說：「那麼，你的一生，如果明知道理想的實現，是十百世以後的事，你從哪裡去支取生活的力量啊。」

他的隱藏在棕色的、開著極為分明的雙眼皮[7]中的燈火，悠悠地燃燒起來。不，他說，毋寧是清楚地認識到不能及身而見到那「美麗的世界」，你才能開始把自己看作有史以來人類孜孜矻矻地為著一個更好、更公平、更自由的世界而堅毅不拔地奮鬥著的潮流裡的一滴水珠。看清楚了這一點，你才沒有了個人的寂寞和無能為力的感覺，他用英語說，並且也才得以重新取得生活的、愛的、信賴的力量。

我很坦白地跟賀大哥說，我至極敬愛著他的胸懷。「但是，賀大哥，良善和熱情，怎能改變這麼一個冷漠、凶殘的世界啊！」

「不，讓我們去愛，讓我們去相信，」賀大哥虔敬地說：「愛，無條件地愛人類，無條件地相信人類。」這樣的愛，時常帶來因著我們所愛的對象的不了解，而使施愛的人受到挫折、失望。「但是，這個時候，你最要照顧的是你自己，而不是別人——照顧自己不在你的愛受挫之後，冷淡了愛的能力，」賀大哥說：「讓我們也相信一切、一切的人——雖然這無條件的信賴，往往帶來甚至以生命當代價的危機。但是，讓我們相信。」總有一天，他說，更多、更多的人能夠不圖回報，而從一個人的生命的內層去愛別人、信賴別人。賀大哥說：「那美麗的、新的世界就伸手可及了。」

在我們的「慈惠社」裡，「愛心」幾乎成了一個冗濫的套語。但是，差不多整個暑假，賀大哥使我重新認識了「美麗」、「幸福」和「愛」等並不罕見的詞語，是有著充滿希望，充滿了鼓舞人們的靈魂的新的含意[8]。

4

當我在賀大哥的指導下讀完維多・柏羅的《美國的軍事・產業複合體及其諸問題》的時候，長長的暑假已經過去了三分之二。自小百般溺愛著我的母親，至此已是函電交加，催著我回去過完剩下不過三個禮拜的暑假。

九月初，我懷著等待去不斷更新自己的狂喜，回到台北，參加註冊。註完冊，我就去找賀大哥，才知道他失去行蹤已經多日。

據房東說，約莫十日之前，有一位穿著齊整，戴了一副墨鏡的外國人來找他。在房子裡，他們顯然有些爭執，後來一向安靜和藹的賀大哥，開始高聲地、激越地說著些什麼。然後房門打開了，來客默默地離開。房東說，顯然客人是被趕了出去的。

「什麼事啊？」房東問。

「我不認識他，我不認識他！」

賀大哥神經質地叫著說。他的臉色異樣地蒼白。他的臉，房東說，是那樣的憤怒、那樣的恐懼，也那樣地悲哀。就在那夜，賀大哥留下一屋子零亂，兀自走了。「大使館的人和外事警察至今還在找他哩！」房東說。

日子在焦慮中過去。開學後不久，我突然從復健所的葛修女打來的電話，知道賀大哥病了。

「上主憐憫呀，」葛修女說。

「葛修女，他在哪兒呀？」

「大學醫院精神科，」葛修女說：「所裡的修女，現在每天都在為他向上主祈求。他真是有一顆基督的……」。

葛修女還沒說完「一顆基督的心」那句話，我就匆促地掛上電話。跳上計程車，在開向大學醫院的車子裡，我只著急地想著精神科和神經科究竟有什麼差別。我有一位中學時代的好同學謝紹美，在大學醫院當護士長。問題是：我已記不清她是在精神科呢或者是在神經科……

當我在精神科找到謝紹美時，我竟然就那樣地抱著她噤著聲音哭了起來。

「啊，那個人，是你的老師啊……」

謝紹美詫異地說。據她說，賀大哥是在三天前經市政府衛生單位當作無依的精神病遊民送到院裡來的。但是由於他是外國人，醫院方面覺得必須和外事警察取得聯繫。「等到一聯繫，才知道他們和大使館方面的人也正在找他。」謝紹美說。在特殊的安排下，他已被送到四樓的特等病房，加上了門禁。

「你單以他的學生的身分，怕是無法進病房的。」她說。

我問起賀大哥的情況。

「我們覺得他有很明顯的分裂性症狀，」她說。

謝紹美說分裂性反應，是人的潛意識中為了應付某種恐懼和不安而引起的個性的分裂。「已經初步發現他有顯著的記憶障礙和個人身分意識的殘破……」她說。

恐懼和不安！這怎麼可能？對於像賀大哥那樣忠勤地服侍於他的理念，並從那理念中去支取豐沛無比的愛和信的力量的人，竟然有恐懼和不安，這是絕對不可能的事。

「在精神科裡住的，正都是為各種『不可能』所壓垮的人，」謝紹美說著，拉起我的手，在她的掌中撫摩著。

「小曹，」她筆直地看著我，「是不是有了感情？」

我咬著下唇，苦笑地搖著頭，然而淚水卻一下子就把我低頭看著的自己的鞋尖，漫成一片模糊的黑色。

謝紹美輕輕地把我擁進她的發胖的、幹練的肩，輕輕地拍撫著我的項背。

「不要擔心，」她說：「據說已經通過大使館的安排，正在盡量收集病人在美國時的生活史料。事情很快地就有一個解釋。」

這以後，我差不多天天到大學醫院去，企盼能從謝紹美那兒多得一點有關賀大哥的消息。但是驚動了兩國中、低層外事官員的賀大哥，已成為只有院長、科主任和少數幾個資深主治大夫才知道病情的事。

「不過，目前科裡的診斷，是精神性健忘症。這一點恐怕是已經確定了的。」謝紹美說。

我從機場坐著計程車抵達大學醫院的時候，已經是五點五十分了。為了不願意爬上醫院正門的長而且古老得令人有一種破敗之感的梯階，我從地下室的急診處走了進去，然後乘電梯到一樓，再走那條瘦瘦的、木造的長廊到精神科去。飛機該是在航向日本的途中罷，我一路想著，也突然記起《時代週刊》上常登出來的馬航的廣告上說：「我們今天晚上請吃飯」。廣告上有兩對男女正在飛機上「愉快」地吃著飯。那四個人看起來要有多驢就有多驢。

（啊，賀大哥，你該不會也跟那些人吃飯罷……）[9]

謝紹美一眼就看見我。她一邊打電話，一邊老遠就用職業性的敏銳，精細地打量著我。我走到她傍邊，等她掛電話。

「等一下周大夫查房回來，告訴他到主任辦公室去一趟。」謝紹美對另一個瘦高的護士說著，站了起來，兩隻手插在雪白的長褲上的口袋裡，用她的肩膀輕輕地推著我走出值勤室。

我們默默地走了一會，她說：

「去了機場了？」

我點點頭。她輕聲地喟歎起來。我們走進她的小小的護理長辦公室。她從冰著一些需要冷藏的藥物的冰箱裡，取出一瓶汽水，為我斟了一杯，剩下的小半瓶，便對著嘴自己喝了幾口。

「精神性的遺忘症，沒有錯，」她說：「美國方面寄來了一些資料。」

「哦。」

她從抽屜裡拿出一個厚厚的牛皮紙袋，擺在我的面前。

「我偷偷地影印了一份給你，」她說：「你英文好，看完了一定要還我。病人的資料，在我們的職業道德上，是不許隨意示人的秘密……」

謝紹美談起她護理過的一個遺忘症病人。這個病人的真實的過去，有一個失敗的婚姻，一些使他覺得老是在人前抬不起頭的挫折和羞恥的經驗，和一筆不小的債務。他的人格開始分裂，終於離家出走，到一個陌生的地方，改名換姓，從意識中遺忘了他的過去的一切挫折，以另一個幻想和補償的人格，重建另一個家庭，正直、謹慎、努力地過一個體面的人的生活。

「治得好嗎？」我憂愁地說。

「喝水吧。」

她把倒滿汽水的杯子向我挪了一下。我舉杯而飲的時候，看見她沉默地望著窗外的開得庸庸碌碌的杜鵑花。

「治療的方法，是有幾種的，」她終於說，「我們比較常用的方法是，叫作desensitization的方法。」

「de……？」

她隨著在白紙上寫下了那個字。我知道主字的本身和字首、字尾的意義，但是醫學上的意思，我自然不懂得。

「簡單地，就這麼說罷：這個方法，是使一個人一再地面對那些他所全心全意要迴避的事物……，或者環境，」她說：「開始的時候，只叫他面對比較輕微的事物，然後逐漸增加強度——你知道我的意思罷。」

「一直到病人能泰然地面對他所要逃避的事物。」我說。

「對了。」謝紹美說：「可是，你這位老師，情況有些不同……」

她說著，把瓶裡的汽水喝光。

「他家很有錢——據說——他失蹤的這幾年，」她望著我安靜地等待回答的樣子，絮絮地說著：「家裡花了一大筆錢請私家偵探到處找他，終於讓他們在台灣找到了他。可是，他沒有用desensitize的方法，劈頭就以病人所無法面對的事實逼問他，使病人一下子錯亂了。」

「哦哦。」我歎息著說。

我約略又枯坐了幾分鐘，就帶著那一包賀大哥的資料回到我賃居的公寓，一頁一頁地讀了下去……

5

親愛的Song（宋？）博士：

茲同封寄上Mike H. Chalk先生在一九六九年六月十四日至八月五日間[10]斷續來本醫院接受治療時之資料的重要部分，以供參考，敬希查照。

吾人深盼這些談話資料，能對你們的工作有所助益。

如果需要別的材料，或者有任何相關的問題，務請見告，吾人極樂意提供一切必要的協助。

謹致敬意

忠誠的

安諾德．M．豪塞（簽名）

醫學博士

大衛．賀洛維茲紀念精神病醫院院長

資料編號：CID-0221

姓名：麥克・H・邱克。

性別：男。

年齡：二十八歲。

婚姻：已婚。

教育：緬因州（私立）肯尼斯商學院就讀二年後離校。

宗教：天主教。

住址：……

個人簡史：

病人之父史都華・邱克於病人十八歲時猝死。遺孀邱克夫人頗為幹練，繼續投資吉柏特兄弟證券公司，家境富裕。

一九六五年結婚，妻莎莉・B・邱克原為邱克夫人之私人秘書，高中畢業。婚姻生活不美滿。病人抱怨其妻在性生活方面過於冷淡。

病人曾努力學習商業，一九六六年中期，病人一度熱心學生政治性活動，因「志趣不合」而退學，準備做汽車買賣生意。

一九六七年十月入伍，赴越南編入查理兵團，任通信士官。一九六九年元月退伍返鄉。

主訴：

據病人之母親指出，麥克自越戰解甲歸來後，一切都很正常，「很少，很少談到越戰，不像一些其他從越南戰場上回來的年輕人那樣瞎吹牛。」他曾試圖準備入緬因州州立大學讀書，但時常抱怨精神不能集中而不果。

一九六九年三月，自入肯尼斯商學院之時已宣稱放棄宗教信仰之麥克，突於某禮拜日邱克夫人準備上教堂時謂：「請為我在戰爭中奉命而為之事，祈求天主之原諒。」其母問其原由，不答。

四月，梅萊村虐殺事件開始在美國若干媒體上陸續揭露。病人亦於此時主訴失眠、焦慮、易怒。來本院求治前，據其母指稱，病人時時終夜哭泣囈語。……

傑美・費雪[11] M・D

（簽名）

× × ×

資料編號：CID-0228

治療談話錄音紀錄

錄音：蘭蒂．J．柯亨小姐

醫：「今天你看起來氣色很不錯。」

病：「謝謝你。」（笑聲。）

醫：「看看今天我能幫你什麼忙。」

（沉默。）

病：「你幫不了我的忙，我猜。」

醫：「不一定，哈，為什麼不說說看？」

（病人說了一點什麼，語詞不清）

醫：「你願意再說一遍嗎，我沒聽清楚。」

病：「上一次我沒說對，呃，事實上，我曾經跟我母親談過。」

醫：「談些什麼？」

病：（大聲，忿怒。）「談越南的事，殺人的事，他媽的！」

醫：「哦。」

病：「我母親說，兒子，寶貝，那是戰爭，你知道，她說，忘掉它。如果你說出來，對你自己，對國家都不好，她說。可是報紙上已經開始在說了，我說。不，她說，那是愚蠢的，別那麼做，寶貝，她說。」

醫：「噢……來，為什麼不抽根菸？」

病：「她說那是反戰分子的陰謀。歷史上的戰爭都在殺人，為什麼美國做的就特別可怕？她說，那是共產黨的謠言。」

醫：「你認為你母親說得對，所以始終沒說出來？」

病：「不！……可是我反對共產黨……我是個……我是個無政府主義者。」

醫：「哦……那真好。」

病：「我怕我在肯尼斯學院時代一起搞過無政府主義的同伴說我虐殺平民……你知道，老人、婦女、小孩……」

（病人的哭聲。）

病：「街上的每一個人都在指著你說，喏，瞧那個謀殺犯……你想想，多可怕。」

醫：「我了解。」

病：「不，你不了解，他媽的。」

（沉默。）

醫：「插句話，你有沒有按時吃拿回去的藥片？」

病：「他們把十幾個老太婆、老頭子和小孩子趕到一間小寺廟的廣場上。起初他們都很順從，看起來也很自在。等到他們看見我們在弄M16自動步槍，他們才開始哭、哀求、祈禱……」

病：「……」

病：「有一個老頭說，不是越共！不是越共！No Vietcong, No Vietcong，他媽的，像唱歌似地一遍又一遍地叫。幾挺M16猛烈地瞄準他們的頭上開……」

談話至此無法繼續而停止。

……

傑米・費雪　M・D

（簽名）

資料編號：CID-0234

治療錄音紀錄
錄音：裘蒂．哈里遜小姐

醫：「你覺得藥片對你有沒有幫助？」

病：「是的，它們很不錯。現在我能睡得多一點了。」

醫：「好極了。吃的呢？」

病：「吃的？不好。我常常會覺得反胃……」

醫：「服藥總免不了有些副作用。可是，不要擔心，老兄，怕反胃，停一會兒藥就行了。」

病：「不，沒有東西可以治得了反胃。」

醫：「停藥後，反胃的情況就自然緩和了。」

病：「那時，我們巡過一條塹壕，裡面橫七豎八的全是屍體。全是老少婦女和小孩子。記得那時候，大夥兒正想著喝酒。有一個德州來的胖子，叫甜心餅的，正在起勁地講耶穌有一回把水變成美酒的故事。整個塹壕裡的血，奇怪罷，把原本褐色的泥土，浸染成一種近乎青色的灰濛濛的顏色……」

醫：「啊啊……」

病：「甜心餅說，哈，卡萊中尉那個排已經來過了呀。叫人反胃啊，那個塹壕。梅萊第四號地區到處都是這種越共掘的戰壕……有一次……算了，我不想說。」

醫：「不想說，就不要說好了。聊些別的罷。最近R．萊丁豪常上報，你覺得怎樣？」

病：「萊丁豪？」

醫：「就是那個第一個寫信揭發梅萊事件的。」

病：（沉思）「有時候我想殺掉他呢（微弱的、自嘲的笑聲）。不過我羨慕他，不是因為他揭發了這件事，而是，你知道，他根本不在查理兵團，多麼幸運！他揭發的事，全是軍中的時候聽來的。」

醫：「那個卡德呢？」

病：「你是說那個黑人下士赫伯特．卡德啊？」

醫：「是的。」

病：「我絕對不是一個種族主義者，你曉得，可是赫伯特．卡德是個大嘴婆，我告訴你。他純粹想出風頭。我想他可能也是在藉此報復白種人的優越感……」

醫：「你覺得，越南的戰爭傷害了白種人嗎？我的意思是……」

病：「白種人有毛病（sick），美國也有毛病，你知道；越戰，特別是，令我厭惡（sick），反胃。」

醫：「反胃？」

病：「我還是說了罷，OK。有一回，我們在一個山腳下找到十來個躲藏著的平民，全是婦人和小孩。有人挑出一個十六歲上下的女孩，拉下她的裙子，有人要摸她的奶子。突然有一個老太婆凶狠地撲過來，女人和孩子們開始哭叫，哭叫……」

（錄音機中靜默了一會。）

病：「一陣M16，把她們打得全身像蜂窩似的。然後把那女孩拉開，他們輪著對她『做』那事兒。後來，女孩開始跑，有人從後面用M16打開她的腦袋……她再跑了兩、三步，就仆倒了。」

醫：「你也『做』了嗎？」

病：（驚惶）「不！我沒有做。」

醫：「可是什麼使你反胃，如果……」

病：「我開了槍。有人開槍，每個人都開槍，像一種連鎖反應。可是我沒有『做』，真的。」

醫：「OK，你沒有『做』，OK。」

病：「可是赫伯特・卡德說，強姦是司空見慣的事。」

醫：「你是說他在說謊嗎？」

病：（躊躇）「我不知道。可是，至少，我看見的不多。」

醫：「如果你不介意，能不能告訴我，為什麼你沒同他們一起『做』？」

病：「可是卡德有種，你知道嗎？他說了。是的，他站出來，說了，他媽的。我早就應該站出來向全世界說，大聲說……」（激動。哭聲。）「他說，不錯，我們對她『做』了那事兒——差不多每一個人都幹了……」

……

傑米・費雪　M・D
（簽名）

約翰・薛蒲雷　M・D
（簽名）

×　×　×

資料編號：CID-0312

治療談話錄音紀錄
錄音：薏芃・薩爾敦小姐

病：「我看起來很糟嗎？」

醫：「一點兒也不，真的，相信我。你知道嗎？」

病：「嗯？」

醫：「我們正在想，從上個星期四那一次談話以來，我們正在想，你的進步很快。恭喜你。你不相信嗎？」

病：「我說不上來。」

醫：「從一九六九年開始，已經有幾個越南回來的孩子來過我們這兒。他們就把心中的那塊黑色的大石頭留在我們這兒，輕鬆地回去了。你相信吧？」

病：「哦，我相信。不過，你說『黑色的大石頭』嗎？」

醫：(笑。)「那只是個比喻。有一個像你這樣的孩子說的。」

病：「不。黑色是無政府主義的顏色。你不能把越南的事用黑色來說它。」

醫：「哦。」

病：「黑色代表從來沒有過的人類的愛——你明白我說的嗎？」

醫：「我猜是的……你手上的那個是什麼？」

病：「只是一塊剪報。報紙上把一個叫做葛萊克的寫給他老爸的信發表出來了。」

醫：「你不介意把它讀出來嗎？」

病：「現在？」

醫：「哦，如果你願意——我是說。」

病：「OK，我來讀。」

親愛的爸：

一切都好罷？我們還在守著那座橋。我們要在星期六離開這邊——因為我們在梅萊村有任務。

我們這一班有一個常常出去巡邏的，被一五五厘米的砲撂掉了。另外還有一個戰死，兩個人的腿沒了，另外再兩個掛了彩。

「禍事相因而來」，這句話我算是懂得了。在我們到「垛地」的途中，他們看到有個女的在田裡做活兒。他們開槍打她，她受傷仆倒了，他們過去踢她，用槍瞄準她的頭殼，把槍膛裡的子彈全部打光。一路上，連遇見不懂事的小孩子，也一個不剩地撂倒在地上。

啊啊，為什麼一定要發生這樣的事啊。他們全是好端端的人，就像三明治在美國那麼樣平常的人，而且其中有幾個還是我的朋友。可就在那一會兒，他們全變成了禽獸，爸。

那是明目昭彰的殺人啊，爸。我對於當時對之無作為的自己，深深地感到羞恥。

爸，這可絕對不是頭一遭的事。這以前，我看了很多。我真不知道為什麼要在這時才告訴您這些。也許我真想把這些事從胸口裡吐掉，吐得乾乾淨淨地。

我對於同伴的信賴心，已經完全崩潰了。現在，我只在這兒挨時間，等著時間過去，回到家裡。

爸，正如你所相信的，我也真正地相信：在這一切事的背後，有一個原因。並且，如果我這樣面向試煉前行，是上帝的旨意，那麼，這旨意行於那高速公路邊的我家，就不如行於這裡的這塊土地上。

這個禮拜六，我們將乘坐直昇機，深入北越的要塞梅萊村。我祈求能在這幾天參加禱告聚會。

請暫時不要等待我去信，可是請繼續寫信來。

我深深地愛著您和媽媽。

兒子　葛萊克

醫：「告訴我，麥克，為什麼剪下這封信？」

病：「我也幹了『明目昭彰的殺人』，在那個鬼一般炎熱、炎熱的越南。可是當我讀這封信，我覺得它就像是我寫的。寫得好。你說呢？」

醫：「啊，麥克，你知道嗎？我們醫生，只做分析，不做判斷。」

病：「這些天，彷彿每個人都出來說話。R・L・希巴爾……」

醫：「對。還有P・米德羅。」

病：「你知道得很清楚啊。」

醫：「哦，麥克，我們在讀全美國關於此事的報導。這在我們的治療上，極有幫助。」

病：「他們都在說話。好事情。醫生。你知道卡德，他說了一籮筐。你知道他殺了很多，就如他自己說的。關於那個把老人打死在井裡的事，他說得不清楚。因為從頭到尾我都在，現在我一閉起眼睛就看得到。」

醫：「OK。」

病：「那天晚上，我們排在責任區內開始偵察巡邏。出發了幾個小時後，隊上有兩個人朝著林中疾走的人影開火。在屍體上，我們找到一份土地證。我聽見卡萊中尉用無線電向梅地拿上尉大聲報告，說是幹倒了一名越共。

幾分鐘後，有幾個弟兄捕獲了一名越共嫌疑。卡萊叫葛魯齊翻譯。葛魯齊駐在夏威夷的時候，曾在一個訓練營學過越南話。葛問了不久，老人立刻拿出身分證。我想他不會是越共，葛魯齊說。卡萊排長不理他。那天我們都沒有和敵人遭遇過。何必殺掉他？我小聲地對葛魯齊說。你們走開，卡萊排長用手上的M16對我們揮動著說。

　　這時候，卡德，那個很愛說話的黑人，把老人押到井邊，他想把他打下井。老人死命地用手扳住井口。卡德用M16的槍托打老人的手。卡萊中尉走過去，瞪著離開井口約莫十英尺的我。我自然地走到井口，我們兩挺M16向井裡開火……」

醫：「麥克，你變得硬多了。你瞧，你能面對許多事了。」

病：「不，醫生。我只是想明白罷了[12]。你為什麼那麼做？每個人為什麼那麼做？在越南，為什麼？卡萊中尉，為什麼？諢名兒『瘋狗』的梅地拿上尉，為什麼？」

醫：「為什麼？」

病：「因為他們的後面站立著一個巨人——國家。在越南的孩子們，都是國家的受害人。你以為這是無政府主義的胡說嗎？」

醫：「不全是，我想。」

病：「我是想明白了的。不一定跟什麼無政府主義有什麼關係。可是，你瞧，正由於是被害者，終於成為加害者——你懂我的意思嗎？然後加害者又成了加害於人這個事實的被害者。醫生，你懂我的意思嗎？好像我，醫生，整個的我自己已被撕成一片一片，好像，好像他們用整膛的子彈把一個越南女人打成稀泥的那個樣。你懂我的意思嗎？」

（啜泣聲。）

醫：「麥克，好弟兄，不要擔心，我們就是要把撕成一片片的你再粘回整個的你……」

病：「不！醫生，我猜我已恨透了我自己。我在想：如果能像脫衣服一樣，脫掉骯髒的衣服一樣，把不堪的我脫掉，然後，像換一件又乾淨、又新的衣服一樣，換一個我……」

醫：「再說一遍，麥克……」

病：「被害者變成加害者，然後又變成被害者……」

醫：「你不介意再說一遍嗎？——脫衣服和換衣服的事，你知道。」

病：「那不重要。那對你那麼重要嗎，醫生？」

醫：「我猜是的，非常重要的，麥克。」

病：「算了。我只是厭憎透了我自己。就是這麼回事。」

（病人情緒惡化，談話中止。）

約翰・薛蒲雷　M・D

（簽名）

6

我一張一張地讀著這些文件，一直到晨光穿過窗簾的薄紗，逐漸地照亮了我的房間。昨夜，為了我還在做著夢幻的高中時代發生於這個人所居住的世界上的辛酸的慘劇，曾數度經歷了心靈最深的顫動，曾數度流下從未曾流過的那種眼淚。但是此刻，我的心卻出乎意想的平靜，就像那從薄紗穿透過來的，有著億萬年的歷史的晨曦一樣的平靜。我忽然想起小時候，曾在一張斑爛的紙板上，精細地畫了一個高瘦、大眼、俊美的童話中的王子。後來，為了紙板另有用途，我把紙板上的畫用橡皮擦去了。這以後，紙板上雖沒有了俊美的武士，而那斑爛卻異樣地比先前顯得尤其的奪目，而同時在那奪目得很的斑爛中，不時在我的凝視裡隱約地出現那俊美的、高挺的王子武士。

賀大哥，在讀完這些文件，便像那武士一樣地消失了。然則卻使我向著一片絢燦無比的斑爛開了眼；而那絢燦的斑爛之中，也或者將永遠在我的凝思之中，隱約著賀大哥——或者那叫人心疼的麥克・H・邱克吧。

一夜未睡，我如常地到校上課。下了第一堂課，我到訓導處去請假。我需要好好地休息一下了。

一到訓導處，訓導長就叫住我。我走進訓導長辦公室。

「有一位先生要見你，正好[13]你也來了。」

訓導長笑咪咪地說。

辦公室有一扇門通向一間不大的會客室。

「你們談，我還有事。」

訓導長把我帶進會客室，介紹給來客後說著，就退了出去，輕輕地掩上門。

「我姓劉，」他站起身來說：「不打攪你上課罷？」

我一眼就認出他是在機場上送走賀大哥的人群中那唯一的中國人。他看來堅定、幹練、和藹可親。

「其實並沒有什麼事的。我和鄒訓導長是長年的朋友，工作上也時常聯繫。」他說。他的皮膚黝黑，他的牙齒結實而潔白。「讓我們坐下來談，好嗎？」他說。

他的金邊眼鏡後面的眼睛，固執地、坦率地看著我；而我也安靜地回望著他。他依舊在整齊的，修剪得很短的頭髮上，抹著一層稀薄的髮蠟，在會客室的日光燈中淡淡地亮著。我忽然想起那天早上，在機場送行的看臺上，當我返身離去的時候，正是這位劉先生站在離我不遠的地方，沉靜地瞭望著機場上升火待發的馬航班機。

「在我們不知道你的那個外國老師是個精神病人以前，我們還很傷過腦筋。現在，他變成那個樣子，倒是反而很同情他。」他說：「在美國，自由過頭了，再加上美國的歷史短，美國人又天真，說得不好，有些幼稚，沒有個中心思想。」

我專注地、平和地聽著。

「因此，正論不作，是邪說代興啊。美國青年，就徬徨在各種不成熟，也可以說是不正當的思想中，使美國的國家、社會[14]、家庭、學校……都產生許多問題。我們呢，是一個開放的社會。近年來有許多仰慕中華文化的外國人來台灣研究、讀書，這當然是很好。可是難免有極少數幾個人帶來不正當、不合我國國情的各種邪論來汙染我們的青年。我們注意到你這一位老師，便是這個緣故。」

「是的。」我說。

「現在，我們終於舒了一口氣，他原來是一個有病的人。」他說：「有病的人，值得我們同情。我們講的就是仁愛。講了幾千年囉！」

「是的。」我說。

「你的情況，我們也很了解。府上不論就家庭的經濟、家庭的教育來說，都很好。很好，我們了解。府上在地方上，真可以說是名望之家。」

「好說，劉先生您太客氣了。」

「你們鄒訓導長也很誇獎你。很好。希望你以後專心學業，心不旁騖，那麼你真是前途似錦的。」

「謝謝您。」

他從頭到尾，都十分專注地看著我。末了，他高興地說：

「你的相貌很好。秀於外而慧於中，實在的。」

「謝謝劉先生。」

我辭了劉先生，請准了假，走出辦公大樓。校園裡遍地煦和的陽光。同學們在操場上，在林蔭的走道上，幸福、快樂地來往著，只是我忽然覺得他們和我已不是同一代的人了。

——明天去登個報，找個英文家教，試試過自食其力的生活。

我想著，輕捷地走向通往校門的大路。

——多麼煦和的陽光啊……

我無語地說。

初刊一九七八年三月《雄獅美術》第八十五期

初收一九七九年十一月遠景出版社《夜行貨車》
收入一九八八年四月人間出版社《陳映真作品集3．上班族的一日》，
二〇〇一年十月洪範書店《陳映真小說集3．上班族的一日》

1 「暗紅」，初刊版為「深紅」。
2 初刊版無「中國」。
3 依前文文意，此處「陽臺」應為「看臺」。
4 洪範版為「做水浴按摩的病童」，此處據初刊版補「完」字。
5 洪範版無標點符號，此處據初刊版補「，」。
6 「風雨的」，初刊版為「風雪的」。
7 初刊版此下有「的眼睛」。
8 「含意」，初刊版為「意含」。
9 初刊版此下空一行。
10 「一九六九年六月十四日至八月五日間」，初刊版為「一九七〇年三月十四日至八月五日間」。
11 洪範版及初刊版此處均為「潔美．費雪」，後文兩處則作「潔米．費雪」。
12 「想明白罷了」，初刊版為「想明白了罷了」。
13 「正好」，初刊版為「巧的」。
14 洪範版為「國家社會」，此處據初刊版改作「國家、社會」。

夜行貨車

——華盛頓大樓之一——[1]

1 長尾雉[2]的標本

摩根索先生跨著大步走過林榮平的辦公室。

「See You, J. P.」

「See You,」林榮平說。

他看見摩根索先生高大的身影，走出空曠的大辦公室；走向傍晚的停車亭。黯紅色的林肯車緩緩地倒了出來，然後優雅有致地繞過花圃和旗臺。守衛早已打開了大門。車子在窗外無聲地駛出台灣馬拉穆電子公司。年輕的守衛無聲地鞠躬，無聲地關上大門。

林榮平重新點燃了菸斗。「See You, J. P.」摩根索低沉而滿有活力的聲音，彷彿還在空無一人的大辦公室中迴盪著。早已過了下班的時間了。臨下班的時候，摩根索先生請他到自己的辦公室討論一些財務上的事。就在下個禮拜，馬拉穆國際公司太平洋區的財務總裁要來。平時瀟瀟灑灑的摩根索先生，近幾天來，卻是從早忙到晚，準備著好幾件報告。負責財務部的林榮平也跟著天天加班。然而，摩根索先生在緊張中仍不失他那代表動物一般的精力的惡戲：和女職員作即興式的調笑；說骯髒的笑話；破口開罵，然後用他的大手拍拍挨罵的中國經理的肩膀：「OK, Frank，不要讓我們的討論影響了你中午的食慾。」然後嘩嘩大笑。

公司下班的時候，他們正憂煩地談著一筆為數不小的「交際費」怎樣轉帳。

「東京的辦公室，J．P，永遠不了解交際費在中國是一項合理的開支，」摩根索先生一邊搖頭，一邊呼出長長的、青色的煙，「任何帶來效率、帶來利潤的開支，在經營上就是合理的……」

林榮平無奈地微笑著。他是一個結實的，南台灣鄉下農家的孩子。然而，在他稀疏的眉宇之間，常常滲透著某種輕輕的憂悒。

「讓我們和東京玩政治。你瞧，今年三季的成績都好。夠他們開心了，」林榮平用流暢的英語說：「他們一開心，帳面上就好對付。」

「你說對了，J．P，」摩根索先生說，聲音出奇低緩。

林榮平從文件上抬起頭，看見摩根索先生愉快地望著窗外。他的淺藍色的、美麗的眼睛，泰然地發散著一種光采。

「你說對了，J・P。」摩根索先生溫柔地說：「Let's play Tokyo politics... 可是你看她，J・P，這小母馬兒。」

林榮平移目窗外。他看見下了班的劉小玲和幾個公司的女孩走在花圃的旁邊。一頭濃而且潤的長長的髮，使她裸露的雙臂顯得格外的蠱惑。她的身段豐美，但是如果沒有那一雙修長而矯健的腿，面貌怎也說不上姣好的她，就不會有那一股異樣的嫵媚。摩根索先生就為了那一雙腿，稱她為「小母馬兒」。

林榮平無表情地看著劉小玲和別的職工們登上交通車。摩根索先生打開一包新的Winston，林榮平裝上一袋菸，兩人於是沉默地點著各自的菸。交通車終於走了。整個大辦公室頓時顯得空曠、沉寂起來。「J・P，歐文銀行的那一筆借款……」摩根索先生說。他們又回到公事上。然而分明是從這個時候開始，林榮平忽然感到不由自主的嗒然。討論結束的時候，摩根索先生用他那淺棕色的大眼睛[3]體貼地望著他。「你好像累了，J・P，」他說：「明天我要到我們的Washington D. C.開會[4]，你可以晚點來。好好休息，J・P。」這才使林榮平對於自己的莫名的嗒然，有些羞恥起來。他笑笑，收拾半桌子的文件，起身離開。

「Take a good rest, J. P., old boy...」摩根索先生愉快地在他的背後說。

他走進自己的辦公室，把文件一件件歸檔。矮櫃上擺著他的全家照。他站在背後，妻子和兩個女兒都張著嘴笑。由於業務擴充了，公司在台北市東區一條最漂亮的辦公大樓區裡的華盛頓大樓，租下三樓，作為台北營業處。摩根索先生很喜歡，不知什麼時候開始戲稱之為「華盛頓特區」。三天兩頭往台北跑。林榮平於是蕪蔓地想起那座矗立在台北首善之區的巍然的大樓了……

窗外逐漸黯了下來。他把板菸在菸灰缸敲乾淨，卻不料板菸和大理石的菸灰缸會撞擊出那麼沉悶而棘心的聲音。他站了起來。那嗒然之感，竟逐漸轉變為一種沉滯的憂悒。他關了燈，帶上門，匆匆地走出辦公室。

他開著公司剛剛替他換下的福特「跑天下」，駛進漸濃的暮色。他沉靜地注視著前面的路，感到某一種悲戚在安靜地、頑固地從他的心中向四肢浸透著。他漫然地想：「同樣是新車子，福特開起來就是跟裕隆不一樣——」他試著找個話題和自己聊聊天；他試著回想他初初駕駛裕隆的經驗；試著為一個預定好的青商會的午餐會找一個合適的講演題目；試著在兩個別人介紹的音樂系女生中，為大女兒挑一個鋼琴老師……但不論怎樣規避著，摩根索先生那放膽的、惡作劇的笑臉，總是不放過任何一個思緒的空間，在他的視野的上端浮現。

「Linda真的沒跟你說什麼嗎？」摩根索先生說，淺藍色的、鑲著金黃色的睫毛的眼睛，筆直地望著他。他忽然想起電視上灰色得很無氣味的美洲豹的眼睛來。

「告訴我什麼？」他說。

他彷彿可以看見自己平靜得了無破綻的表情。摩根索先生狡黠地、好奇地望著他。「Linda什麼都沒有說，J．P？真的嗎？真有趣，J．P，」摩根索先生放膽地、惡作劇地笑著說。

「告訴我什麼？」他說。儘管連自己也詫異著，但他很清楚自己一臉毫不知情的樣子，是那麼樣地無懈可擊。「她告訴我什麼？告訴我你要升我的薪水啊？」

他說。他們大聲地、美國式地笑了起來。

「你應該升的，J．P，相信我，」摩根索先生說：「你有一個電腦般的腦袋，J．P……」

現在，天色已經整個兒黑下來了。他開始把車子轉向一條通往溫泉區的路上。一條以林蔭出了名的山路。車子在斜度不大的路上轉了兩次彎，一輪不很圓滿的月亮出乎意外地掛在靠近市區那邊的天空，發著文弱的、白皙的光芒。「她要告訴我什麼……」他想著自己那一副毫不知情的樣子。他開始感到羞恥。

早上快十一點的時分，林榮平的秘書劉小玲走進他的辦公室。這個一向做起事來安靜、迅速的他的女秘書，卻把公事鐵櫃弄得砰砰地響。他抬起頭來，看著她以異乎尋常的急躁，把一大堆公事入檔。

「Linda,」他說。

她彷彿喫了一驚，安靜地低下頭。她咬著輕輕地抹著唇膏的、質厚的嘴唇，把目光從手上的公事迅速地移向牆壁。他忽而看見積蓄在她的眼眶中的淚光。他拿下板菸斗，用英文說：

「什麼事不對，琳達？」

劉小玲的嘴唇微微地顫動起來。她迅速地低下頭，一串眼淚就掉到她交握於小腹前的雙手上。

「坐下來，」他說：「什麼事，慢慢說。」

她終於坐在他的面前[6]。她無語地接過他的手絹，仔細地擦去眼淚和鼻端的潮溼。她的眼睛，尤其在她稍嫌寬了一點的臉龐上，應該算是小的吧。她的鼻子長而且瘦實。然而她的質厚而柔輭的嘴唇，使她的面貌有一種無需爭辯的成熟的風情。

現在她望著他身後牆上掛著的一塊菲律賓黑木雕刻。低矮的草房前有一個農夫拉著一條水牛，彷彿正要上工去；他常對她說，除了農夫沒戴著斗笠，這簡直是台灣農村的風光。

「剛才我把你要寄到東京轉紐約的信打好，送副本去給老板，」她平靜地說：「他說：琳達，你是個漂亮女孩。」她停了一下，又說：「他對誰不這麼說？我說，謝謝。他說，琳達，聽說你很喜歡我留鬍子的樣子，」她不屑地看林榮平，「一定是你告訴他的。公司裡的男人，沒有一個不是奴才胚子。」

今年夏天，摩根索先生離開台灣，度一個月的年假。從香港、新加坡、伊朗、西德、丹麥，摩根索先生各寄給他一張[7]明信片。公司裡五個經理，只有他接到這些風景明信片。然後在美國馬利蘭州的老家，摩根索先生給他寫信，說他已經蓄了一道八字鬍，要他保守秘密，等回台灣時給公司的人「一個性感的驚喜[8]」，等到摩根索先生回來了，公司的女孩子沒有一個對老板的鬍子感到興趣。有一回，在那溫泉區的日本式的小旅社，他和劉小玲談起老板的鬍子。他議論說：「我們中國的女孩子，對男人的鬍子，只覺得衰老、邋遢……」

「我想不是。我們公司的小姐都還小，」她專心致意地對鏡梳妝，一面說：「其實，我倒挺喜歡他的鬍子。長得那麼密啊，貼在他年輕的、調皮的嘴唇上……」

她於是兀自對著旅社的鏡子笑了起來。嫣然中有一種放肆。那時候，他裸著躺在床上翻《時代週刊》。他無言地笑著，感到某種可以接受的妒忌。

「怪不得他老衝著我笑得那麼邪道兒，」她惱然地說。他默默地抽著板菸。「我要走了嘛，琳達，他說，若無其事地站起來，然後他忽然抱住我……」她筆直地望著他，在一剎那間，眼眶就紅了起來。「他×的……豬！」她漲紅了臉，悲忿地說：「讓我走，否則我就叫，我說。他忽然放開我，說，琳達，別讓我嚇著你了。我沒有惡意，琳達……」她的語聲逐漸平靜。「他×的，」她悲哀地說，「豬……」

他面露怒容。他感到一股曖昧得很的怒氣，使他的握著菸斗的手，輕輕地[9]顫動起來。然而，那畢竟不是居家的時候，對妻兒的那種恣縱的、無忌憚的，有威權的怒氣。一個引他為心腹知己的，暱稱他old boy的美國老板；自己「青雲直上」的際遇；幾百萬美元在他的手上流轉；自己所設計的，被太平洋總部特別表揚而在整個亞太地區的馬拉穆分公司中廣為推行的兩種財務報表格式；在花園高級社區新置的六十四坪洋房……在這一切玫瑰色的天地中，劉小玲，他的兩年來秘密的情婦，受人調戲，坐在他的面前。他的怒氣，於是竟不顧著他的受到羞辱和威脅的雄性的自尊心，逕自迅速地柔輭下來，彷彿流在沙漠上的水流，無可如何地、[10]無助地消失在傲慢的沙地中。這才真正地使他對自己感到因羞恥而來的忿懣。

「知道了，」他蹙著淡薄的眉說。

她看見他因著惱怒、懦弱和強自倨慢的情緒而扭曲著的臉。「沒見過生氣起來就這麼難看的男人的臉，」她想著，心疼起來。然而她依舊說：

「知道什麼？你去找他理論？女人就這麼好欺負。」

「小劉。」他說。

她注視著他。他一臉的歉疚。三十八歲的他的臉，逐漸地浮起苦疼的溫柔。她忽然雖並不是悲傷，卻想落淚。

「小劉，下班以後，到小熱海等我，好嗎？」

她猛地搖搖頭，眼淚溫熱地流下她的面頰。

「有話跟你說，」他溫和地說。

她沉默著。

「其實我知道，這一個月來，你有心事，」他說：「詹奕宏的事嗎？」

她詫異地望著他。他畢竟知道了嗎？她想。但是從來沒想到他的反應會是這樣的安靜，不是沒有憂悒的安靜。方才從摩根索羞辱的辦公室出來，她便一直走到詹奕宏的辦公間。然而詹奕宏去了稅捐處，尚未回來。面對著這個暗地裡親炙了近兩年的男人，她知道一個故事已近尾聲。他寂寞地笑著。

「應該談談的，」她太息地想著，把用過的手絹整齊地疊成方塊，擺在他的桌子上。「盡早來。」她說著，佻達地走出他的辦公室。他開始給家裡撥電話：「臨時要陪老板趕到南部去一趟。」妻子沒有抱怨。他掛了電話。

他有些冒汗。溫泉山區的路，又曲折、又窄小。他想起每次他載她到小熱海，就在這一截迂迴的山路上，她總誇他開車的技術好。她在車中左晃、右晃[11]，格格地笑。他則不苟言笑地咬著菸斗，專心開車。這夜的溫泉山區，華燈在松影間搖曳。偶然間，有歡娛日本觀光客的、不很道地的日本歌，流進他的車子。

劉小玲在小熱海的陽臺上，看見他的車子開進停車場。小熱海的狗，汪汪地，其實並無惡意地吠著。一個中年的奧巴桑叫住了狗。「多西，哼，多西，」奧巴桑日本風地斥責著她的愛犬，然後用日語說歡迎。「好久沒有光臨了。」奧巴桑說。劉小玲聽見林榮平要了一間房間，看見他走向陽臺的臺階。她回過頭，為自己的杯子添了一點啤酒。然後她抬起頭，默默地瞭望著台北的燈火。

他在她的身旁坐下。她把啤酒杯推給他。他握住杯子，靜靜地看著逐漸崩塌著的泡沫。月亮升得很高。她把放在皮包約莫三天的Dunhill啣在她的嘴上。他為她點火。瓦斯打火機的火焰照著她那多肉的、柔嫩的唇。他開始慢慢地喝著啤酒。

「也許我另外給你找事，」他終於說：「下禮拜我到青商會去，問問有沒有合適的工作。」

這時奧巴桑端來一盤炸花生、一瓶冰啤酒和一隻新杯子。劉小玲和善地和奧巴桑打招呼。

她忽然說：

「對了，奧巴桑，我們今晚不要房間了，」她狀似愉悅地笑著，對林榮平說：「我們還有別的事，對嗎，J・P？」

他遲疑一下，說：

「請為我們準備晚飯，清淡些的，」他疲倦地笑了起來：「吃了飯，我們就走。」

一輛計程車從小熱海的邊門刺了進來，在陽臺的正前方戛然停車。兩個顯然已經喝醉了的日本人，被兩個妓女半擁半攙著下了車。奧巴桑笑咪咪地快步走下陽臺。狗在汪汪地叫。「多西，嘿！多西，」奧巴桑說。

兩人靜靜地看著陽臺下的日本人。

「男人一出了家鄉，便像是個了無羈絆的人，」他說。升財務經理那年，他到東京的馬拉穆太平洋區部受訓，刻意地荒唐過。

「其實，你也不必費心去替我找事。」她說。

「什麼？」

「其實，你也不用為我找事。」她說，為自己和林榮平斟啤酒。她緩緩地倒酒，不讓泡沫溢出杯子外面來。「過一陣子，我想出國。」她說。

他知道她有一個姨媽在美國。她常說，「這世界上只有她一個人真心疼我。」他升上財務經理前的去年冬天，他告訴她說他不能離婚。她天天哭鬧。後來，她終於放棄了掙扎。就是那個時候，她說要出去投靠姨媽。

他無言了。

她眺望著台北市區的燈火，於漸濃的夜裡，在遠處益發地輝煌起來。連接市區的那一道橋，現在只成了一條由等距的燈火所連結的直線。

他的心緒起伏。他從西裝口袋取出菸斗，細心地裝上一袋菸草。樓下傳來日本人飲酒喧唱的聲音。他把菸斗燒成一個小小的火湖。菸草的香味，立刻在夜室中瀰漫開來。

「J・P，」她愉快地說，「你換了菸草的牌子了？」

她的愉悅使他詫異。從前，每當她說到出國，沒有一次不是流著令他自疚、煩躁的眼淚的。

「朋友送的，」他微笑著說。這時旅社的下女送來晚飯，是一些台式的宵夜。她一下子就吃下了一碗稀飯。但他卻無端的失去了食慾。

「J・P，」她說：「你從來就沒有愛過我。」

她熱心地吃著一盤醃瓜肉。

「但這不能怪你，」她說，「我何嘗以為我不能沒有你。」

「小劉，」他說。

「你應該吃一點，」她說。她為他盛了一碗稀飯。「近來，很多時候，我總是又愛哭，又愛鬧……」她孤寂地笑了起來：「也虧你有這個耐心。」

「小劉，」他說：「我們都那麼久了。我的感情，你應該清楚。何況，對不起人的是我。」

她兀自安和地笑著。這時忽然有水自高處落地的聲音。他們向黑暗的陽臺下看去，在一個小庭園的東洋味的石燈臺的光影中，看見一個日本人在小便。她立刻別過頭去。他吸著菸，微笑地說：

「日本人『有禮無體』，就是這樣。」

她望著他，雖然並沒有興趣，她依然說：

「有禮無體？」

「平素說話客氣，哈腰，鞠躬；但也隨地小便，飲酒喧嘩……體，大概是體統的意思。」

「J·P，在愛情裡，」她認真地說：「沒有誰對得起誰，誰對不起誰的事。這是詹奕宏說的。」

「詹奕宏？」他說。

她一下子就想到她說溜了嘴。她用雙手合握著啤酒杯，讓酒杯在手中慢慢打轉。

「從前，你說社會，你的孩子，你的家族……其實還有一件是你沒說的：你在公司新得的地位，」她以並不傷人的調侃笑了起來：「你說，這些這些，使你無法跟你太太離婚，跟我結婚。其實，你很清楚，這全不是理由。」

「我不是不願意承認，」他苦痛地說：「感情的事，不那麼簡單。你明知道的。」

「J·P，我不是在跟你爭執，」她看著他憂苦的臉說：「或者，就這麼說：你以你的方式愛我。不打破你的家庭；不跟我結婚；在我這兒找感情的寄託；而且也不霸著我不放。我呢？我怎麼辦？好，你說過，我什麼時候找到人，什麼時候要走，你不攔著我。」

他默默地眺望著一幢幢婆娑的樹影，和千萬盞樹影之外的遠方的燈火。橋上往來的車子顯著地少了；標示著那一道橋的等距的燈火，也忽而顯得孤單得很了。

「所以，你要走了。」他終於喟然地說：「是詹奕宏嗎？」[12]

這次，她沉默了。

詹是新來公司不及一年的年輕人。據說是能力強，很快就占了新成立的成會組的組長。他有一頭經常零亂的長髮，肩膀出奇的寬闊。平時沉默寡言，工作起來，香菸一根接一根地抽。逐漸地，劉小玲發現他是個粗魯、傲慢，滿肚子並不為什麼地憤世嫉俗。有一回，劉小玲打完了一封長長的信，猛一回頭，剛好看見他叼著剛點上的香菸，昂著頭鬆開領帶，然後以手支頤，困惱地沉思手上的公事的樣子。他的荒疏的、帶著些野蠻的忿忿的臉；他的出奇地寬闊的肩膀；他的敞開的領子和不禮貌地鬆開的領帶，構成不可言語的魅力，在那個回顧的片刻裡，直接、迅速而又無可理喻地使她匆匆地臉紅了起來。那時節，她正好和J·P天天吵鬧，情緒壞到逾此一步就要自毀毀人的時候。單純地自為了以新的激情減緩另一個失望的激情底苦痛，她自暴自棄地以少婦的蠱媚，輕易地誘惑了他。然則又初不料她竟然會絕望地愛上了這個不馴又復不快樂的年輕的男人。

「沒有人能審判愛情，」她說：「每一件不快樂的愛情，總有一方說被另一方欺騙、玩弄。」

「James是個好青年，」他的語調沉重，「那麼，你何苦要到美國去流浪？」

「一個愛上別人的人，包括我自己，總以為別人應當以對等的愛情回報他，」她幽幽地說：「卻從來沒有想過，這是多麼明顯的不公平。」

他想起那段時日。在白天，一個是主管，一個是主管的秘書。一下班，她就拖著他在隱密的地方爭吵、哭鬧、威脅……直到有一天，她說：「J．P，我認了，可是讓我慢慢的走開。」

「沒有人叫你走開，小劉，只是我沒有權利叫你要我罷了。」他說。從那以後，他們算是為了分開而相處至今。「如今她真要走了，」他想著，嘶吧、嘶吧地抽著菸斗，注視著在月光下顯得有些困乏的她的臉。他忽然很想說：

「在愛情上，女人要比男人誠實，比男人勇敢多了。」

然而他沒有說出口來。他沉吟著，說：

「James能力很好，有前途。你，我設法另外給你介紹更好的工作，你們來往，也方便些。」

她沒說話，只是神經質地用手攏著她的頭髮。她想謝謝他的好意，可是那又太生分了點。她看著他沒有動過的、應該早已冷了的稀飯，反射性地說：

「你該吃一點兒了，J．P。」

她不該說話的，她想。她聽見自己抖顫的聲音，使她努力、努力地抑制了的淚水，終於嘩地流滿一臉。

「怎麼了，小玲。」他慌張地說。

她開始出聲哭泣。

就在昨夜，詹奕宏向她吼叫：

「不要想賴上我，我可不是垃圾桶。別人丟的，我來揀！」

「James…」她說。

「我不是什麼他媽的James，我是詹奕宏！」

「我從來不敢想你會娶我。你就把我當作壞女人好了……孩子我自己生，自己養大……我會走得遠遠的。」

她哭了。她已不再是做夢的女學生，但也正因為這樣，當她發覺自己已經那麼不可救藥地愛著詹的時候，她是酸楚的。為什麼她能愛，要愛，卻只能無助地等待另一個分別？……

「怎麼了，怎麼了？」林榮平憂愁地說，把她擁在自己的懷裡，輕輕地拍著，用手絹為她擦去淚水，頻頻吻著她的長髮。「怎麼了，怎麼了？」他說。

他擁著她。他真切地感到自己實在是愛著這個女人的。只是他的地位、他的事業、他的自私使他懦弱、使他虛偽、使他成為一個柔輭的人罷了。月亮有些偏西。整個溫泉區已在淫蕩後的疲乏，滑落深沉的睡眠。

她止住了哭，把手絹還給了他。

「不好意思哦，」她細聲地說：「我們該走了。」

「怎麼了呢，你？」他寂寞地說。

「沒什麼，只是愛哭。」她歉疚地笑了起來。

他們走下陽臺，在櫃檯邊看見小熱海出了名的擺設：一隻日本長尾雉的標本，棲息在曲勁有致的木架上[13]。長約六公尺的美麗的尾羽，即使在日光燈下，還發出美豔、高貴的色澤。

櫃檯的服務生一臉的睡意。他付了帳，她在那小小的日本風的庭園邊站著，望著開始有些陰霾的夜天。[14]「請務必再來。」服務生用生硬的日本話說，目送著他們的車子向黑暗中滑行。

2 溫柔的乳房

劉小玲把啤酒重又放到冰箱裡。這是個燠熱的夜晚。冰透的啤酒會使他整個兒高興起來的，她想。桌上的菜開始涼下去了。她望望牆上的小小的電鐘，時間已經超過了客人應該來的時候有半個鐘點。她有些焦慮，卻沒有忿怒。她打開電視，坐在剛換下套子的沙發上。她想著差不多所有的他們的約會，他總要漫不經心地耽誤，甚至有一次根本把約會都忘了。她於是獨個兒無聲地笑了起來。

隨便打開的電視，正演著一個少女迷戀於一個早有妻兒的中年上司的故事。在一間經理辦公室裡，一個中年男人迫不及待地點燃了一根菸，深深地吸了一口，靠在椅背上，左手蒙著眉宇，然後緩緩地吐出白色的煙。經理室的門外，有幾個職員在埋頭工作，唯獨有一個年輕的女職員定睛地注視著經理室中的男人。鏡頭忽然調近，照出一張做著夢的，大眼睛的少女的臉……一泓柔和的音樂從遠處流入。少女的聲音在旁白：

……如果我能把手放在他那憂悒、疲倦的眉頭上，讓他知道，在這世界上，有一個女孩子，那麼樣，那麼樣地愛著他……

劉小玲格格地笑起來。她一邊給自己點起一支香菸，一邊想，詹奕宏一定會說，「蠢透的電視連續劇。」電視裡的經理，是個有幾分文化氣質的、優柔寡斷的男人。商場裡，怎麼可能會有這種男人？她想，J．P就不是這種人……

那天深夜，和J．P從小熱海回台北，在他的車子，他說：

「現在我曉得了。其實你應該早些告訴我。」

她沒有說話。車子駛上方才他們遠遠的眺望著的一道橋。他知道了也好，她想，好像什麼事都有一個冥茫中的行事曆上安排好了似的[15]，自然就發生。

「其實你應該早些告訴我的。現在我曉得了，」他說：「詹奕宏應該不知道我們的事。」

她不知道他的最後一句話是詢問，還是判斷。她望著他專心開車的模樣。他的臉上並不是沒有一種悲愁，而是並非邀人去憐惜的那種悲憐。她輕輕地靠在他的右肩上。

「事情總可以安排的，」他說著，車子在一個機械地紅了臉的紅燈前停了下來，他用左手輕輕地拍了拍她的頭，說：「也許，在適當的時候，我找他談談……」

「不！」劉小玲驀地坐直了。「我已經打定主意到美國去，」她說：「再說，我的事，可不是你那些業務上的決策，由得你下決定。」

她於是散漫地、落寞地笑了起來。

其實當時她應該生氣的吧，她坐在客廳中想。生氣他把她當作一件事物去「安排」。但她卻不能生氣他把她推卸給詹奕宏的認真勁兒。兩年了，她知道那於他尤烈的男人在愛情上的自私心。因此，當他說，「事情總該可以安排的」的時候，她毋寧感到某種愛情[16]和同情混合起來的酸楚。

就在這時，身邊茶几上的電話突兀地響了起來。她搶掠一般地抓起電話。是詹奕宏的聲音。

——喂……你怎麼了？

她急速地喘著氣，把抽剩的菸，截死在菸灰缸裡。

「你的電話，嚇了，嚇了我一跳……」她笑著說。

——我看你心臟不好，應該去看看醫生。

她聽見他身後雜沓的市聲。

「你在哪兒呀，還不快來。」她說：「菜都涼了。」

他在電話的那頭哼哼地笑。他說他下了班回到賃居的地方，覺得累，竟而睡著了。「我剛洗完澡出來的，餓了。」他說。

她放下電話筒，端了兩個菜到廚房去熱。她的心蕩漾著不可救藥的甜美。她想要唱歌什麼的，但一顆眼淚卻靜悄悄地滑下她的面頰。「啊，James，壞種，」她無聲地說著，點上爐子，打開抽油煙機，「為什麼老叫人盼著，盼著……」

她想起她的父親，一個曾經活躍在民國三十年代的華北的過氣政客。來台灣以後，他忽然變得不但不問政事，即便連家中的生活鉅細，也撒手不管。劉小玲生下來的那一年，帶來的一些貲財已經用盡。做完月子，她的母親就把頭髮燙起來，出外為生活張羅。比她的父親年輕了三十歲，作為第四任妻子的她的母親，不久便顯露出在外交上、商業上的奇才。透過過去的「劉局長」的關係，母親開起時裝社、貿易公司和餐廳。隨著生意的隆盛，當時在三十邊緣的母親，竟也日益豐豔起來。據老家跟了來的周媽說，從那以後，她的同父異母的哥哥姊姊們，吃的、穿的才漸漸像了樣，至於母親的獨生女的她，就更不用說了。

然而，她的父親，卻一年到頭冬春一襲長綿衫[17]，秋夏一襲單長衫，諸事不問，時而弄弄老莊，時而寫寫字，又時而練練拳，寫一些易經和針學的關係之類的文章，在同鄉會的刊物上發表。初時母親苦口求他，穿個像樣兒的，幾些場合也出去周旋周旋。「唉。寶蓮，」父親呵呵地笑，「二十歲從日本學兵回來，什麼我沒抓過，什麼我沒見過？」父親於是依舊是一年兩襲長衫，依舊是百事不問。劉小玲懂事以後，母親的事業越來越大，父親在家裡越發成了一個破舊的、多餘的人。母親即使在家小的面前，也開始稱他「髒老頭」，任意支使。為了應酬，為了牌局，母親不回家過夜的次數越來越多。而母親另有男人的謠言，在外面繞了個大圈子，終於流到他們家中來。異母兄姊一個個搬到外面住校、通學。劉小玲開始反抗母親在家中強大的權威。

她上高二那年，老父終於病倒。母親把他送進一家很好的醫院，每半個月到醫院繳一次醫藥費和特別護士的費用，卻連病房都不去探一下。那時候，她是一個沉默的少女，日日陪伴著昏睡的時候多的父親。有一天晚上，她回到家裡，看見客廳裡擺著裝飾得很輝煌的聖誕樹，樹底下堆著一大堆禮物。

「你娘為你擺的，」周媽說。和藹地笑著。

她無言地佇立在客廳，然後又無言地把樹上的吊飾摘下，連同樹下的禮物搬到庭院中心，劃了火柴，點燃那些花花綠綠的禮盒子。周媽在一旁默默地流淚。火光把她的臉烘得發紅。寒冷的冬夜，她忽然周身困倦。那夜，她沒有回醫院陪父親，而父親卻正巧在那夜過去了。

她把熱過的菜倒在大腰盤中，用抹布擦去盤沿的四周。周媽口中的那個「一次槍斃十個把人，眼皮都不眨一下」的、驃悍的、青壯時代的父親，她從沒見過。她看見的，卻只是一個邋遢的、懦弱的、一任妻子嘲罵和背叛的老人。

門鈴叮叮咚咚地響了。她關掉爐火，兩步當一步地跑著去開門。門開了，一股酒氣迎面向她撲來。她看見詹奕宏因酒而青蒼著的臉。她默默地後退，讓他進來。

他用酒後的、昏濁的眼睛望著她，哼哼地笑。

「不是說睡過覺剛出來的嗎？」她惱然地說。

他重重地坐在沙發上。他穿著一條質地很好的牛仔褲，暗黃色的襯衫有些骯髒。他一手抓住茶几上的菸盒，用他肥厚的唇啄出一支長腳的香菸，為它劃上火，連連地吸著。香菸叼在他的嘴上，上下躍動。

「不是說好來這兒吃飯的嗎？」她背靠著客廳的大門，委屈地說。

「光喝了酒，還沒吃東西，」他似乎在安慰她似地說：「我請老張喝了酒。」

「老張？」

「守衛的老張。」他站了起來，走向飯桌，隨手拈一塊肉塞進嘴裡。

「噢，」她說：「我再去熱兩個菜。」

她一下子高興起來。這是個才二十坪大小的出租公寓。一個臥室，一個小客廳連著小餐廳，一廚一廁，五臟俱全，一間間挨著。她一邊熱菜，一邊說：

「老張呀，老張他怎麼樣？」

「他×的，」他說，[18]緩緩地抽著菸，一邊脫著鞋襪。

老張是公司的門房守衛。昨天早上，人事處貼出了一張布告，說老張半夜裡在公司的守衛室中召妓狎飲，應予革職。

「他×的，也算老張當著霉運，」詹奕宏說：「半夜裡的事，怎麼就讓洋鬼子撞見了。」

他到飯廳打開冰箱，給自己倒了一杯冰水。他說其實只要人事室的葛經理肯說話，一定不至於開除。「何況，那個女的根本不是什麼妓女，是老張的女朋友，在桃園加工出口區一家日本廠做工，」他說：「喝酒，他老張原來就喝酒的呀。」

「You know what I mean, eh?」他一邊喝水，一邊惡戲地對著電視機學葛經理說話。葛經理喜歡說英語，也說得不錯。只是他在一句話裡要插上好幾個「你明白吧，呃？」成為令人聽了厭煩的口頭禪。「You know what I mean, don't you, eh?」詹奕宏揮舞著左手，說：「You know...know個鬼喲，他娘個×……」劉小玲一邊熱著菜，一邊忍不住格格地笑。

門鈴又咚叮咚叮地響了。「You know what...」詹奕宏一邊調侃地學舌，一邊去開門。一個瘦小的男孩送來一盒蛋糕。

「生日蛋糕？」他詫異地說。

她從廚房跑出來，跟瘦小的男孩說「謝謝」，並且多算了十塊錢給他。瘦小的男孩歡喜地走了。他關上門，依然不解地看著她。

「你的生日，今天，」她說著，歪過頭去。

「哦，」他說，「哦哦。」

他慣有的嘲諷的臉，在那一刹那間，換上了某種沉思的表情。「哦哦，」他說。她的眼圈微微地紅了。沒見過對自己也這麼粗心大意的人，她想。

「我跟老張吃酒，不是故意的，」他走向她，訥訥地說：「我只知道你要我來吃飯，卻不知道是要吃我生日的飯……」

她笑了起來。「我可是餓了，」她說。在燈下，她有煥然的容光。她用圍裙擦著臉上的汗水。穿著雪白長褲的她的身姿，有說不出來的帥氣。她用兩手環抱著他的腰，邊推邊向飯桌那邊走。他的腰結實而不失柔軟。比起他身上的任何一個部分，他的腰板最能顯示他的年輕。

J·P的腰，早已鬆垮下來了。

他們開始吃飯。一桌子都是她不知從哪裡學來的台灣菜：一碟蔭豉蚵；一小鍋豬腳麵線；一盤炸肉塊；半隻白斬子雞……「做得還地道嗎？」她邊吃邊說。「嗯，」他說。其實她並不是個善於烹飪的女人，除了白斬子雞，都不很對味兒。然而他只是一逕喝著啤酒，一逕說：「嗯嗯，還不錯。」陽臺上整個黯了下來。兩盆石榴在室內漏出的光中，靜靜地竚立著。

想一想，這已是他第二十八個生日了。然而，這卻是頭一次出其不意地有人格外記得他的生日，用了精緻的心，為他備辦了一頓專為他的生日而吃的飯。他的形若傲慢、犬儒的心，逐漸在溶解。他忽然說：

「喂，你可知道，這是頭一次，有人為我過生日。」

她擱下正要夾菜的筷子，望著他。他於是訴說起來。

由於不大不小的家庭的蔭庇，他的父親在日治時代受完了中學的教育。中學畢業後的第三年，台灣光復，他的祖父也在這年過世。「這時祖父留下的產業已經不多，街上一爿藥店；一家布店和鄉下的不足一甲的土地。」他悠悠地說。又二年，他的父親在一場動亂中，枉受牽連，差一點送了命。這以後，年輕力壯的他的父親，忽然變得縱慾酔酒。「祖母心裡焦急，趕緊給我父親娶了一門媳婦，」他笑著說。婚後，他的父親開始振作起來，但金融的波動，使他破產。「就在那時以後，我和弟妹相繼出世，」他喁喁地說，「我父親託了人情，總算在小學裡弄到一個美勞老師的職位。」生活的清苦，可以想像。「給孩子們過生日，第一，經濟上沒有餘裕；第二，在我們鄉下，也不時興。」他說。

她專注地傾聽著。不是因為他的敘說有什麼傳奇之處，而是由於他在敘說著他自己的一向不為她所知的童年。她在他喁喁的、懷舊的敘說中，走進他的記憶。在那記憶中，到處是舊時照片的霉黃的色調。她為他新斟了一杯啤酒，想起了那個寒冷的聖誕之夜。她想起火燒中的花花綠綠的禮物盒子；想起孤獨地死去的自己的父親。他沉默地喝著啤酒。他想起今天下班後收到的父親的家書。無非是說匯回的錢已收到；說他常以「在美國公司負大責任的大哥」為榜樣，訓勉弟妹。但不尋常的是，父親竟然頭一次這樣寫：「我一生是失敗者……望你努力，出人頭地。」

「如果一個人老了的時候，終於給自己下了結論，」他說：「說自己是個失敗者，那是什麼樣的心情啊。」他於是想起在家鄉的精瘦但不失為健康的父親。眼眶和他一樣的深陷，講話出奇的快。從小到大，他慣常聽見他以那快速的話鋒抱怨校長，抱怨訓導，抱怨將近三十年前招致他破產的金融波動，抱怨政治，抱怨天氣，抱怨「外省人」……

「從小到大，我在貧窮和不滿中，默默地長大。」他說。他的小而飽滿的臉，因多量的酒而愈益蒼白起來。「家庭的貧窮、父親的失意，簡直就是繩索、就是鞭子，逼迫著我『讀書上進』。讓我覺得，以家境論，以父親的失意，我本早就沒有求學的機會的，」他說：「而我得以一級一級地受教育，讀完大學，又讀完碩士。」他面有怒色，「卻從來沒有人問過我，我自己想要什麼，想幹什麼……」他砰砰地捶著胸脯說。

「你喝多了，」她溫柔地說。

「孩子，你看，我們犧牲自己，讓你往前走。你看，你一定得出人頭地，」他譏嘲地說，「我們犧牲了沒關係，孩子，走哇！往那個地方走，那個我們這一輩子想到卻無法抵達的地方——這就是他們。」他一會兒揚手，一會兒揚眉，表情十足地說著，於是便哼哼地笑了起來。

「你喝多了，」她說：「你一定先跟老張他們喝多了。」

她把他拖到客廳，坐在電視機右邊的安樂椅上。

「好吧，我就拼命讀書吧，」他亢奮地說：「拼命讀吧，他×的。我總不能向我老子說：為什麼要以你的失敗奴役我，為什麼！」他向空中揮拳頭，使安樂椅輕輕地搖晃起來，「因為，他×的，我明見的，失敗的滋味確是夠人受的。家中的生活陰悒窒悶；母親像機器——蹩腳的、生產力很低的機器，一般地工作：幫傭、洗衣服、帶小孩……父親整天抱怨、整天詛咒……」

她拿了一條冰過的毛巾，為他擦拭額上、頸上的汗珠。當她為他解開襯衫的胸釦，用毛巾伸進他單薄卻寬闊的胸膛時，他唧唧哼哼地笑了起來。

「好冰，」他說著把她推開。「好吧，既無退路，我就拼命讀書吧，」他亢昂的聲音突然低緩下來。他用左手蓋著眉頭，輕輕地搓揉著他的兩個靠近鼻樑的眼角：「想一想，當時每天只睡三、四小時，十幾歲的孩子啊，營養又壞，一年兩年下來，沒有把命讀掉，也是怪事。」

他開始輕輕地搖晃著安樂椅。她在一旁安靜地為他削著冰過的水梨。她注視著他，一個男人怎樣吐露他的創傷，這是她首度眼見。這時，她才看到這個平素粗暴、桀驁不馴的男子的心的裡層。她的心疼痛起來。

「吃個梨子，」她說著，把一顆裸的、滿是水汁的水梨遞給他，「梨子可以醒酒……」

他木然地啃著水梨，水汁從他的嘴角上掛了下來。她趨前為他拭嘴。她的微微地發疼的心，在揩拭著他的嘴臉的時刻，湧出一股密密的溫暖。在燈光下，在不知正演著什麼的電視機前，一個女人，守著，憂傷地守著一個男人的傷痕，撫摸著那疼痛，使一個人的創疼，分成兩個……這是何等的，她所渴想的幸福啊。她沉思起來。她想起自己的破敗了的婚姻。大學一畢業，她單只是為了讓母親傷心而嫁給了一個長她十歲的船務公司的老光棍。婚姻的破裂，並不單純地因為那個人在生理上的不能，更多是因為那不能而來的奇癖。離了婚以後，她進入馬拉穆，過著從一個男人流浪到另一個男人的寂寞的生活。

他依舊木木地吃著水梨。他忽然說：

「喂，有酒沒？我不要啤酒。」

「沒有了，」她說：「況且你不能再喝了。」她走到電視機換台，「看看電視，」她說。

然而他逕自有些踉蹌地到櫃子裡取出一瓶雙鹿和一隻酒杯，又復有些踉蹌地回到安樂椅上，為自己倒滿深褐色的酒汁。她知道今天他非醉倒不可了。

「詹奕宏！」她憂慮地說，過去搶他的酒瓶。當他抬起雙肘來護衛手中的酒瓶的時候，他的左臂碰到了她柔輭卻出奇豐盈的、沒有穿戴胸衣的乳房。即使因酒精而有些遲鈍起來的他的官能，也在那一剎那間感到一種深在的震顫。他以醉者的目光，默默地、筆直地注視著她。

「你已經喝多了，」她抱怨地說：「喝多了。」

他兀自無言地望著她。但那目光，卻沒有慾情的渴切。

「把酒瓶給我，乖寶貝，」她說：「去洗個澡，我們早些睡。」她以造作的誘惑哄騙著說。

他無言地喝下手上的一杯酒。他思索著她格外豐盈起來了的乳房。他於是慢慢地再斟一杯酒，訥訥地說：

「喂，你說懷孕了，是真的嗎？」

「把酒瓶給我吧，」她說。

「是真的嗎？」他說。

「我懷不懷，干你什麼事？」

她微笑地說。她知道取回他手中的酒瓶的希望，不論如何，是很渺茫的了。她回過頭去看電視。一部台語連續劇在螢光幕上吵鬧著。

他一個人哼哼地笑起來了。

她起身收拾飯桌，輕輕地哼著正在流行的歌曲。

「你別走，」他返身在茶几上取菸，用有些抖顫的手劃上火柴。

「我只收收桌子，」她邊收邊說：「明天再洗嘍！」

他沉默地看著螢光幕，「吧、吧」地抽菸。酒精開始使他有些兒心悸起來。

「你懷不懷，干我什麼事，呃？」他獨語似地說。

「什麼？」她在廚房裡問。杯盤落入水槽的時候，發出刺耳的聲音。他沒有說話，茫然地看著電視。

她一邊擦著手，一邊從廚房走出來，坐在他的身邊。

「什麼？」她說，望著他的似乎頓時疲倦起來了的、蒼青的臉：「我去放水，讓你洗澡。」

他沉默地、慢慢地喝著酒，看著電視。

「喂，」他忽而說：「你覺得，台灣人，怎樣？」

喝醉了酒的男人的問題，她想。然而她依然認真地說，「我的心裡，有個台灣男人，」她望著他的老是有點寂寞的、有點生氣的側臉，「他最像個男人，像個男人……」「我愛他。」她無端地感傷起來，「可是，他並不愛我。不愛。」她說，「不愛啊。」

「你看這些台灣人，」他盯著螢光幕說，「你看這些台灣人，一個個，不是癲，就是憨。」

她茫然地看著電視中台語電視劇低級趣味的嘈雜。

「如果，一個外省人，」他說：「一個外省人，從小到大，從這種電視劇中去認識台灣人，那麼，在他的一生中，在他的心目中，台灣人，是什麼樣的人？」

她專心地聽著，幾乎忘了這是醉酒的人的酒話。

「我當然知道，」他說：「編寫這種劇本的，也正是台灣人。」

他於是悲愁地、哼哼地笑起來。

「要不要洗澡，」她說：「我去放水。」

他沉默了一會，忽然說：

「你說，你懷不懷，干我什麼事？」

她格格地笑起來。「怎麼了？」她笑盈盈地說。

「你懷不懷，當然不干我的事。」他說。

「我去給你放水。」她柔聲說。

「當然不干我的事！」

他的聲音高亢而戰慄。她猛一抬頭，看見他被忿怒和過量的酒所歪擰了的，醜惡而可怖的臉，她的心忽而迅速地下沉。

「說開了吧。」他叫著說，「你以為，你以為我不知道你和J．P的事，哈！」

她的四肢開始發涼。這暴風雨來得不曾有過的那麼突兀。他是個善妒的，甚至狂妒的男人。多少次，他為他風聞的她的過去的事激烈地爭吵。然而，她萬未想到她和J．P間的事，他也知道了。

「你懷不懷，當然，不干我事，」他的臉灰白得像一張久置的舊紙。他瘋狂地叫喊：「你的褲帶，就不能束緊一點！」

他的話，像一束利刃，猛然地剉進她的胸膛。她因羞怒而漲紅了臉，眼淚如傾倒一般流瀉下來。

「你，這樣地欺騙我！」他說。

他猛一個翻身，一個沉重的巴掌摑在她的臉上。當他向她摔去第二個巴掌的時候，她以連自己都不自覺的快速，霍然站起，手中握住削水梨的鋒利的水果刀。

他也從安樂椅上起立。他看見一向任其詈罵，甚至毆打的眼前的這個女人，竟手握利刃，肅然地站在他的面前。酒後的他的思維，在那一剎那時中，還不能理解眼前的景象的意義。他喘著氣，說：

「你以為，我，也是電視裡的，那種，又癲，又憨的人嗎？」

他的聲音顯然地失去了凌厲。他看見女人的左頰，已經清晰的腫現[19]他的掌印。她退後兩步，緊緊地握著水果刀子，說：

「不要再對我動粗，我的身上有孩子，」她的聲音和她的表情同其莊嚴：「詹奕宏，你聽好：不論你信，你不信，我的身上，有你的孩子……」

他茫然地站著，用一雙被酒精浸透的眼睛，空寞地望著她。

「不過，你放心好了，」她噓了一口氣，清晰地說：「我劉小玲，決不會賴上你，要你娶我。我說過：孩子，我自己生，自己養大。我們母子會走得遠遠的。」

他木然地站立著。他的酒，忽然醒了大半。「我的身上，有你的孩子……」她的聲音在他的腦筋中的某一個清醒過來的部分迴盪著。他看見母性最原始的勇敢。她的眼淚在她的腫著他的掌痕的雙頰上，逐漸乾涸。然而她依舊緊緊地握住鋒利的刀子。

「我不讓一塊隨便的血肉，留在我的身上長大，」她無意識地用手掠了掠頭髮：「我懷著這塊血肉，因為，」她的聲音微微的顫抖：「因為，我愛你……」

她的眼眶即刻紅了。然而她近乎驚惶地抑制著自己[20]的感情，用力眨著眼，握緊刀子。她沉默地和自己的情緒搏鬥著。許久，她說：

「去吧，去洗澡。」

他站了一會，沉思著。然後，他把衣服穿好，拎起沙發上的外套。

「你幹什麼？」她說。

「我走，」他說。

她俯首不語，把水果刀放在茶几上。他突然看見她的小指在流血。顯然是用力握住刀刃而割傷的。

「走吧。」她疲倦地坐在沙發上。血滴在她雪白的長褲腳上，留下暗紅的印子。

他躊躇著。剩下的一點點薄弱的男性的自尊心，使他不能不走向門邊。這時，她突然從後面抓住他的皮帶。

「幹什麼？」他說。

「別走，」她淒楚地說。眼淚雨一般地流下來。她開始吞聲：「我不纏著你，」她哽咽著說，「要走，明早走。你，醉，醉成這個樣，騎摩托車，太危險……」

她於是失聲，哭得那麼樣的悲淒。

他返轉身來，猛力地抱住她。

「小劉！」他低聲說：「你的手弄傷了……你，知道嗎？」

她哭得渾身抖顫。他感到她的沒有穿胸衣的、顯著地愈加豐盈了起來的、溫柔的乳房，在他的懷裡，急促地彈動。「我的身上，有你的孩子……」她的莊重的宣告，占滿了他的心思。

「別哭，」他輕拍著她的項背，「你的手弄傷了……」

兩行淚不知在什麼時候掛上[21]了他的青蒼的、滿是酒氣的臉。

3 沙漠博物館

延遲了一個星期之後，馬拉穆國際公司太平洋區的財務總裁索倫·O·伯德爾先生一行三人，終於蒞臨台灣馬拉穆電子公司。摩根索先生和林榮平以下的整個財務部，整整地緊張、忙碌了四天。第五天，S·O·B（索倫·O·伯德爾）留下達斯曼先生繼續留台檢討財務細節，一大早就飛往東京。S·O·B對台灣馬拉穆的財務狀況，十分之滿意。林榮平的幹練，又一次獲得極高的評價。而林榮平之中國式的不獨居功勞；之善於適當地把成就的一部分歸給摩根索先生，使摩根索先生大為高興。

緊張的四天過去了。留下來的財務稽查長達斯曼先生，是一位年輕、聰明而隨和的人，對台灣馬拉穆上下人員，都十分的友善。第五天是達斯曼先生稽查工作的開始，財務部決定在第五天下班以後，邀集部裡的幹部，宴請達斯曼先生，順便給決定在下月初離職渡美的劉小玲餞別。

詹奕宏下班回到賃居的小公寓，換上一套新做的藏青色西裝，來到設宴的飯店。在登上三樓的電梯中，他看見大鏡子裡的自己削瘦了很多。他對著鏡子拍拍肩上細碎的頭皮屑。一對外國情侶在電梯的角落依偎地站著。他感到數日來無暇去對付的自己的憂悒，就像這電梯一樣，沉重卻輕若貓蹄似的上下著。

他走進三樓訂好的宴客房間。

「嗨，詹！」摩根索先生興高采烈地說。

「嗨！」詹奕宏說。

侍者為他端來一杯摻著薄酒的果汁。他找到餐桌上寫著James Chiam的小卡片，坐了下來。

「James，你看來累壞了，」摩根索先生在桌子的另一頭說，向他抬抬手上的果汁，「J・P說你這幾天幹得很好。」

詹奕宏也向摩根索先生抬抬手上的杯子。「謝謝你，可是沒什麼……」他說。就在這時候，林榮平和達斯曼先生擁著劉小玲走了進來，一時「嗨」，「嗨」之聲此起彼落。林榮平的西裝是米黃色的，料子和做工都是明顯的上品，然而領帶的花色，卻流俗不堪。達斯曼先生沒有換下穿了一天的粗大的蘇格蘭呢的角花上裝，依舊一副不修邊幅的樣子。他的絡腮鬍子在柔美的燈光下，有金黃的光澤。

劉小玲一身暗紅的晚禮服，長裙觸地。雲雲的濃髮蓬鬆地、灑脫地停放在她細嫩的肩上。寬鬆的絲絨料子，怎也掩不住她修長、美健的身段。她無言地和每一個向她打招呼的人頷首而笑。

詹奕宏低下頭輕輕地啜著摻酒的果汁。自從她踏進餐室，她沒有正眼望過他。也正因為這樣，他知道她早就看見了他。在這麼多人面前，他不應該顯得太落寞，他想。然而他卻怎麼也無法若無其事地找人閒聊。他於是不知不覺地摸出香菸，這才驀然發覺有人把點著火的打火機送到跟前。

「謝謝，」他恍然地說：「謝謝啊！」

林榮平無語地關掉打火機，默默地看著他，抽著板菸。他毫不做作地輕拍著詹奕宏的肩膀。

「沒見過你穿得這麼正，」J．P用英文說。

詹奕宏笑起來「Never saw you so affluently dressed.」他想著J．P的英文，用affluent形容衣著，倒是頭一遭聽說的。

「這幾天，」J．P說：「真虧你……」

「沒什麼。」

他說。他索性筆直地望著他的上司。在J．P的臉上，沒有一絲嘲弄，沒有一絲上司的矜偽。他開始把白天同達斯曼先生一起核對時所發現的問題，仔細地向J．P說明起來。林榮

「這個已經出來了。」

他接過來看，是一疊美國大使館寄來辦移民的表格。

「下個月，我就走了。」

他沒說話，很快地把表格還她。想抽菸，卻沒帶在身上。她把那一疊文件「通！」地摔在電視機上。她喟然地說：「我有孩子，你卻什麼也沒有……」

他掉頭就走。在跨下樓梯前，他瞥見她正平靜地拉上落地窗的簾幕，正眼沒有看他一眼。

他忿忿地，一口氣走下樓梯，走上街道。他快速地沿著栽種著楓樹的紅磚路走著。「你走吧你走，走得越遠越好！」他無聲地叫喊著。當他在一個平交道邊被一列轟隆而過的、長長的貨車停下腳步時，他才察覺到[23]從什麼時候起就霏霏地下著細雨了。

「先生，牛排要幾分熟？」

穿著深褐色制服的侍者說。

「八分罷。」

他向侍者咧嘴笑了笑。他看見俯著身子的侍者的領口，因汗垢而泛著淺黃。

「其實，」坐在他身邊的林榮平說，「你可以出去讀個博士[24]回來。」

「算了，」詹奕宏說，搖著頭笑。

「財務部明年要擴大。」J．P說。

「算了，」詹奕宏說。這回他沒有笑。他別過頭去，和左邊的Alice禮貌地啜了一口酒。

「木門餐廳來了一個新歌手，」愛麗絲說，「瘦小個兒，甚至還有點兒土氣，可是唱瓊．拜茲的歌，真道地。」

「哦，」詹奕宏說。

J．P清楚地看見詹奕宏的敵意。「知道了吧，」他思忖著。和達斯曼去接劉小玲來，自己卻坐到離開劉小玲有一個桌子的這邊來。這無非也只是向摩根索表示「和琳達並沒有什麼」的姿態。他看見摩根索和達斯曼一左一右地坐在劉小玲的身邊，興高采烈地談笑。他對兩個外國人感到忿恨。「不，」他想，輕輕地搖搖頭，「最可恨的毋寧還是自己吧」。曾是自己的情婦的女人，受到外國老板的輕薄，卻要幾乎反射性地對這個老板佯裝不知；佯裝自己和那女人之間什麼也沒有。「這樣的自己……」他想著。

「林經理，」Davis徐說，「敬您。」

林榮平堆下滿臉的笑，舉起自己的酒杯。Davis是個苦學的青年。十年前，高商畢了業，到美軍單位做事。美軍裁減使他失了業，經青商會的朋友介紹給林榮平。林榮平看準了Davis雖然沒有學歷，卻是個吃苦能幹的人。他毫不猶豫地重用他，使他感銘萬狀。就像現在，他恭恭敬敬地用雙手捧著酒杯說：「敬您，」白皙的臉上，無端地泛起敬畏的、局促的紅潮。

「平常做什麼消遣呀？」J．P故做平易近人地說。

「啊，啊，」Davis結結巴巴地說，「讀一點英文。」

林榮平少不得誇獎他的英文。這時劉小玲的那一頭不知為了什麼而喧譁著。林榮平細瞇著眼睛，看著已經喝紅了臉的摩根索先生。

「J．P曾經聽過喜歡沙漠的人嗎？」摩根索先生隔著一張桌子叫嚷，「琳達說她愛沙漠——多奇怪的嗜好。」

林榮平面無表情地看著摩根索。襯著被酒泛紅的臉色，摩根索的鬍鬚顯得尤其地搶眼。

「You son of a bitch![25]」他在心裡咒詛著，「你只不過是個白痴。」他知道在兩年內，紐約方面有一個新的政策，要使各分公司的管理層盡量地本地化——「如果必要而且可能的話。」他已經著手布置。先在財務部安置一些心腹，然後，讓摩根索滾蛋。

「你應該去讀個Ph. D.[26]回來，」林榮平轉向詹奕宏，「我可以考慮用公司的經費和名義送你去。」

「算了，」詹奕宏說。

「那麼你應該到亞理桑那州的索諾拉沙漠去，」達斯曼先生對劉小玲說，「那兒有一家很好的沙漠博物館。」

雖然裝著和隔鄰的Alice，一個平時工作認真的表報組的女孩，熱心地談著一個剛剛才上不久的影片，詹奕宏的耳朵，卻一直在努力地隔著吵雜聽取劉小玲那一頭關於沙漠的談話。達斯曼先生自稱是一個業餘的生態學研究者，正在說明那個沙漠博物館，如何以現代的科學裝置，生動地說明進化的歷程；如何使泰半都在夜間活動的沙漠動物，在特殊的光學設備中，讓參觀的人可以一覽無遺地看見牠們生動而充滿趣味的生活……

「啊，我一直不知道，一直不知道，一直不知道，」劉小玲感嘆地說。

「沙漠是一個充滿生命和生機的地方，」達斯曼先生說，「只是人們太不了解它罷了。」

「But Mr. Dasmann...」劉小玲說。

詹奕宏傾聽著，默默地點上一支菸。Alice的英文不很好，但也似乎在專注地聽著。

「劉小玲今晚好漂亮。」Alice說。

詹奕宏這回把臉轉過另一邊和J．P喝摻著酒的果汁。「你應該喝點酒，又不是不能喝。」J．P說。「不，不，」詹奕宏說。他可以感覺到J．P的十分曖昧的憂悒。可是他開始想起那個自己氣忿地從劉小玲的寓所衝出街上的夜晚——從那回以來，他們就沒再來往過，雖然每天下班回到自己紊亂的居所，便要想念她想念得毫無辦法——在平交道上攔住他的那一列貨車。黑色而強大的、長長的貨車，轟隆轟隆地打從他跟前開過去，往南邊的他的故鄉：[27]只有兩條小街，一出了小街便銜接一片不大不小的平原的故鄉開過去。

初識劉小玲之後不久，有一回詹奕宏同她乘坐夜車回到南部的鄉下。車上有柔和的燈光，寬敞的坐位。她的左手讓他握著，她的右手把玩著火車窗子上的紗簾。就是這樣地，她喁喁地說著十幾年來不斷地出現在她的夜夢的情景：一片白色的、一望無垠的沙漠。

「每次看到蓋房子的工地上有一堆堆的沙子，我總要走過去用手摸摸那些沙子。」她說。

他漫不經心地聽著。心裡卻在想著他的父親看見他帶了一個「外省婆仔」回家，會有什麼樣的反應，而獨自默然地笑了起來。

「但是都完全不是夢裡的沙子。」她說。

「嗯。」

他略略撐起身，伸手到茶杯座上取他的茶杯。他看見披著長而很是雲雲的頭髮的她的頭，斜斜地靠在窗子的玻璃上。外面是無盡的黑夜。遠處的燈火，遲緩地向後面旋轉著移開。她的機械地嚼著嚼著口香糖的側臉，有一種安定、滿足卻寂寞的神情。

她說夢裡的沙子是白色的。

「不是純白的白色唷，」她說：「有點像雞蛋殼的那種白色。」她說。

他笑出聲音來。他想起曾有一度每天早晨打兩個生雞蛋泡酒喝的愚蠢的自己。一個服兵役時認識的朋友說，這樣可以增強男子的能力。

她奇異地轉過頭來看他。

「即使是雞蛋殼罷，」他說：「也有好多種。」

她把他的右手拉到她的懷裡，卻怎麼也不讓他的手掌有意地、惡作劇地碰到她的碩然的乳房。她依舊把頭側靠著窗子的玻璃，凝視著窗外的暗夜。

「就是那種白色。一望過去，蒼蒼茫茫，看不見邊際的白色而且乾乾淨淨的沙子。」她說。

「總有幾棵仙人掌什麼的。」他調侃地說。

她搖搖頭。

「或者幾個野牛的頭骷髏。」

她又肅穆地搖著頭。

她說第一次有這樣的夢，是在中學的時代。那寂靜的、白色的、無邊的沙的世界，使她駭怕。每次從沙漠的夢中醒來，她總要孤單地哭泣。有時甚至必須把被角塞進自己的嘴裡，才不致哭出聲音來。

「後來，我大了，大約習以為常了罷，」她說：「我逐漸能夠在夢裡凝視那一片廣袤的沙子。」

她便是這樣地對實體的沙漠發生了興味。

詹奕宏留下一小塊牛排，讓侍者撤去盤子。他用餐巾仔細地揩著嘴。原本就沒有什麼食慾的他的肚子，這時感到滿是蕃茄汁味道的飽脹。摩根索先生提議大家依次給兩位今夜的客人乾杯。詹奕宏看見劉小玲霍地站了起來，在那一瞬間，她婷婷地站著。

「不，」她說：「讓我謝謝大家。」

兩個洋人也跟著起立。全桌的人零亂地站了起來。詹奕宏低著頭，緊握著高腳的酒杯。

「不要忘了我們啊，劉小姐。」Alice突然說。

他抬起頭，一眼就迎見劉小玲注視著他的憂愁的、微醉的眼睛。他看見她手握酒杯，向大家劃了一個邀飲的小圓弧。

她的豐腴的手指上，什麼也沒有戴。他無言地喝盡杯底原已不多的果汁。大家重又落坐的時候，詹奕宏突然想起放在自己西裝口袋裡的戒子。他伸手去摸，它果然還在。那是和她現在戴著的項飾、腰帶成為一套的銅戒，上面燒著統一的墨綠的燙金的雨荷圖案。那時候，原是準備過幾天去公證結婚時為她戴上，所以才放在他這一邊。

摩根索先生似乎在開始談論政治。

「S・O・B說，我們外國公司[28]就是不會讓台灣從地圖上抹除……」[29]摩根索先生說：「S. O. B. said that we multinational companies here would never let Taiwan wiped out from the map...」顯然是喝醉了酒的摩根索先生把臉湊向劉小玲，「奇怪吧，」他說，「我們美國商人認為台北比紐約好千萬倍，而你們××的中國人卻認為美國是××的天堂。」

詹奕宏看見劉小玲的臉[30]僵硬地往後退。「我並不以為美國是個天堂……」她矜持地笑著。她聰明得體地在「天堂」前面刪去「f...ing」這個髒字。她沒有窘迫，沒有生氣，她甚至有些輕蔑著摩根索先生的失態。詹奕宏迅速地把視線移到牆上去。他覺得胃部有些發冷，腦筋逐漸地感到空漠。「她畢竟是個見過世面的女人，」他想。「And you f...ing Chinese think the United States is a f...ing paradise.」摩根索先生說：「奇怪吧，達斯曼先生？」達斯曼呵呵嘩嘩地笑。Alice不懂得英文骯髒字眼，卻天真地應和著笑。詹奕宏深深地吸一口氣。他的腦袋頓時空盪起來。摩根索還在不住地咿咿哦哦地說著些什麼，但詹奕宏只覺得「f...ing Chinese」在他的空曠的腦筋裡打轉。他忽然發覺他的手在不由自己地、微微地顫抖著。

他忽然說：

「先生們，當心你們的舌頭……」

他用英語說。但那聲音卻出奇的微弱。除了林榮平，沒有人聽見他說了什麼。林榮平訝異地望著他。詹奕宏為自己怯弱的聲音深深地刺傷，並且激怒了。他霍然地站了起來。

「先生們，你們最好當心點你們說的話。」

他說。他的臉色蒼白，並且急速地氣喘著。餐室裡頓時安靜了下來。似乎沒有人知道究竟發生了什麼事。

「我以辭職表示我的抗議，摩根索先生，」詹奕宏說。他的臉苦痛地曲扭著，「可是，摩根索先生，你欠下我一個鄭重的道歉……」

「James...」林榮平小聲說。

「像一個來自偉大的民主共和國的公民那樣地道歉。」詹奕宏說。

「怎麼回事，J．P？」摩根索先生嚅然地說。

「James...」林榮平說。

詹奕宏猛然轉向林榮平，臉上掛著一個悲苦的、痛楚的笑。

「J．P，」他改用台語說，「在蓄仔面前我們不要吵架，」他勉強地扮著笑臉，努力用平和的語調說：「你，我不知道。我，可是再也不要龜龜瑣瑣地過日子！」

他於是頭也不回地大踏步走出餐室。

「詹奕宏！」

劉小玲忽然站了起來。「詹奕宏！」她喊著，提起觸地的長裙，追著詹奕宏跑出懸著溫馨、豪華的吊燈的餐室。

4 景泰藍的戒指

在大飯店的門外不遠的地方，劉小玲追上了詹奕宏。她抱住他的臂膀。他們默默地走在通往通衢大道的一條安靜的小斜坡上。她幾次偷偷地，掛心地看著他直視的側臉。方才為忿怒、悲哀、羞恥和苦痛所絞扭的臉已經不見了。他看來疲倦，卻顯得舒坦、祥和的這樣的他的臉，即使是她，也不曾見過的。

一輛計程車邀請似地在他們身邊遲緩地開著。詹奕宏和善地向司機搖了搖頭，那車子便一溜煙開向前去。在她沉默地望著遠去的車燈時，詹奕宏把她的右手拉了起來，把那一枚景泰藍戒指套了上去。

她開始流淚。

「別出去了，」他安靜地說，「跟我回鄉下去……」

她一面拚命抑制自己不致放聲，卻一面忙不迭地點著頭。

「不要哭。」

他溫柔地說。

他忽而想起那一列通過平交道的貨車。黑色的、強大的、長長的夜行貨車。轟隆轟隆地開向南方的他的故鄉的貨車。

初刊一九七八年三月《臺灣文藝》革新號第五期、總五十八期
初收一九七九年十一月遠景出版社《夜行貨車》
收入一九八三年二月遠景出版社《雲》，一九八五年十二月人間出版社《陳映真小說選》，一九八八年四月人間出版社《陳映真作品集3·上班族的一日》，二〇〇一年十月洪範書店《陳映真小說集3·上班族的一日》

1 本篇初刊《臺灣文藝》的篇題為〈夜行貨車〉，後收入一九八三年遠景出版社《雲》（「華盛頓大樓第一部」）時，則於篇題後附記「華盛頓大樓之一」。原「華盛頓大樓之一」為初刊一九七八年九月《雄獅美術》的〈上班族的一日〉一文的篇題附

記，收入一九八三年遠景出版社《雲》後，〈上班族的一日〉篇題後附記始改作「華盛頓大樓之二」。

2 「長尾雉」，初刊版為「長尾短雉」。

3 初刊版及洪範版此處均指稱摩根索先生的眼睛為「淺棕色」，前文為「他〔摩根索先生〕的淺藍色的、美麗的眼睛」，後文則為「〔摩根索先生〕淺藍色、鑲著金黃色的睫毛的眼睛」。

4 「要到我們的 Washington D. C. 開會」，初刊版為「要打一會兒高爾夫」。

5 初刊版此下空一行，且無「由於業務擴充了，公司在台北市東區一條最漂亮的辦公大樓區裡的華盛頓大樓，租下三樓，作為台北營業處。摩根索先生很喜歡，不知什麼時候開始戲稱之為『華盛頓特區』。三天兩頭往台北跑。林榮平於是蕪蔓地想起那座矗立在台北首善之區的巍然的大樓了……」。

6 「面前」，初刊版為「對面」。

7 「一張」，初刊版為「一張張」。

8 「驚喜」，初刊版為「驚奇」。

9 「輕輕地」，初刊版為「輕微地」。

10 「、」，初刊版為「，」。

11 洪範版為「左晃；右晃」，初刊版為「左㨪、右㨪」，此處的標點符號據初刊版改作頓號。

12 初刊版此下空一行。

13 「木架上」，初刊版為「木枝上」。

14 初刊版此下另起一行。

15 初刊版此下有「，到了那個時候」。

16 「愛情」，初刊版為「愛惜」。

17 洪範版為「一襲長綿衫」，對應下句「秋夏一襲單長衫」，應有文字脫漏，據初刊版補上「冬春」二字，改作「冬春一襲長綿衫」。

18 洪範版此處語句不完整，應有文字脫漏，據初刊版補上「他說，」。

19 「清晰的腫現」，初刊版為「腫現清晰的」。
20 初刊版此下有「激動」。
21 「掛上」，初刊版為「掛下」。
22 洪範版此處應有文字脫漏，據初刊版補上「和腰帶」。
23 初刊版此下有「天」。
24 「博士」，初刊版為「master」。
25 「You son of a bitch!」，初刊版為「You sonovabitch!」。
26 「Ph. D.」，初刊版為「master」。
27 「往南邊的他的故鄉：」，初刊版為「往南邊開。啊，往著南邊的他的故鄉；」。
28 「外國公司」，初刊版為「多國公司」。
29 初刊版此下另起一行。
30 洪範版為「臉色」，應誤植，此處據初刊版改作「臉」。

在民族文學的旗幟下團結起來[1]

一、相對於外來文學的「民族文學」

今天「民族文學」的提起，如果離開二、三十年來西方文學在台灣的支配，怕是無法理解的。「民國五十年以後，隨著美國影響之深入，日本『技術合作』之擴張，加工出口區之積極，經濟上一時有一面的發展，於是西化主義逐漸抬頭」（胡秋原，〈中國人立場之復歸〉）[2]。台灣在文學上極端的、惡質的西化，可以喧囂於五〇年代到六〇年代台灣文壇的「現代詩」為樣版。在「現代詩」中，沒有中國的、民族的語言；沒有任何現實生活的反映；沒有當代中國的——更遑論世界的——歷史的脈搏，衰爛時期的西方文學之頹廢主義和形式主義，被他們大量地「橫的移植」了過來。「現代派」文學，越來越只成為一小撮詩人們在他們小小的天地中互相標榜、互相溫存——偶然也互相攻訐——的東西。它遠離了民眾，遠離了一般的知識分子，當然，更遠遠地離開了激變中的中國和世界的歷史——以及這個歷史中的人和人的生活。

這樣的文學，大抵上和五〇年代後半以迄六〇年代前半的世界冷戰背景下，有「深入」的「美國影響」地區之諸條件相合致的。歷史到了七〇年代的開始，隨著冷戰時代的結束，世界權力的再組成明顯地表面化了。在這樣的歷史條件中，我們驟然地面對了一連串的風暴：「一是中共進聯合國，尼克森宣布要訪問大陸；二是日本人趁機劫走釣魚台」，為「在台灣的本省人和外省人都給與大陸淪陷以來最大的衝擊」，而「民族主義之起來，是自然而必然之勢」（胡秋原，前揭文章）。

在這一切急遽的變動中，以現代詩為代表的西化文學，完全失去了表現問題、從而對激盪人心的當代諸問題提出解答的能力。要求政治的民主化，呼籲中央級民意代表擴大改選，主張學生、知識分子關心民生疾苦、參與政治自由的聲音，在逼面而來的危機感中不斷高揚之際，現代詩和西化文學的沉默、冷淡和無所作為，徹底地暴露了這種文學脫離民眾，脫離歷史和脫離民族的根本性格。

因此，當前民族文學應是相對於外來文學的「移植」的性格，而復歸於文學的中國特點和風格；相對於外來文學對中國命運的冷漠和無作為，民族文學應該和自己民族的命運，血肉相連；相對於外來文學的極端形式主義，民族文學應該逐步尋求生動活潑的民族形式，以表現自己民族的生活和勞動，民族的理想和奮鬥的勇氣等具體的內容。六〇年代中期以後逐漸成長起來的鄉土文學，便在此一意義上，成為在當前條件下的民族文學底主要形式。離開日本帝國主義的侵略，抗日時期提出的各種抗日的民族文學口號、運動和作品，就沒有意義可言。同樣，今天要提民族文學，首先就要認識到與東西方大經濟帝國主義之商品、資金、技術、文化以俱來的外來文學對台灣文學生活的長時期支配，以及反抗這個支配的鄉土文學成長的整個過程。胡秋原先生說當前的鄉土文學「是繼抗戰之後重新復歸中國人立場之努力」，便是著眼於鄉土文學之反抗帝國主義文化和文學支配的特點上說的。

二、民族主義和民族文學

勃發於十七世紀以後的西方民族主義，一般地說來，和經由新航路的發現而擴大的商業所造成的商業中產階級的興起，是相一致的。他們要求有一個由強有力的中央政府所統一的國家——統一的、不受許多地方的、封建壁壘所分割的國內市場；一個商業、貿易取向的政府。在思想上，他們不受一切封建的過去所束縛。他們對於自己，對於未來，充滿了自信、憧憬和火熱的歷史使命感；將自由、博愛和正義行於全地。於是從英國開始，民族主義的火焰向北美、向法國、德國和義大利延燒，燒出了目前整個西方民族國家的邊界。然而這西方商業貿易的中產者之國，到了十九世紀，發展了工業和金融資本帝國主義。一度曾以人類的自由、平等和博愛為戰鬥旗幟的西方民族主義，終於發展成為亞洲、中南美洲和非洲各民族最殘酷的壓迫者和收奪者。

這西方帝國主義列強——以及唯一崛起於東方的日本帝國主義，作為廣大落後地區各民族的壓迫者——而非解放者——於第一次大戰之後在這些地區點燃了民族主義的火焰。正是帝國主義列強對中國的瓜分，使中國產生了　中山先生，以及他所領導的，綿延至今的中國民族主義運動。同樣，正是英法帝國主義的壓迫，教育了土耳其、中東、印度半島和非洲各民族，讓他們高高地舉起民族主義的旗幟，為自己民族的自由，國家的獨立，進行漫長、堅定的奮鬥。

包括中國在內的亞洲民族主義，便是這樣地在它的發生上，帶著鮮明的反帝國主義性質，而有別於西方的民族主義。一直到今天，只要東西方帝國主義一天還通過跨國企業，國際性銀行集團，挾資金和技術上的獨占性優勢，對廣大的第三世界進行政治、軍事、經濟、文化的支配；只要第三世界中各民族一天不能在民族上、政治上、經濟上和文化上得著完全的自由，反帝的民族主義就依然是他們永不過時的，激勵人更堅定，更勇敢地戰鬥下去的偉大而不可取代的旗幟。

就在這歷史的視野上，我們更清晰地看見：包括中國文學在內的亞洲文學，是如何必然地組織到包括中國在內的亞洲民族主義運動之中。中國文學，也便在這樣的歷史背景上看，從東北作家的《八月的鄉村》一直到台灣作家的〈送報伕〉，再一直到〈莎喲娜啦，再見〉、〈小林來台北〉，便是在不同的歷史階段中，奉仕於中國反對帝國主義的巨大民族主義運動的文學作品。

有一位作家曾這樣說：

> ……我始終認為：我們的文學將來一定會對中國文學有積極的貢獻。所以我們絕不能自外於民族主義的主流。鄉土文學是民族文學的重要一脈。但我們不必畫地自限。除了關心我們的社會，關心我們的鄉土，我們也必須有關心全中國的胸懷。我們必須能在文學上統攝全中華民族的共同經驗。能有這樣的胸懷，才有培養正確民族意識的可能……。
>
> 就這層意識講，我認為有再度提出民族文學主張的必要。……再度提出民族文學，並不會損害鄉土文學的地位，只會使它的內涵更豐富、更充實。在民族文學的大範圍內，無論鄉土文學、社會現實主義文學、現代文學、海外華人文學，都能各行其所。
>
> ——張系國，〈民族文學的再出發〉3

在文學上「關心全中國的胸懷」，「統攝全中華民族的共同經驗」的提法，令人欽佩。但是由於不曾由中國近代史的場景上去看中國近代民族文學[4]之抵抗帝國主義的特點，從而也不曾看到當前在台灣的鄉土文學之批判和反對外來經濟和文化的強大支配，而具有「繼抗戰之後，重新復歸中國人立場之努力」的重要意義，隱約間認為鄉土文學有缺乏「關心全中國胸懷」的顧慮。即使是不讀尉天驄、王拓等人的評論文章中，以及黃春明在一個座談會上嚴肅而懇切的談話中，三復斯言地表達鄉土文學之愛國的、民族主義的性質的人，倘若能抓住鄉土文學中以中國為取向的民族主義，這顧慮[5]是不會產生的罷。必須強調：鄉土文學，是現在條件下中國民族文學的重要形式，它從來沒有「畫地自限」，也從來不曾[6]「自外」於民族文學。正相反，鄉土文學[7]一開始就明白公告了它中國的、民族主義的、愛國的、反對帝國主義的特點。

另外有一位評論家這樣說：

〔鄉土文學〕……與天地相斷，是萎縮的。鄉土主義的論評家也有的有此自覺，便拿來比附民族文學，還又翻出帝國主義侵華的老帳，說鄉土文學可以恢復民族自信。今如欲以鄉土文學的「小傳統」〔金耀基語〕來倡民族主義，是否將有重蹈義和團的悲運之虞？若非三民主義的民族主義，一切民族本位的民族主義，將都是步後塵於愚枉的納粹之雅利安民族主義，日本軍閥之大和族和蘇俄的大國沙文主義……。

——朱西甯，〈若要鄉土文學浩蕩，宜先免於提倡〉[8]

鄉土文學是否「與天地相斷」，尤其是否和這評論家的新玄學中的，天玄地黃的「天地」相接，其實並不重要。鄉土文學不能說沒有缺點。鄉土文學家之中也沒有一個宣稱過自己已經是一個完成了的藝術家；已經寫出最好的作品。他們還在不斷認真地、謙虛地、充滿信心地寫著。因此，說鄉土文學是「萎縮」的，恐怕咒詛得太早了些。最近一段時間中，宋澤萊、吳念真、陳雨航等年輕的、新的小說家的作品，展現了深厚的潛力和無限的發展前途；吳晟、詹澈、葉香、施善繼和蔣動的詩，也宣告了一種平白易懂，既有生動的社會生活和真摯的民族熱情內容，又有將要逐步提高上去的藝術形式的，新的詩歌的誕生。倒是似乎已經有好幾年不見了「鄉野文學」的新作，令人偷偷地有些兒為他們擔心。我們祝望他們早日有新作問世，一來可以救救「寒蠢」、「與天地相斷」而又「萎縮」的鄉土文學，二來也可以仔細學習「中國現代文學是要」怎樣地「興起民族文化天道的王者之氣」，領會領會畢竟什麼叫作「文學之靈的天意和世境的常道」。

這位評論家對於鄉土文學之民族主義的性質，有刻骨的仇恨。因為對於他，「帝國主義侵華」的歷史，只不過是一筆「老帳」罷了。遺憾的是，我們同這位評論家有不同的想法。我們認為：只要帝國主義存在一天，只要帝國主義侵略有理之論，以及這侵略有理之論的外國的或中國的宣傳家還存在一天，「帝國主義侵華」的歷史，特別是日本「帝國主義侵華」的歷史，永遠是我們最新鮮的創痛，最生動的教科書，最苦味的懸膽。不，對我們來說，只要帝國主義的支配——不拘形式之新舊——存在一天，「帝國主義侵華」的歷史就一天不只是一筆「老帳」而已。

黃春明的〈莎喲娜啦，再見〉所描寫的台灣觀光賣淫問題，是和日本資本對台灣的浸透，有著不可分割的關係。任何從內心將淪為觀光娼妓的婦女視同自己的骨肉姐妹的人，應不會說黃春明的抗議是「『小傳統』的民族主義」，「有重蹈義和團的悲運之虞」。而任何把王禎和的小林當作自己的骨肉子弟的人，也不會說王禎和的嘲諷，是「功利主義」的，甚至會「步後塵於愚枉的納粹之雅利安族，日本之大和族和蘇俄的大國沙文主義」罷。

如果當我們的經濟和文化受到強國的支配，而我們用文學的形式提出我們的抗議，就會使這文學「落入功利主義裡」去，那麼，讓我們高呼：「功利主義的文學萬歲！」如果把「帝國主義侵華」的歷史看成一筆「老帳」；如果主張「宜先免於提倡」文學的愛國主義和民族主義的文學，才是「與天地相接」的文學，我們就不假思索地高喊：「打倒與天地相接的文學！」

這位評論家也提到「三民主義的民族主義」。然則他並不了解什麼是「三民主義的民族主義」。此無他，是因為這評論家根本把三民主義玄學化了。他說，「三民主義有一個絕對時空的無限在，三民主義的民族主義有一個世界大同的無限在，它自是無窮無盡的天行健。而又正是這樣一步一步行在相對時空裡，積相對為絕對。」（朱西甯，〈回歸何處？如何回歸？〉）[9]而據說這又是什麼「絕對時空與相對時空的統一」的法則（朱西甯，前揭文章）。玄學的特點之一，是它之建立在一個自我證明，自我解釋而不假驗證於客觀的事實。按照上述的「法則」來解釋，日本人的「大東亞共榮圈」，也是一個「絕對的時空的無限」，而「冀東自治政府」，「滿洲國」和汪政權也成了「相對時空」，向著「大東亞共榮圈」「邁進」了。

十九世紀亞洲的民族主義，是回應同時期西方帝國主義侵凌的產物，具有鮮明的反帝國主義性質。離開反帝的特點談論 中山先生的民族主義，一味誇大自己的種族優越意識——例如說西方的科學只重分析而「不感天道的至理在」；說西方人「只見歷史其形，不識其象」；說別人的文化是「直線運動，……與天道無親，失去向心力的掙脫，自此循環的圓上切線出去，違反循環律，必然有絕有盡」（皆見朱西甯前揭文章）云云——才真正會落入大國沙文主義。任何熟讀中山先生的民族主義的人，都知道 中山先生教導我們要一方面發揚自己民族物質的和精神的傳承，同時也要認真、老實地學習西方的長處，使西方物質上、精神上的優點，為我所用。但是對於西方列強的帝國主義——軍事的、政治的、經濟的、文化的帝國主義，則批判之、反抗之。

鄉土文學中的民族主義，正是 中山先生的民族主義；正是亞洲式的、反帝國主義的民族主義。有帝國主義壓迫的地方，就有反帝的民族主義，何況鄉土文學家全是讀三民主義長大的；全是含淚悲憤地讀完列強侵華的中國近代史長大的，用不著「比附」。說到「義和團的悲運」，那是十九世紀西方列強肆意侵侮中國，當袞袞王朝的官僚、滔滔天下的士人在帝國主義淫威下戰慄、下跪的時候，中國農民決然而起，以血肉向「文明」的暴力抗議的，中國歷史上第一次現代意義的民族運動。「義和團的悲運」，不在它反抗外來的壓迫，以中國農民的方式表達了中國人民不可侮的尊嚴。「義和團的悲運」，首先肇因於帝國主義本身，其次，在方法上，是由於中國農民運動普遍存在的前近代的、「迷信」的性質，再其次是由於這個農民運動在方向上和反對農民的清王朝相結托，而造成了民族千古的悲愴。在二十世紀的七〇年代，鄉土文學家和台灣一切愛國的中國新生代，再也不是十九世紀的中國農民。他們從小過分地受到西方式的教育，他們也繼承了「義和團事件」以來，一切波瀾壯闊的中國反帝民族運動的精神遺產。拿「義和團的悲運」來嚇阻他們新的民族主義熱情，就未免太看小了他們了。像抗日時期無數的抗日民族文學激起了全中國抗日的熱潮；像日本統治時期的台灣民族抵抗文學，使抗日民族精神昂揚不斷於殖民地的台灣，鄉土文學在文學、文化的惡質西化，在民族自信心崩喪、麻木，脫產逃亡者如過江之鯽的時代；在強國恣意干預我們政治的、經濟的、文化的生活的歷史時期，投眼於自己的土地和人民，批判狂瀾般的西潮，為民族的認同尋求自在、軒昂的歸宿。

一九七八年五月

三、沙文主義和民族主義

所謂沙文主義，意指極端化了的，盲目的民族主義熱情。沙文主義對別民族懷有偏狹的見解，對於別的民族及其文化顯示輕視、厭惡、不信任的情感。沙文主義者常常認為自己的民族在種族上優於別族，相信自己是上天的選民，負有特殊的歷史任務——例如英國人以「白種人的負擔」——即宣揚基督教，傳播文明，開發世界的富源——為其帝國主義飾辯；美國人常常自認有推廣美式民主體制的使命，等等。

亞洲式的民族主義，都含有對自己民族既有成就的榮耀感；對自己民族歷史的宏偉，抱著深刻敬意……。但這是針對著被西方帝國主義的打擊、摧殘而甦醒的民族自尊心。健全的民族主義者反對其他民族的統治階層所發展出來的帝國主義本身，卻不以種族優越感去反對那個民族的人民。民族主義者在自己民族的歷史傳統中汲取民族自信心，卻不憚於承認和學習別民族——包括帝國主義國家——的各種長處，勤儉刻苦，老老實實地努力使自己民族不論在政治、經濟、文化等各方面迎頭趕上。民族主義者絕不躲進玄學裡去尋求安慰——例如說：

……西洋文化則短在只見其形，不識圖象；唯中國文化從最日常的時令節氣，孝悌忠信，至最幽微深邃的革命創造者天道好還的歷史觀，無一不是既形且象的合一：核子的渦狀旋轉，電子繞核而轉……這些至微至大的有形現象，還只是今世紀物理與天文學的新發見，新知識，唯中國人是遠古即知。

——朱西甯，前揭文章

有現代知識的民族主義者懂得：玄學的所謂「循環」說，和核物理學上「核子的渦狀旋轉」之論；和「電子繞核而轉」，是完全兩回事。他們更懂得：要自己的民族得自由，國家能獨立，就要老老實實地學習現代科學和技術，依照中國的具體條件，為己所用，絕不以「古已有之論」，或者像清末的迂儒說：「彼美利堅者，固何『美』之有，何『利』之有，又何『堅』之有乎？」來補償自己的民族自卑情緒。

沙文主義，是法國民族主義在拿破崙的軍隊橫掃西方，耀武揚威時的產物，有近代史的性質。但是在前近代史的時期，已經有規模較小的，地域的，種族的沙文主義。例如在由許多民族組成的中國，突出地強調漢民族在種族和文化上的優越性，對其他組成中華民族的少數民族懷有輕視、偏見、甚至厭惡的感情。這就是所謂「大漢族主義」，或者「漢族沙文主義」。對於團結中華民族內部各民族，以共同進步，一致對外，這是極為有害的。漢族沙文主義還有一個形式，認為中原的文化高於中國邊陲地帶，對於分布於邊陲或海外的漢民族自身，懷抱封建的偏見。例如明、清兩代的王朝，把移居海外刻苦奮鬥的中國人，視為自願出於聖王化育之外，所以當他們被海外土著民或者西洋殖民者欺凌甚至大量集體地殘殺的時候，不但不予保護，而且斥責他們咎由自取。這種心態，不妨稱之為「中原沙文主義」。它對於民族團結，當然也是極為有害的。

批評鄉土文學的重要論點之一，是說它有「地方主義」傾向，說它格局小，意境窄。我們的評論家說道：

> 鄉土文學是「地方主義的，方言的，農村漁村都市後街陋巷的『民間低層次文化活動』之混合體，這便小得太多太多了」，說鄉土文學「給弄得小成這樣，已是寒蠢」。
>
> ——朱西甯，〈若要鄉土文學浩蕩，宜先免於提倡〉

所謂「地方主義」，是特別突出地強調自己所在的地理區域之特殊性和利益，並且把這利益抬得比整個國家和民族的利益為高。如果說，鄉土文學只取材於台灣的風土和人物，就是「地方主義」的，我們不明白何以一些以大陸特定地區的「鄉野」風土和人情為材料的小說，就從來沒有人指責過是「地方主義」的。光復後在台灣成長的一代作家，其生也晚，沒有在大陸生活的經驗，終其半生只在台灣這個地方長大。我們真不明白：為什麼他們以台灣的風土人情為材料寫小說，就犯了這麼大的罪過。至於說以方言入小說，最突出的例子只有王禎和的〈嫁妝一牛車〉。可是論者卻從來不因王文興的〈家變〉也是以福州話入小說的而指其為方言的、地方主義文學！〈嫁妝一牛車〉和〈家變〉，都是作者有意實驗方言在文學表達上的可能性，和政治或文化的地方主義扯不上關係。然而說鄉土文學以「農村漁村都市後街陋巷」寫進文學，卻是事實。不同的只在於鄉土文學家不以「農村、漁村、都市後街」和其中的人及其生活為「不可接觸」的賤民。正相反，鄉土文學家在這些被某些人視為下賤的同胞中，看見整個中華民族的莊嚴、勤勞、勇敢的形象。至如謂鄉土文學太「小」、太「寒蠢」，鄉土文學還有一條長遠的、光明的發展前途，他們只懂得謙虛、努力地創作下去，從來不與人爭大小、爭獎金，爭文化官兒的位置，爭出國開會的機會。因此，現在如果有人出來主張寫鄉野，用另一種方言寫的文學，才不算「與天地相斷」，才不「寒蠢」，才是偉大得「太多太多」的文學，鄉土文學工作者是一點兒也不在意的。

其實，問題的根柢還不在此。說鄉土文學「視野和氣度的有限」，「規模不大，難望其成氣候」，(朱西甯，〈回歸何處？如何回歸？〉)或類似的話的人，基本上是出於「中原沙文主義」思想。評論家說道：

鄉土文藝是很分明的被局限在台灣的鄉土，這也還沒有什麼不對，要留意的尚在這片曾被日本占據經營了半個世紀的鄉土，其對民族文化的忠誠度和精純度如何？

……中國文化的生態之一，是文化隨著移民自中原流遷至邊疆或海外之後，其衍生即告緩慢或停滯，民族文化的變易還是有賴黃河長江流域的東部發祥。

……台灣之被日本占據，即令未受日本文化的任何影響，但半個世紀的隔絕，又正值中原文化驟變之際，儘管台灣省的鄉賢們如何為保衛民族文化而盡力，甚至流血犧牲，仍不能免的這期間要與繼續新生的民族文化主根有所脫節。

——朱西甯，前揭文章

吳濁流的〈亞細亞的孤兒〉有台灣人是「庶子」，是「孤兒」之嘆。讀了評論家這段文字的人，應該能更深切地同情和理解這「庶子」、「孤兒」感的棘心、愴楚的情懷之由來。評論家的這一番言論，恰好給予近世台灣分離主義運動以理論的根據。他們會說：「看吧，他們從來就不曾把台灣人看作自己的同胞。任你怎麼『盡力』想要向中國認同，『甚至流血犧牲』，你的『忠誠度』和『精純度』依然受到猜疑，不被接納的。」

東北，啊！祖國豐富的寶庫，也曾經一度淪為日本帝國主義的傀儡兒國。難道說：東北人、東北的文化「對民族文化的忠誠度和精純度」就因而應該受到猜忌？南京，啊，祖國歷代的帝都，也曾建立起一個賣國的政權。難道說：南京人和南京的文化就因此對「民族文化的忠誠度和精純度」就有了問題？台灣五十年的陷日，其間與大陸公開的、私人的、商貿的、文化的聯繫一直不絕如縷。今天大陸和台灣的隔絕，水洩不通者已近三十年。這難道就會使台灣對以「長江黃河流域」為「發祥」、為「變易」的主體的民族文化失去「忠誠度和精純度」嗎？如果說因為中國文化之正統今在台灣，那麼就和「文化隨著移民自中原流遷至邊疆或海外之後，其衍生即告緩慢或停滯，民族文化的變易還是有賴黃河長江兩流域的東部來發祥」之宏論發生矛盾。而況近二十年來的在台灣的中國文化，是歷史上最受外來文化摧殘的時代，這大約是「古已有之」論的評論家所不能否認的。

一種文化原初的形態，總是在它流布的末稍較完整地保存著。這其實是文化史的一般常識，未必只是「中國文化的生態之一」。例如本省山地的少數民族，保存了馬來——波里尼西亞民族最古老、最原始的語言、工藝和其他文化。閩南語、粵語和客語中保存了唐音，也是中華文化的重要而寶貴的遺產和不可切割的組成部分，不能說幾經北方外族的入侵和摻和以後的「黃河長江流域的本部」文化才「精純」。若然，萬一汪政權如果能擴及全「黃河長江流域的本部」，「中日親善」地經營個幾十年，則民族文化的「變易」和「發祥」豈不更為徹底？至若海外華僑和華僑的文化，按照評論家的理論，就更難登上「黃河長江兩流域的本部」文化族譜之嫡系了。必須指出：台灣的淪陷，是近代化了的日本帝國主義，欺凌尚在歷史的前近代的中國時，被迫割讓的；東北和南京的偽政權區域，也是日本帝國主義對甫欲振起的中國的彈壓，在敵人的槍尖和漢奸的出賣下成立的。這是全體中華民族共同的羞辱，千古不易撫平的傷疼。評論家中原沙文主義的言論，肯定不是團結的言論，而是分裂的言論！

中國的民族主義，是對內「五族一家」，「中國境內各民族一律平等」；對外抵抗外來的侵略，「中國民族自求解放」，「振起民族精神，求民權民生之解決，以與外國奮鬥」，「對於弱小民族要扶持他；對於世界的列強要抵抗他」，俟中國強盛以後，不滅人國家，不學列強的帝國主義，而且更要進一步負起「扶弱濟傾」的「大責任」。（中山先生，《三民主義》）而我們的民族文學，便必須不折不扣地以類似這樣的民族主義為實踐的綱領。除此以外，一切不講反對帝國主義，以沙文主義破壞中國各民族團結的理論，都應受到嚴肅的關切和應有的批評。

四、在民族文學的旗幟下團結起來

鄉土文學在一開始的時候，就提出了反對西方文化和文學支配性的影響；提出了文學的中國歸屬；提出文學的社會關懷，更提出了在民族文學的基礎上促進團結的主張，事證歷歷，不容湮滅。

尤其令人鼓舞和振奮的是：鄉土文學的方向，自令人憂心忡忡的誣陷和謠啄四起的時候以迄於今，得到具有遠見和真知的愛國學界——胡秋原、徐復觀、侯立朝以及何欣、劉紹銘、水晶等許許多多人毫不猶豫的、正義的聲援和支持。這是懷抱著「庶子」、「孤兒」之悲愴的胡太明的作者吳濁流，以及在作品中為民族認同而苦悶、憂憤的鍾理和，在生之時所願一見而不得的事。今天，如果他們地下有知，將要怎樣地歡躍啊！胡秋原先生等諸人正義的聲援，不但肯定了鄉土文學是中國新文學在台灣目前階段中的重要形式，肯定了鄉土文學愛國的、民族主義性質，更清楚明白地意味著在自己民族共同喜愛和關切的文學上，不分畛域省籍的堅強、無私和熱情的團結，具有十分重大的意義。胡秋原先生等諸人的正義聲援，徹底批判了破壞團結的中原沙文主義，從而也批判了分離主義。

鄉土文學還在它的少年期，它還要成長，還要發展，然而它在批判和抵抗外來經濟、文化對於台灣的支配這個特點上，是中國民族主義文學在台灣目前階段中的主要文學形式，殆無疑義。當然，它還要不斷地發展和進步，正如民粹主義文學喚醒了俄國人民的自覺，而茁壯為照耀千古的、光榮的偉大現實主義文學，今天的鄉土文學，也要在負起「繼抗戰之後，重新復歸中國人立場」的任務之後，雖「鄉土今以此處之鄉土始」，而「終必以到大鄉土之大陸終」，成為將來光輝的，偉大的中國文學的一個組織部分。

總之，在現在時期提出民族文學問題，應該對立於惡質西化了的文學而提出，從而具有中國的、三民主義的民族主義的性質。在強權稱霸，透過綿密的政治、經濟、文化的獨占而支配弱小、落後的民族和國家的時代，中國在將來一段長時期的歷史中還要面對許多困難。因此，中國文學，必須繼續抗日戰爭以來中國同胞要求改革創新；我們的民族要求從一切外來的壓迫中求得自由，以及我們的國家要求完全的獨立和尊嚴的主題。離開這些主題，民族文學便失去具體的內容。讓我們在海內外愛國的中國人所一致關切和喜愛的，在台灣成長起來的民族文學上，共同克服中原沙文主義和地方分離主義，團結起來！

初刊一九七八年六月《仙人掌》第二卷第六號、總十二號，署名石家駒
另載一九七八年九月《夏潮》第五卷第三期、總三十期
收入一九八四年九月遠景出版社《孤兒的歷史・歷史的孤兒》，一九八八年五月人間出版社《陳映真作品集11・中國結》

1 本篇為《仙人掌》雜誌第十二號「民族文學再出發」的專號文章。一九七八年六月《仙人掌》第十二號於五月五日印行，據此排在五月。

2 胡秋原〈中國人立場的復歸：為尉天驄先生《鄉土文學討論集》而作〉，刊於一九七八四月《中華雜誌》第十六卷第四期，頁三七－四三。後收入尉天驄主編的《鄉土文學討論集》（台北：遠景出版社，一九七八）一書作書序。

3 張系國〈民族文學的再出發〉，刊於一九七七年十一月《仙人掌》第二卷第三號，頁二五一－二五六。

4 「近代民族文學」，人間版為「近代文學」。

5 此處據人間版補「這顧慮」。

6 此處據人間版補「不曾」。

7 初刊版為「中國文學」，此處據人間版改作「鄉土文學」。

8 朱西甯〈若要鄉土文學浩蕩，宜先免於提倡〉，刊於一九七七年《綜合月刊》第九期。

9 朱西甯〈回歸何處？如何回歸？〉，刊於一九七七年《仙人掌》第二號，頁一五一－一七一。

台灣長老教會的歧路

台灣長老教會在去年發表八．一六《人權宣言》，呼籲「政府採取有效措施」以建立「新而獨立的國家」，經《夏潮》雜誌首次向政府和長老教會以外的公共輿論披露，並加以批評之後，引起社會上廣泛的關切與注目。今年三月十四日和十五日，台灣基督教長老教會第卅一屆北部大會，在淡水工商管理專科學校召開。會議中以壓倒性多數反對了陳溪圳、吳清鎰、黃六點、廖恩加等十七名傾向於順應既存體制派的牧師所提，要這次「北部大會」發表聲明，指訴八．一六《人權宣言》為「少數人之意見」，且「危害教會及國家安全」的議案。長老教會「北大」的決議，一時引起社會更為熱切的關注，這不僅由於報界充滿主觀好惡的報導；更由於「北大」決議初步表現了八．一六《人權宣言》背後長老教會少壯、革新派核心在領導上的力量。

三月廿八日，台灣基督教長老教會第廿五屆通常年會舉行於台南神學院，聚集該教會來自全省十五個中會的代表，展開為期四天的「廿五屆通常年會」。年會又以壓倒性多數，選舉了長老會，目前引起談論的一系列「宣言」的首腦人物高俊明牧師，連任長老教會總會的總幹事，並且也以壓倒性多數票議決接納和承認八・一六《人權宣言》。此外，據長老教會全省性機關刊物《台灣教會公報周刊》第一三六一號所載：「本屆年會以空前多數的議員召開，參加人數有三百三十六名，表示全體中會對總會的向心力，以及對本教會目前處境之關心。」至此，台灣長老教會在積極介入本省政治和社會運動的步調上，有令人震驚的躍進。

一、宣言的「背景和動機」

台灣長老教會「年會」後，對外發表了一份文件：〈台灣基督教長老教會澄清有關對《人權宣言》之誤解〉（下文簡稱〈澄清〉）。這文件分成三個部分：（一）發表《人權宣言》之合法程序，敘述八・一六宣言在教會內部程序上的合法性；（二）《人權宣言》之信仰依據，說明該宣言在基督教神學上之依據。至於（二），即「發表《人權宣言》之動機與精神」，是這樣寫的：

長老教會面臨國家危急之際，應響應政府呼籲人民團體貢獻國是意見，表達心聲。在出於誠心愛國，愛同胞的心情下，呼籲美國不要因急欲與中共關係「正常化」，而將台灣一千七百萬同胞之人權出賣。同時主張國家的前途應由我們人民自己決定。少數人指責我教會不顧及大陸同胞之人權，違反國策，並加載「台獨」、「匪諜」之罪名，完全是惡意中傷，根本不了解發表《宣言》之背景與動機。

本《宣言》所提「新而獨立之國家」完全與台獨無關。於此國際情勢危急之際，長老教會乃本乎愛國的熱誠，並「促請政府採取有效措施」，來建造理想的國家。身為中華民國的國民必須積極支持並實踐民主自由與法治的理想，協助國家建設安和樂利的社會。因此，我們要時時革新，改造社會符合此一理想。

目前，我國家正遭受國際政治的危機，我們不願因為美國外交政策上的轉變使我們陷入困境。我們處於此困境中，更應積極爭取世界上更多國家來支持承認我們在國際上的地位，堅持《憲法》第一四一條所載外交應「獨立自主」的原則。此為我教會發表《人權宣言》真正的動機與精神。

這樣出於愛國、愛同胞、擁護憲法之純正動機，絕不容誤解，更不容任何人歪曲事實，肆意攻擊。我們抗議不實之報導，並謹防破壞分子製造教會分裂，離間政府與教會之團結而損害我國在國際上之聲譽。

去年八月，當美國范錫國務卿訪問中共前夕，此間因迫於「國際情勢危急」，而以各種不同的形式向美國總統「呼籲」其不要「出賣」「一千七百萬同胞」的行動很多：有大報社發起的「一人一信運動」，有各報刊雜誌的社論等。長老教會的八．一六《宣言》，是這些行動的一部分。對於這種「呼籲」，有些人有不同的意見。他們認為這種「呼籲」，是喪失國家尊嚴的事，而有公開的批評。但不論如何，如果沒有其他具體的事證，長老教會只因參與這種呼籲而被任意誣為「台獨」或「匪諜」，顯然不利於強化和保障言論的自由。

其次，關於「主張國家的前途應由我們人民自己決定」，據美國國務院所「明瞭」（詳情見下文），「即台灣的將來應以人民自決之原則來決定之。」，也是「宣言」的「主旨」。

查所謂民族自決權，是指著各民族有權為自己建立一個獨立的國家，從而自己決定其政府之形成及政策之權而言。因此，「民族自決」的提出，有一個重要的條件，即提出這個主張的民族是處於被他民族壓迫的境況中，無法取得國家的獨立，從而也不能按照自己的意願決定自己政府的形式——如殖民地民族或主權獨立而弱小的國家者。從這個角度來理解長老教會的八．一六《宣言》的「主旨」，便是在美國和中共關係「正常化」過程中，我們有被「卡特總統」「出賣」給中共的危險，從而無法保持國家的「獨立」，並且也無法按照自己的意願決定政府的形式和政策。因此而向美國和「世界上更多國家」呼籲「自決」的權力。然而，長老教會所欲其獨立之國家是哪一個國家；所欲決定之政府形式及政策，又是何種形式和政策呢？從這次〈澄清〉文件中一再以「誠心愛國、愛同胞」、「擁護《憲法》」為言來看，顯然是中華民國這個國家；中華民國政府這個政府形式，和以中華民國《憲法》為最高指導原理的政策，是毫無疑義的。

這樣，在保衛中華民國、及其政府形式、施政政策的基礎上，台灣基督教長老教會又顯然認為：在美國和中共建交的背景中，台灣的「外交及經濟」不夠「獨立自主」，受到「他國牽制」（見《台灣日報》四月二日所載長老教會謝禧明牧師談話）。外交是內政的延長，「外交和經濟」不能獨立自主，當然是政治上、經濟上不能獨立自主的意思。那麼，這「牽制」我們的「他國」，又是哪一個國家呢？顯然是長老教會認為有足夠的力量和影響力「出賣一千七百萬同胞」的美國。如果這推論是正確的，長老教會其實應該本乎自己的信仰，向美國提出激烈而強硬的抗議，領導二十萬教友團結「一千七百萬同胞」，抵制美國對中華民國主權的「牽制」，而不只是軟弱的懇願。然而，事實似乎並非如此。據《台灣教會公報周刊》第一三五五號有這樣的記載：

美國國務院保證駐台美國大使館
將繼續關懷本教會人士安全問題

【本刊訊】我教會於去年八月十六日發表《人權宣言》後不久，美國國務院「人權與人道問題」助理國務卿德立安女士（Partricia M. Derian）以書信表示：「關於該《（人權）宣言》之主旨，本（國務）院是很明瞭的，即台灣的將來應以人民自決之原則來決定之。」德立安助理國務卿並表示「雖至今還沒有該宣言起稿人士被官方逮捕或拘留，你們仍然被保證在台北的美國大使館將繼續密切觀看事情」的發展。

這封信顯示長老教會和美國的關係，並不是「被牽制」者與「牽制」者的對立關係，而是密切的「被保護者」與「保護者」的關係。而且美國國務院的這封寫給長老教會的「書信」，對於教會矢志效忠的中華民國政府構成明顯的內政干涉。那麼，其中的微妙，真是撲朔迷離。我們希望長老教會和政府雙方，能盡早對此問密切關心這一事件的社會大眾，做盡可能清楚的解釋。

此外，〈澄清〉文件中另一個被關切的問題，是台灣長老教會第一次以清楚的語言，公開表示了該教會「完全與台獨無關」。一個世俗政黨常常因一時的權宜、一時的戰術戰略的必要，而做出與真實意願、企圖和目的相對反的公開宣言。然而長老教會是一個具有嚴肅宗教信仰——並且不辭為此信仰承受重大壓力——的宗教團體，因此，長老教會的這個宣告，是在全體長老教會宗教信仰風格和品質這個嚴肅的基礎上所做的政治「告白」，而有重大的政治意義。

宣告「完全與台獨無關」的台灣長老教會，對於現實政治，有兩項重要主張：

首先是「促請政府採取有效措施」，「支持並實踐民主自由與法治的理想」，「協助國家建設安和樂利的社會」。為達到此目的，教會主張「時時革新，改造社會」。

其次是主張在「國家正遭受國際政治的危機」中，爭取外交的獨立自主，而如上文所引謝禧明牧師的解釋，是要爭取「外交及經濟獨立」，「不受他國的牽制」。

不走「台獨」的路、台灣政治民主化和自由化、反對大國的「牽制」、爭取政治和經濟的獨立——台灣長老教會的這些政治主張，雖然在細微的部分上(例如「兩個中國」論的傾向；一面對影響「外交和經濟獨立」，具有強大「牽制」力量的「他國」，缺乏深刻的批判，一面與那個「他國」有特殊密切的關係，等等。)有待進一步的「澄清」之外，基本上是一條好的主張，值得支持。但是長老教會對於這些政治主張，向來是書面的「聲明」、「呼籲」和「宣言」多，實際行動少。書面的東西，容易引起爭論(尤其是長老教會當局在中文語言上的表達，常常不很通暢，不免有欠精確和明白)，實際的作為才是向社會證明長老教會上述「動機與精神」，免除「誤會」的明白有效的途徑。

二、「後進國家中教會的角色」

許多責備台灣長老教會的評論中，指出教會不應該在傳教之外，參與現實政治。其實，做這些指責的人，對於近代基督教面對激變中的世界所引起的各種挑戰所發生的部分變化，有欠明瞭。

近年來的基督教（包括天主教和新教）主張：在《聖經》中到處充滿了對現實做出強烈批判的經文。他們認為，人類都是上帝所造，在上帝之前一律平等。特別在《舊約聖經》中，有許多話語，都是對於把人當作壓迫、榨取對象的事，發出嚴厲的揭發和控訴。《聖經》上記載了許許多多先知，不辭一死來為被壓迫者的利益，而向強大而狠毒的現實，提出義正辭嚴的批判的事。

他們認為，耶穌是為了釋放被壓迫者而降生的。他們引用〈路加福音〉第一章51–53節聖母敘述耶穌降生的原因：「他用膀臂施展大能，那狂傲的人，正心裡妄想，就被他趕散了。他叫有權柄的失位；叫卑賤的昇高；飢餓的得美食；叫富足的空手回去。」

新的神學家發現：終耶穌之一生，大半是在猶太的加利利地方渡過的。而這加利利，正是當時全猶太中最貧困，最落後和受歧視的地方。除了少數與羅馬統治者相勾結的撒都該系（猶太人的地主、豪商之代表）和法利賽人（代表當時猶太人中的城市民），大多數的猶太人屬於小農民、佃農、傭工和娼妓、殘廢者等受人賤視的人們。而耶穌短短的一生，便是與這些受人輕賤和逼迫的人相伴。對於這些苦難的人民，耶穌並不只照顧他們靈命的拯救。耶穌也同樣關切他們在世上現實生活的福祉。他以五塊餅兩條魚餵飽四千人的神蹟，以及他在所到之處為人醫病的神蹟，便因此具有重要的神學上的意義。

因此，他們指責只顧向窮乏勞苦之人宣揚「靈魂的滿足」為己足的神學，斥其為虛偽的宗教。他們認為今日教會中的多數，已經和權勢妥協，為了保有宗教上的特殊權益，而故意麻痺人心，轉移人們對現世的不平不義之忿懣，從而違背了耶穌的教訓。

他們在《新約聖經》上的許多地方，看見耶穌毫不容情地揭發和批判撒都該人與法利賽人的文士和律法師，指出他們的貪欲、偽善。耶穌公然地抗拒和指斥那些被文士和法利賽人惡用為威嚇、榨取和壓迫廣泛窮困、受逼迫的民眾之工具的傳統律法，以及相關的傳統儀文。

這樣的耶穌，終於被看成政治上的危險分子。耶穌為世人的罪被釘十字架，但是在形式上，是作為一個反抗和批判羅馬殖民體制，以及與這殖民體制相勾結的猶太聖殿統制體制，從而當作政治犯而遭到磔刑。在死前的片刻，耶穌猶以貧困、勞苦和受盡逼迫的生民為念。〈馬太福音〉第二十五章（34－46節）記載著耶穌在赴死前不久叮嚀再三的話——

……於是王要向那右邊的說：「你們這蒙我父賜福的，可來承受那創世以來為你們所預備的國，因為我餓了，你們給我喫；渴了，你們給我喝；我做旅客，你們留我住；我赤身露體，你們給我穿；我病了，你們看顧我；我在監裡，你們來看我。」義人就回答說：「主啊，我們什麼時候見你餓了給你吃、渴了給你喝；什麼時候見你病了，或是在監裡，來看你呢？」王要回答說：「我實在的告訴你們：這些事你們既做在我這弟兄中一個最小的身上，就是做在我身上了。」王又要向那左邊的說：「你們這被詛咒的人，離開我！進入那為魔鬼和他的使者所預備的永火裡去！因為我餓了，你們不給我吃；渴了，你們不給我喝；我作旅客，你們不留我住；我赤身露體，你們不給我穿；我病了我在監裡，你們不來看顧我。」他們也要回答說：「主啊，我們什麼時候見你餓了、或渴了、或做旅客、或赤身露體；或病了；或在監裡不伺候你呢？」王要回答說：「我實在告訴你們：這些事你們既不做在我這弟兄中一個最小的身上，就不做在我身上了。這些人要往永刑裡去，那些義人要往永生裡去。」

留下這樣的諄諄叮嚀的耶穌，終於被掛在十字架上。然而，現代神學家認為，現代的基督教會——包括天主教和新教——已經把耶穌的教訓，把初代教會的精神完全遺忘了。基督教會在過去的歷史時期中，不但不扶持、安慰和堅強被侮辱、殘虐和貧乏、哀愁、無告之人，反而勾結、庇護過去的封建王侯和現代的工商資本主。上帝興起新教，以儆醒那些和世俗封建貴族相結托，魚肉農奴，墮落敗壞的天主教。而共產主義運動在西方的興起，應是基督教在資本主義社會中完全無能的最大指控。

現代神學，發生於貧困的、充滿尖銳社會問題的第三世界。他們看見教會在這些地區向來和當地的殖民者勢力、軍事專制體制、莊園主、資本家等權力層相結托，真正淪為麻醉被壓迫者的鴉片。他們也看見當地的共產主義運動，因深刻而普遍的民怨而滋長。面對教會的腐化和共產主義對教會挑戰的，良心的神職人員，遂重新在《聖經》中尋找新的神學基礎，認為教會必須堅決地負起古代先知的職責，使教會像耶穌一樣，成為被壓抑、被侮辱的民眾最忠實的友人，也做他們在起而改革不正的社會時最堅強的戰友，不辭一死，以實踐基督的大愛來否定「宗教是貧窮人民的鴉片」這句話。

三、台灣長老教會的歧路

以這一「參與的神學」為背景，我們就不難理解台灣長老教會的這些言論：

「……祂關心人類一切生活，包括精神、社會、政治、經濟、文化等領域。我們告白耶穌基督為全人類的救主，他的拯救包含人類一切的生活。」（〈澄清〉）——這是說基督教不能只以精神的、靈的安慰，作為畫餅，來鈍化人們在現世中的苦痛。教會要參與「社會、政治……」各面。

「耶穌教導我們禱告，祈求上帝的旨意，能夠行在地上如同行在天上。這是我教會最大之願望。我們遵從上帝旨意，秉著我們的信仰，高舉上帝仁愛、公義、和平、自由的旗幟。」（同前）——這是說教會不能只等待死後的天國，而要積極地建造地上的樂園，使仁愛、公平、正義……這些「上帝的旨意」也「行在地上」。

「政府若無視於上帝所託付的責任，濫用權力做少數權力階層的工具時，教會應站在人民的立場，發出人民的心聲、敬戒政府。」（王南傑牧師語，見《台灣教會公報》第一三五五號）

「……後進國家人民……受剝削、受壓制及歧視。且由於政治權力的鬥爭，……往往淪為專制統治、個人統治。後進社會中教會的角色，應在參予同胞受壓制的現實，站在受壓制者的立場發言。」（王憲治牧師語，《台灣教會公報》第一三五五號）

「……我們確信『人權』是上帝所賜予人類的基本權利。當我們的人權受到威脅時，我們教會有責任呼籲政府維護保障人權。因此，教會處於任何時代的環境下，應該勇敢的面對現實，告白我們的信仰。」（〈澄清〉）

目前台灣其他基督教宗派（包括天主教和新教的各派）的信仰生活，絕大部分都有三個特點：(一)只顧多多引人入教，然後將人們拉進教會圍牆內，獻金、禱告、讀經，只顧教友間彼此和善親熱，而對「罪惡的」、「墮落的」、「外邦」的、「世俗」的教會外社會，不予聞問，從而自外於活生生的社會，以及那社會中的同胞和民眾。(二)在信仰上，只強調個人與上帝的垂直關係，注重精神和「靈性」的安慰：富足的人要感謝上帝挑選他「管理世上的財貨」，感謝豐盛的祝福；不幸的人要相信「試煉」中有上帝的「美意」，順服上帝「美好的旨意」，不作不平之鳴；貧苦的人要以靈命之富足為滿足……。(三)牧師世俗化、貪求商品財貨、貪求世上虛名，處心積慮潛取「赴美深造」、「受聘到國外牧養」、「神學博士」之名，對教會中的地方「有志」(即地方上的財力、權勢人物)奉承謙恭，對教會中貧困無力者冷漠……。相形之下，長老教會對現實社會的參與、獻身的神學和實踐，在台灣基督教思想史中，有極為重大的、前進的意義，允為基督教反省運動在台灣的先聲。

宗教的力量，來自深刻的內省生活。我們中國人也說：「自反而縮，雖千萬人吾往矣！」。李廷福議長在長老教會北部大會開會禮拜和聖餐禮上的講道，也要求教會「像彼得跪在主前說：『主啊！我這個罪人！』」，藉著反省激發力量、發揮恩賜、以實際工作、行事為人見證基督」。認真而嚴肅的反省，正是近年來「參與神學」的發足所在。台灣基督教長老教會，在參與台灣現實社會和政治的步調趨於更加堅決的當前階段，讓我們對長老教會的信仰和實踐之間，做一次概略的檢討。其實，下面所要舉出的諸問題，普遍地存在於當前台灣的各基督教會中。但是我們求全於長老教會者，在於長老教會是台灣各基督教會中高舉參與神學的，富有革新和實踐之勇氣和熱情的教會，肩負者沉重的道德負擔，也處於各種微妙的壓力之下。因之，它比任何教會都需要「藉反省」所「激發」的「力量」。謙卑、嚴肅、認真的反省，「藉反省激發力量」，善於從教會外，無神論的、民族主義的知識分子誠意的批評中尋找有益於自己的批評，還是自以為義、甚至依恃強大外國的勢力，而不團結在台灣一切願見更民主、更自由、更公正的政治和社會生活的教外民眾和知識分子——在這兩條途徑的歧路上，站立著今天的台灣長老教會。

四、「主啊，我這個罪人！」

台灣各基督教會有一個共同傾向，即教會文化的極端西化。長老教會不但不能例外，而且特別在教會高階層長執集團中，西化的傾向尤為顯著。在許多教會高級會議中，許多牧師竟非以英語發言不足以做充分的表達。在外國神學院獲取的學位和名譽，在應該有超世俗價值體系的教會社會中，成為誇耀（天主教會的神父，一般而言在文化上有較深的素養，但也最不以俗世的學位、知識為誇口）。整個《聖經》釋經學中，看不見依據中國社會、文化等具體現實條件所做的新的發展，而是依照西方的東西照單全收。基督教中國化的工作，過去在中國大陸的中國（和一些外國的）傳教人士做了一些。但三十年來在台灣文化大西化的環境下，教會中國化的工作幾乎陷於停頓。而「台灣主義」色彩較為突出的長老教會，就更無意於此。近年來長老教會所做一系列「宣言」、「聲明」，除了在教會參與論的提出上有重要意義外，文件在語言表達上的拙劣、文化內涵上的貧窮，都說明了長老教會因為缺乏本色文化，從而模仿西方教會文化也無從有較實質性的成績。教會參與的實踐，是一個艱鉅的使命。如果教會沒有真正屬於自己的深刻的文化、思想內涵，是絕對無法帶動全教會、全社會去推動這個運動的。

由於教會在精神、文化上的西化，教會一般地不能和中國近世反帝民族主義運動相提攜，為全民族共同為民族解放的事業，貢獻一份心力。正相反，在殖民地、半殖民地的歷史背景中的中國各派基督教會，都間接、直接地、消極、積極地為帝國主義所用。此間基督教大專團契，甚至還寫專書為教會對帝國主義附庸的歷史聲辯，便是一個例子。

在這樣的背景中，王憲治牧師所提，「後進國家教會的角色，應在參與同胞受壓制的現實，站在受壓制者的立場發言」，實在是教會與帝國主義相溫存的立場的突破，值得重視。但也存在著不徹底的一面。

所謂「後進國家」，指著廣大的、曾為十九世紀東西方帝國主義統治的殖民地帶，即亞洲、非洲和中南美洲而言。帝國主義對這些地區的殖民地帶的罪惡支配中，基督教會曾扮演了重要的角色。帝國主義的理論家曾振振有詞地說，他們要使異教民族皈依基督。在「為基督傳揚救贖之福音於普天下」的這個「為上帝所喜悅」的理由下，帝國主義的擴張、殘殺和蹂躪，便合乎上帝的旨意了。帝國主義在所到之處，設立了教會。西方和土著教會，在帝國主義時代，便與帝國主義本身合而為一。

針對著帝國主義的侵凌，「後進」民族崛起了反抗帝國主義的民族運動，對帝國主義展開慘烈的、不屈的抵抗。這個民族運動，深刻地滲透到廣泛落後民族社會的、經濟的、政治的、文化的、甚至日常感情生活。然而和帝國主義相依存的教會，一直到參與神學興起的近幾年，都是和外國支配者及其國內的僕從相勾結，而立於「後進國家」中反帝民族主義敵對的地位。

反帝民族主義的蜂起，使帝國主義改變了策略。有些殖民國家經過「協議」而給予殖民地以形式上的獨立，以換取繼續維持該新「獨立」的國家提供市場、原料、勞力的榨取關係；有的支持「專制統治」的軍事專政政權，以控制和支配那個國家的政治、經濟，達成掠奪的目的，這便是主倡人權、民主、自由的某些大國在國內、國外政策上可恥的二元論道德標準。因此，主張「後進國家教會」的參與神學的人，應該清楚明白地認識到「後進國家受剝削、受壓制及歧視」——如南美軍事政府和菲律賓馬可仕政權等——的重要根源，是帝國主義。王憲治牧師的

「後進國家教會的角色」論，缺乏對於帝國主義明白而深刻的批判性，這如果不是王牧師對近年參與神學中強烈的對帝國主義的批判性（即在宗教上視帝國主義為罪惡）沒有充分的理解，就是有意迴避它，而單獨地傾向於對現實政治做表象的批判。

必須認識到：如果今天某一個大國看起來主張人權，支持「後進國家」中民主、自由人士及他們的運動——而有異於五十年代之支持專制獨裁者，只是達到同一目的的不同手段。各「後進國家」民族內部爭取民主，自由運動的迅速成長，使「專制統治」……的國家內部，產生深刻的衝突，使政權的隱定性降低，從而使那個國家的市場隨著趨於不穩，影響帝國主義資本對那個國家的滲透。帝國主義出手支持後進國家的民主運動，並非有所厚愛於那個國家的民主派，而是為了（一）儆惕現在當權的「專制」政府，促其做一定限度的民主化，以安定政權，從而安定市場；（二）萬一民主派在「政治權力的鬥爭」中取得勝利，則因在他們勝利前的支持，而繼續密切的關係，以維持大國在那個國家中的政治、經濟上的利益。過去受「專制國家」以鐐銬、皮鞭、各種鎮壓武器和各種精密偵防電子器材的，和今天手拿著蠟燭、橄欖樹枝、高倡人權的，正是同一個國家，同一個集團。

還必須認識到：「後進國家」民族內部的民主、自由派，往往是作為對「專制統治」的反動而產生和發展的。而「專制統治」，是由於它和帝國主義的依存關係，當面對著國內日益壯大的反帝民族運動的勃發，不能不逐步走向「專制統治」和「個人統治」以鎮壓之。因此，沒有對帝國主義採取斷然的批判態度——甚至於受帝國主義豢養的——「後進國家」民主、自由甚至人權運動，總是向著它的對立的方向——獨裁的、鎮壓民主自由的方向發展。這是二次大戰後「後進國家」歷史所教給我們的經驗。

對於後進國家教會在十九世紀以來帝國主義時代中，為帝國主義服務的史實，做坦白的、嚴肅的自我批判，是新近參與神學的重要精神。用耶穌基督反對過羅馬殖民體制，以及反對過那與羅馬殖民體制相勾結的猶太祭司、長老、文士、律法師專政體制，從而與被虐待和侮辱者相與，並為他們的自由和正義高聲抗議的行傳中，找尋新異象和亮光的參與神學，嚴厲地批判了教會一向對待後進國家的傲慢、自以為義和為帝國主義之虎作倀的歷史。基督教便在這個新的反省運動的具體實踐中，和各「後進」民族的反帝民族運動結合，獲得生動、豐沛的力量。台灣基督教長老會最近果敢的言論和行動中，卻明顯地缺乏這種反省和批判。

其次，如果面對激變中的世界，從而展開後進國教會的角色問題的理論，是為了想藉著新的實踐來抹除「宗教是貧困人民的鴉片」這個來自無神論革命派對基督教的論斷，長老教會也同樣必須做出自覺的努力，以破除「教會是世俗權力的反應」這個指責。由議會民主體制組成的長老教會，在各級教會中產生自己的長老執事團。而這些長執，絕大多數是經濟上、社會上有既有地位的人。由地方上經濟的、社會的「有力者」形成的長老教會體制，便這樣地成為「有力者」信徒的教會。這些「有力者」的意識形態，以及依照這意識形態所解釋的《聖經》和神學，小之可以對滿懷新異象的年輕傳導人的講章，橫加阻擱，大之形成西化的、對帝國主義不加批判的、短見的、馬基維理式的國際政治觀點的教會，而與廣泛教內底層信徒及教外廣泛愛國知識分子和民眾脫離。

最後，在長老教會的言詞之外，找不到較多的實踐「見證」自己的主張。當無神論的、教外的良心輿論；為外資公司對中國女工的職業病不採取應有的事先防治和事後醫療及補償而抗議時，包括長老教會在內的眾教會是沉默的；當無神論的、教外的良心為山地奴隸性童工而呼籲時，聽不見包括長老教會在內的台灣諸教會關切之語；在生命線、失意人專線的社會工作上，長老教會毋寧只提供「精神」的安慰，而沒有「包括社會、政治、經濟……等領域」和「人類一切的生活」中具體的條件。此外，在政治民主化的促進上，長老教會並不曾如其所宣言者那樣「勇敢面對現實，告白」他們的「信仰」。

五、「偏激批評」

也許有人會認為這些對長老教會求全的責備，未免失之於苛嚴。但是，這些求全和苛嚴的要求，是因為教會的倫理較諸世俗的倫理尤為求全、尤為苛嚴之故。新約的特點之一，是以「生命」替代或勝過律法的這一點上。我們不是不知道利用大國的政治壓力來遂行自己國內「民主」、「自由」和「人權」的極為微妙、錯綜的情況。但是，如果從基督教所說的「生命」或者教外良心所主張的民族自尊來看——而不是單純的政治權術去看，毋寧應該用自己的、獨立的努力——哪怕這需要更長的時間、更大的代價——來爭取自己民族在政治、社會生活上的民主化、自由化和人權化。至少至少，在「不得已」而「利用」外國強權的「影響力」時，也應有一份哀傷、羞恥的祈禱，而不是以被大國的大使館「繼續密切觀看事情的發展」為誇口。

八·一六《人權宣言》首次被從神秘、奧妙、隱蔽的狀態中公諸於世以後，輿論界有「偏激」的批評。在這些批評之中，當然也不乏蓄意「歪曲」、「不察明事實，隨便報導不實的消息，危害個人名譽及安全，欲置人於死地」的評論，為廣大明眼的群眾所不取。但是，如果長老教會將一切對八·一六《宣言》的批評一律視為同一性質，則教會若非缺乏精密的分辨力，就是想用簡單的、概括的方式，逃避教會對自己言論所應敢然、坦然向社會負起的責任。

「後進國家」內部的知識分子，往往有「偏激」的反宗教——尤其是反基督教傾向。這是因為如上文所指出，「後進國家」的近代史，是一部西方帝國主義侵略，和反抗這個侵略所引起的民族戰爭和革命的歷史。在這洶湧澎湃的歷史中，教會一般地和外國帝國主義以及與帝國主義相結托的國內勢力相結托。廣泛地組織到「後進國家」反帝、反封建的民族運動中的「後進國家」知識分子，不能不對基督教和它的教會懷抱應有的不信任、懷疑甚至仇恨的態度。這些「後進國家」的知識分子，由於近代史中苦痛的見證，站在無神論的、愛國主義的、民族主義的立場，追尋政治的平等、社會的正義、和人權的實現，並且在諸教會對殖民地、半殖民地甚至新殖民地條件中普遍存在的「剝削」、「壓制」和「歧視」沉默不語，甚至與剝削者、壓制者和歧視者相與比周為惡之時，教外的、無神論的、愛國的知識分子早已挺身而出，高聲抗議，甚至團結自己民族廣大的民眾，為政治的民主自由，為社會正義，為「人權」的伸張而奮鬥。對於這些教外的、無神論的、愛國主義的和民族主義的智識分子和民眾，反省的、認罪的，並且在這深刻的反省和悔改中新新奮起的，參與神學的教會，應該心懷謙卑，理解他們的思想和感情，並以本身出於新的參與神學而來的、視帝國主義的「剝削」、「壓制」和「歧視」為宗教信仰所忿怒的罪惡，而絕然地和帝國主義相斷絕，依照各「後進國家」民族的具體條件，建設獨立自主的、有自己民族特點和風格的教會，並和全民族一道投身於「後進」民族追求民族自由、國家獨立，從而政治民主、社會公平、人權伸張的反帝民族運動和民主運動，以實際的行動，取得當地知識分子們信賴。輕易地、不加甄別地將一切對批評八．一六《宣言》的言論，視同御用知識分子、牧師和新聞記者「不察明事實」、亂戴帽子的「言論」，而不提出耐心的、具有深刻歷史的、文化的和神學深度的討論和解釋，不是一個反省並「藉反省激發信仰能力」的基督教會反省運動的參與神學的好見證。

最後，我們對於承受著各種微妙的「壓力」的台灣基督教長老教會表示深切的關懷。我們對於這個教會的言行，有肯定的部分，更有批評的部分。但我們堅決主張一切討論應在誠懇、正直、坦率和民主的原則上行之，並且反對以任何政治敏感性的指控，加諸於對方，俾使這個討論對教會和教外關切同一問題的民眾，同得深刻的造就。

初刊一九七八年六月《夏潮》第四卷第六期，署名張春新
收入一九八八年五月人間出版社《陳映真作品集11．中國結》

楊青矗文學的道德基礎

讀《工廠人》的隨想[1]

楊青矗是三十年來台灣第一個以現代產業工人為主人翁；以工廠為背景，以工廠中的人的葛藤為內容的小說家。楊青矗的產生，反映出現代工業在我們國民經濟中，已經占有足以反映到精神——藝術生活的比重；另一方面，也意味著台灣的中國新文學民主化的趨向——使小說的內容，從其一向反映中間城市市民的生活，擴大到反映大量集結於城市工廠的工人生活。僅只是這一點，楊青矗在近三十年來台灣的中國新文學史中，便占有一定的地位。

然而，毫無疑問，楊青矗的價值，並不只限於文學史的價值。當我們讀完他那素樸的語言，素樸的結構，素樸的描寫所構成的小說而深獲感動的時候，他的小說已不止是一種假借小說的形式而寫成的，主張社會公平的道德底、社會學底或哲學底論述——而是嚴肅的藝術作品。

現代工業，由於生產機器本身的嚴密的組織性，使配備於這機器的整個生產體制，也有了同等或者更加緊密的組織性。主動地去研究這個生產行程中，人與機器間的組合，從而發揮最高的生產性，便成了管理科學的內容。以冷酷的生產性和利潤為主要考慮，而置人的情感、意願於次要的管理學固無論矣，即使以作為人的生產者的各種情感、意志為首要考慮的管理科學，也因為把人的各種條件作為促進物質——利潤生產的手段，依然是一門沒有人味的科學。

然而，楊青矗的關心，與其說是生產行程中管理制度的本身，毋寧是執行這制度的管理者的本身吧。在楊青矗的小說中，有不少的地方指出工業制度本應是同工同酬的制度，但是由於管理者的腐化——擅權、貪汙、任用親信、任用善於逢迎……，而不當地給予一部分人高的勞動評價和迅速的升遷機會，同時也不當地抑壓了另一部分人的勞動評價和升遷的機會。這一切的不當，對於楊青矗而言，並「不完全在於制度的不好，而在於實施的不得法。」（楊青矗，《工廠人》自序）。這「實施的不得法」所造成的人的困境，成為楊青矗文學的主題。

於是我們看見：一個乍見至極平常的工等等級，對於一個工人的重大意義。工等代表著一個勞動者勞動力品質的評定；代表一個工人勞動之結果被承認的品級；代表著一個勞動者的勞動力的價格；代表著一個勞動者在勞動社會中的名譽，當然，更直接地代表他要過的物質生活的寬窄。

然而，勞動力的評鑑，是由非勞動者的，或勞動者的管理人來評定的。在另一方面，一個集結數千人的現代大工廠中，工人在關係密切的生產行程中，共同勞動，因此對自己和別人的勞動品質，有相當清晰的理解。這樣，工人對自己和其他工人同事的勞動力有自己的評價。當這個評價和管理一方「評鑑」的結果相去太遠的時候，就產生不平的情緒。

人總是希望自己勞動的成果，得到公正的承認。這原不僅只在於一個人需要經由這承認而來的物質的酬賞，毋寧更在於他需要精神上因自己的勞動創造被承認或讚揚而來的滿足。如果一個人的工作沒有受到正確的評價，而這不正確的評價又直接影響物質上的收入以致全家陷於貧困，那麼，工作沒有被公正地承認的悲忿，就變得更深刻和複雜。陸敏成（〈工等五等〉）的苦惱，在於他是一個「無線電、有線電都精通，腦筋不比別人笨，肯賣勞力、肯用苦心」的工人，卻被評為「只能吃五分飽的五等工人」。

因此，「工等」成為這些工人生活中重大的關切。有的人抑壓著不平，像「一頭只知拖著犁默默拉曳的憨牛，懦弱的憨牛」般地工作（廖寅）；有的忍無可忍，毅然放棄公營工廠的一些起碼的「保障」，辭職他去，另謀發展（陸敏成）；有的因為「過於受自己固執的想法、做法所囿……而產生悲劇」。（楊青矗，《工廠人》自序），殺死了「把部下壓得死死的」（〈囿〉）上司（史堅松）；有為了升等送禮行賄（林天明）、逢迎拍馬（白萬山）；有的為了不滿工作評鑑，怠工抵制（黃金山、史堅松、石清泓）。

然而，這一切的不平不滿，有一個重要的基礎，那就是對於公平的信仰和要求。在尚未被逼到「退此一步，即無死所」的程度以前，古典時代的奴隸和封建時代的農奴，是不知反抗的——因為他們自己也相信身分制和階級制，視被壓迫、被凌辱的生活為與身分俱來的命運。然而，今天的工人——尤其在公營事業中，只要不犯規、不偷竊器材不得任意解僱的條件下，工人有鮮明、強烈的公平意識，而在這個對於公平的信仰上：才有「不平」之鳴。因此，張永坤敢於「在氣憤之下，硬充大膽，冒丟飯碗的危險」（〈工等五等〉）向課長申訴：

我已經好好地幹了二十年了；憑良心講，二十年來我沒有不為廠裡認認真真地賣勞力的；哪裡有越幹薪水越低的？不平則鳴；這裡是工廠不是軍隊，你沒解釋的必要，我也沒有絕對服從的必要。工作評價是要同工同酬，都被你們這些王八蛋搞壞了；掛羊頭、賣狗肉，人事評價，哪裡是工作評價！

而對耽於部屬逢迎拍馬，亂法徇私的管理當局，敢於加以露骨的嘲笑：

「你要學扶羼脬，那太簡單了。來來，我教你。」阿川放下鐵鎚跑過來拉住老馮比劃：

「你回去到電髮院請修指甲的小姐，把指甲修得光滑滑的，再塗上蔻丹，然後抽一些時間多跑你各級頂頭上司的家，叫他坐在沙發椅仰身靠背，你就拿腳墊把他兩腳高高墊起，再蹲在他的胯前把他下垂的子孫堂雙手拼齊，往上托（……）。」

——〈升〉

「喂！拍馬屁懂不懂？」阿川問：「有的人一得了地位，就長出一條尾巴；尾巴在屁股蛋兒搓來搓去，癢得不得了，所以喜歡底下人把尾巴往上抄，拍拍馬屁。（……）扶羼脬就是拍馬屁，懂了吧？」

——〈升〉

在新任課長到任後，史堅松也敢於在他面前，據實據理申訴自己的不平。他說：

談工作論評價，那全是騙人的。課裡送公事的高級公役分類四等，等於工評十等；辦雜務分類五等，最近又升了一等，等於評價的十二等。送公事、辦雜務誰不會做（……）

——〈囿〉

他又說：

拿工作成績來表現，這是每一個主管人員誘導部下做憨牛的話。當初新主任也這麼說，我充滿了希望，努力工作了五、六年，現在依然六等。這句話已騙不了我們了〔……〕請課長轉告新主任，我已經表現過了……我們當然要工作，不過一分錢一分貨。人家十二等的一天做多少，我們六等的就做他的一半。

——〈囿〉

好不容易找到一個他調的機會，而主任卻刁難不放人時，「史堅松突然舉起手，用力拍桌子，砰，吳主任猝然一驚，桌上的茶杯震出水來」。史堅松喝道：

你這個人真是狗心肝，沒有一點良心。當工人都不夠資格，哪能當主任〔……〕你評的是什麼價？有交情有辦法的人等數高得很；沒有交情的你不管人家生死。別人要拍你的馬屁，我史堅松才不拍你的馬屁！

——〈囿〉

在會議場上，史堅松和吳主任針鋒相對地激辯。等到吳主任阻擾他報考一個廠內的位置時，史堅松說：

……這樣下去我一生已沒有什麼希望，命運完全操縱在你的手裡。我今天一定要掙脫你的操縱！

——〈囿〉

然而，史堅松沒有像莊慶昌（〈工廠人〉）一樣，團結其他的工人，要求「貫徹政府保護勞工的政策，確保會員合法權益，提高勞工地位」（〈工廠人〉），使總經理在工會形成的壓力前被上峰他調，卻激於匹夫之怒，成了殺人的凶犯。

莊慶昌的出現，使楊青矗筆下的工人有了一個新的面貌。從管理者當面的爭論或背後的嘲罵，發展成「敢言善辯」的莊慶昌、「智多謀足」的蔡良才、「醉心法律研究」的吳英豪和「筆鋒銳利」的張啟鋒。這些「工人中的佼佼者」，結合了起來，決心「不計個人的生死，為同仁的權益，奮鬥到底；不受利誘，不以競選理事作為升遷發財的手段；決不因廠方的壓力而中途畏縮退出」，而不「盲目」聽從資方，進一步要「依據政府的法令」「合法競選（工會）理事」，「把工會搞好……。」他們有「不可侵犯的正氣」，相信「中華民國是民主國家，到處是講理的地方」，向省市議會、立法院申訴，揭發了廠方福利制度的黑暗面，拒絕廠資方的利誘，堅持道德上的清白，而終於初步取得了爭議中的優勢。在〈拜託七票〉（《仙人掌》雜誌一卷五號）中，描寫七個工人連袂競選工會幹事，和廠資方的傀儡候選人對決；和全廠規模的選舉詐欺奮勇抗爭，而終以放棄了唯一當選的位置，以抗議不公平的工會選舉。

對於公平、公正的信仰，便是對於道德的信仰。不平之鳴，也就是道德之鳴；從而，為公平、公正而做的有組織、有原則的爭議，也是一種道德的爭議。

賦予楊青矗的乍見素樸無華的作品以生命的光輝的，便是楊青矗的這種社會的道德感。當他在〈低等人〉中描寫了一個皮膚長著「一粒一粒大豆大的蟾蜍疣」，「瘦瘦的，兩頰凹成兩個瘺的乾窟，老花眼飛進了垃圾塵灰似的，老是睜不開地瞇成一條縫……走起路來雞胸向前傾、屁股向後翹的清潔工人」董粗樹。「生性遲鈍」的董粗樹幹了三十年的「臨時工」，不但「自認是最下殘的低等人，只高乞丐一等」，事實上，在偌大的工廠社區中，他是一個下賤的、骯髒的存在。然而「粗樹伯從來不向人訴苦。好多人說他很可憐。六十五歲，無妻無子，還要養一個九十多歲瞎眼的老父」。對於這樣的憐恤，董粗樹說：

有什麼可憐的，做人本來就要做，別人不做的拖垃圾工作我來做。一天二十來元我們父子兩個夠過活就好了……

這樣一個安命自足，事親至孝的清潔工，終於接到解僱的通知。因為按照規定，臨時工「最高不得超過六十五歲」。

「沒有人事、沒有背景」的董粗樹，幹了一輩子長的「臨時工」，從事最卑賤的工作，榨盡了力氣，揮之使去，沒有一文退休的補償。但他依然沒有屬於自己的怨忿，卻一心「擔憂他被解僱後，無以養活他的父親」。在一個公祭公司殉職人員的場合，單純的粗樹向因公殉命的職員靈位默禱：

……我將被解僱。臨時工沒有退休金，又無依無靠，無以為生，我需要一點撫恤金來養活老父……。

從此，「死！殉職的死，有撫恤金可領的死，侵入粗樹伯時時刻刻的思維裡」。幾經籌計，他終於撞死在平時對他抱著起碼的人的關切的總工程師的車輪下。而粗樹的老父憂傷成狂了。

如果董粗樹的下場使我們恐懼、悲哀甚至於悲忿，不止因為粗樹是一個安分、善良、事親至孝卻終遭到悲慘的命運，而更重要的是因為粗樹伯也是一個活生生的人——一個生活在最小程度的生之條件下的人。當楊青矗為一個像粗樹那樣的工人之必須以自殺來保障盲老父的餘年而控訴時，楊青矗的社會的、人道主義的道德向我們塵封的良心無可批駁地提出了呼籲和責問。這樣的呼籲和責問，有一個明顯的基礎，那就是對於人性的最基本的尊嚴之信仰。這個信仰，成為楊青矗的良知，而為他在謠言、恐懼、失望瀰漫之時，堅持寫作的力量。他說：

在一些知識分子朋友充滿過敏症的環境中，我經常寫到涉及問題核心時，內心自行亮起紅燈警告自己不要再寫下去了。有時憤然擲筆：「管它要怎樣，寫這對我何益？」然而，他心中黑暗、軟弱的時刻不會太久，因為：

擲筆不寫終會對不起自己的良知。在良知復甦之時，我一次一次擊破內心的紅燈，坦誠寫下我認為應該寫的。

——楊青矗，〈寫作人權——兼談知識分子的過敏症〉[2]

如果在這一代年青的作家中，找出對社會最具有直接改革的影響的人，那無疑是楊青矗。「一個擁有五、六千名員工的大工廠的任銓課長」，因為讀了〈升〉和〈工等五等〉，以公平人事制度自惕，並且在「受了〈低等人〉的感動後，大量地升任臨時工為正工」(《工廠人》自序)；另外，據說因為楊青矗的小說，「各工廠的長期臨時工跟著擴大編制為正工。原本一個四千餘人的工廠就有一千五百人的臨時工，迄今升得只剩一百多人而已」。(楊青矗，〈寫作人權——兼談知識分子的過敏症〉)

這自然地令人想起英國的查爾斯．狄更斯。他描寫倫敦貧民和貧民窟生活的生動的小說，在冷血的，個人主義的古典經濟學盛行的時代，激起了英國全民族的同情心，無需暴動、流血，就得以經議會立法，部分改善了英國貧民的生活和命運。當然，比起狄更斯，楊青矗不論在藝術的水平和實際改革的成果上還有一個距離，但，無可否認，楊青矗的社會正義和人道主義，不但在基本上搖撼了一些以表象的繁榮，冰冷的經濟指數為「進步」的偽理性主義者傲慢、冷血的自我主義哲學，還局部地促成了殘酷剝削的「臨時工」制的改革——任何懷有淑世理想的知識分子夢寐以求的成就。

初刊一九七八年六月《臺灣文藝》革新號第六期、總五十九期，署名許南村

收入一九八四年九月遠景出版社《孤兒的歷史．歷史的孤兒》

1 本篇為楊青矗小說集《工廠人》（台北：遠景，一九七五）的評論文，刊載於《臺灣文藝》「楊青矗文學研究」專輯。

2 楊青矗〈寫作人權——兼談知識分子的過敏症〉，刊載於一九七七年七月一日《自立晚報》。

〔訪談〕「十年」

追憶〈期待一個豐收的季節〉[1]

問：早在六〇年代的中期，你已經批評了台灣的現代詩。請問什麼使你具有這個遠見？

答：那絕不是什麼「遠見」（笑）。在少年的時代，我讀過一些新詩，用語淺白，和整個中國的具體社會和生活有深刻的連繫。它們曾感動我，教育我。大學時代，也讀過一些西洋頹廢的、世紀末的東西。但我知道那不是中國所要的。因此，對於在台灣弄「現代」的東西——包括「現代詩」，自然就無法以為然了。

問：在台灣弄現代詩的，稍上年紀的人，似乎在他們的青年時代，也讀過你所說的那一類詩。但又為什麼對他們沒有影響呢？

答：（搔頭，笑。）這個問題，不好答。不過，我想，現代詩起於五〇年代末期和六〇年代初。當時台灣的情況特殊，許多新文學的承傳都客觀地和主觀地「中絕」了，詩人只好另找創作的路子。追索內心世界、拒避社會人生諸問題的、個人主義和形式主義的「現代詩」，當然是一個很好的出口。

當然，詩人在基本上放棄涉入的態度，是一個基本的因素。

問：素來你主張詩和生活應有深刻的關聯，願聞其詳。

答：詩是人類最早的文藝生活之一。它的開始，就是始於生活。戀愛、工作、生活、祭祀……，是《詩經》的主要內容。

詩，在我們戀愛的時候，與我們一同懽欣；在失戀的時候，和我們分愁；在灰心喪志的時候，鼓舞我們；在被侮辱、被踐踏的時候，給我們反抗的勇氣；在絕望無告的時候，給我們信心和希望；在被壓迫、被綑綁的時候，喚醒我們的尊嚴，並為伸張這個尊嚴而奮鬥……。（凝神，沉默。）

二十年來台灣的「現代詩」不能做到這些。在這些詩中，沒有生動具體的生活，沒有活生生的人。在這些詩中，看不見中國，看不見台灣，看不見生活和工作於其中的人也看不見激變中的世界，以及生活其中並為一個自由，和平的世界而奮鬥著的人類……。

問：七〇年代初，台灣有過一次現代詩論戰。在這個論戰中，我們看見你在六〇年代中期對現代詩的批判有了廣泛的反響。請教你的看法。

答：我批評現代詩的時候，沒人贊同我，也沒人罵我。七〇年代以後，世界和台灣都有很大的變化。對國家、民族前途的關懷，對社會的關心……，使廣大的青年要求在文學中提供當代最急迫的諸問題的解答，在這種條件下，現代詩受到責問。文學的民族歸屬，文學的社會涉入，都在這時候提出來了，真是好得很。

不過，我知道這是形勢所自然造成的。我知道這些現代詩的批判者，絕不是因為受了我的影響。只是在一個激變的情勢下，更多的青年自然地感受到當年的我的感受罷了。而當年的我的意見，其來有自，已在上面說過，並不是我有什麼「遠見」。實在是這樣的。（笑）

問：對於詩的改造，你也在六〇年代中期有過預言式的描述。你說，未來的新詩，就是批判了「現代詩」以後再生的新詩，在語言上是明白易懂的話；相對於現代詩的「個人主義」，「將生的新詩」會更為「涉世」，並「擁抱整個人生」，相對於現代詩之「沒有出路的苦悶」，「將生的新詩」可能以「信心去建造和追求一個全新的信仰」；相對於現代詩之「精神上和思想上的疏離」，新的新詩會找到他們的「定向」；而相對於現代詩之「形式主義的遊戲」，新的新詩將取得內容和形式的統一……現在，請問你所待望的新詩，是否已經出現？

答：在那個時候，所謂「將生的新詩」，連個影兒也沒有。我只是從「物極必反」的道理，從新的事物孕育於舊有的事物的道理去推想的，其實也並無新意。

每一樣事物，都有一個生長的過程。從沒有到有；從有而比較差，到比較好……「論戰」以後，有些詩變得好懂了，有些詩從具體的社會生活中取材；有些詩表現了涉入的態度和思想……，這在五年、十年前的現代詩中，是看不見的。如果以「從沒有到有」的過程看，是一個進步。當然，現在還有很多詩有變的趨向，但暫時還有點放不開，還是有點晦澀；還是在個人主觀的世界裡打轉；還是擺脫不掉形式主義。但對這些人，大家要鼓勵，要多討論，多給予善意、熱情的批評。差一點，有什麼關係？「好」的，都是「差一點」的發展出來的嘛！當然，如果有和過去的「現代詩」毫無瓜葛的青年，一開始就寫出反「現代詩」之道而行的好作品，要大膽支持。那「將生的新詩」，一定會出現。這是毫無疑問的。你比任何時候都可以感到那「將生的新詩」的有力的、具體的，令人懽欣的胎動。(笑)

我從來沒寫過一首詩，連在文學少年時代寫詩給女孩的事都沒有過。(笑)後來，「現代詩」雖「汗牛充棟」，卻讀不下去。所以對於詩，我懂得很少，實在沒有什麼專門的資格發言。向來說的一些話，只是站在「文學人口」中的普通的一員的立場說的。今後，那「將生的新詩」誕生之

後，我就不會說話了。饒舌之處，還請詩壇多包涵啊。（笑聲）

初刊一九七八年七月《夏潮》第五卷第一期、總二十八期

1 本篇為《夏潮》總二十八期「期待一個豐收的季節——新詩討論」專題文章。文末有原編註：「陳映真先生〈期待一個豐收的季節〉一文，刊在一九六七年十一月出版的《草原雜誌》創刊號，現已收在遠行出版的『小草叢刊』十一號，《知識人的偏執》內，請讀者參閱。」

根植在土地上的人

序王拓君《黨外的聲音》[1]

好一個樸實的田莊青年……。

這就是我未經介紹前初見王拓君的第一印象。從他那因日晒而略見黝黑的臉，和他結實的軀幹，我看見了一個雙腳紮實地踏在大地上的勇敢而不虛驕、樸實卻有深刻認識水平、教人一見面就會信賴他的那種人。

早在未見王拓君之前，我已拜讀過他那後來頗成為話題的小說〈金水嬸〉，而心儀其人。及至今年元月間，他由我的一位朋友帶著特地從遙遠的台北來到我的豬場來看我的時候，我們便一見如故，頃刻間便成了知心的朋友。我發現我很快地被他那毫不做作，一點也不矯揉的談吐和態度所吸引。我們出生於兩個截然不同的年代，成長的背景也完全不一樣：他是光復後成長的一代，受的是全套三民主義思想教育；我卻在日本帝國領台時期殖民地教育下渡過我的幼年和青年時代。然而，這巨大的世代和教育的差異，在我與王拓君初見之後不知不覺間熱烈、忘我地談論時，卻被我們雙方完全地遺忘了。這種兩代間的契合，先是使我反射性地感到狂喜，及至細思起來，這一份契合，才想到這或者是源於我和王拓君同是田莊青年這個兩人間唯一的相同點所建立的吧。

逐步交深之後，我發現王拓君除了在文字上有極好的造詣之外，對於當前政治，不但抱著深切的關懷，也有清楚的理解。尤其是當我發現他能在拜金主義狂瀾衝擊下的社會中，對於廣泛被遺忘、被忽視、被侮辱、被困挫人們抱著深刻的同情，敢於透過他的文學作品和評論文章，為他們大聲呼籲，實在叫我這個在這條寂寞而多險的路上孤單地跋涉了三十來年的人，有若驀然在已疑無路的境況中發現了千萬同志一樣地歡欣、鼓舞。

一直即最近一次見面時，王拓君才向我說出他正在著手進行一項工作，即選擇部分過去以及目前的非國民黨籍的，本省政界前輩耆宿和後起俊秀，就他們的出身、從政歷程、對當前政局的看法，各別做深入的訪問談話，並準備將之整理付梓，以問於世。而我竟也被忝列為受訪問者之一。對於王拓君的青睞，老實說，不免有些受寵若驚之感。但冷靜地想，卻有一份更深的惶恐。雖然我側身政治已二十餘年，但也不曾有什麼足以供人稱道的工作成績。至於我能以一個農稼之子，而能在迭次的選戰中倖勝，自知實在也只是廣泛選民群眾的錯愛和時潮的激盪所促成，而非因為我有何才德的。

在王拓君的這個計畫裡頭，大約也只能訪問十來個人吧。其實，在盡己功以為國家、民族、社會和鄉土者中，比我尤為健鬪不懈、犧牲尤為慘烈、貢獻尤為卓著的省籍人士，自本省光復以來，何止十萬、百萬人？只可惜大多數的這些仁人志士生不逢時、抑忿而終。另外，也有很多人默默耕耘不求人知，而其實見較諸尸位政壇者尤鉅者。今若能將這些草野高士的行傳，採幽訪微，著之篇章，傳於後世，也許對當前國家的建設、民族的振興、鄉土的復興，會有更大、更高的益處。我衷誠期待王拓君終有一日矚目於此，為我們完成這項工作。

在這次接受王拓君訪問前的二十多年中，並不是從不會有過類似的訪問談話的。但問題的尖銳、深入和洋溢著訪問者的器識、才智和洞見者，王拓君卻是我所經驗中的頭一人。在這個訪問中，我嚐到了被問及好問題而得以刨腹傾談的快樂；也經驗了面對挑戰性的問題而迅速整理自己的思路的興奮。雖說一個是問者，一個是答者，但是雙方感情和思潮的交融，早在一問一答中交疊為一。我特別記得我們對下述的談話，有著熱烈的共感！

我們都感到：在一個民主自由的世紀中，人民是國家的主人，對國家大事，人民自己管家，自己拿主意。只有在這個意義上，國家才是可貴的、可愛的、可敬的、可親的。本省人民，在十九世紀以來帝國主義侵華的歷史中，備嚐亡國之痛。正因為被異族占領了，自己管不了家，自己做不了主，眼睜睜叫別人來管家、叫別人來做主，才特別熱烈地憧憬著迢隔的祖國。台灣光復當初台民的歡欣和鼓舞，正就是因亡國而來的對祖國強烈的認同感之表現。

而我們都覺得可惜的是：台民這份灼熱的國家認同感，逐漸因少數惡吏的妄自尊大而受到挫折，日損月蚓，部分人終至於淡薄甚至完全失喪了那份國家認同感。於是牙刷之道大行，移產逃亡者如過江之鯽。這是何等叫人慘痛的事！

我們都認為：為今之計，必須更認真、更堅定地促使台灣的政治民主化、自由化，使社會更公平，逐步讓每一個人民都可以管理自己的國家、做自己國家的主人，從而逐步振興中國民族的認同感，以重建幸福、和平的中國。

時代在迅速地變化著。因此，收集在王拓君這本書中黨外先輩和新秀出自肺腑的聲音，想必也是廣泛在台灣一切中國人民所想說而不敢說、想說而不會說，甚至想說而不願說的話。雖說忠言不免逆耳，一如良藥時常苦口，但是，如果我們能冷靜地認識到專制的壓制時代已經一去不返，為政者真應該虛心地、勇敢地傾聽披露在本書中極具代表性的黨外政治人物——從而是廣泛人民的心聲和願望，而有「言者無罪」的胸懷，更有「聞者足戒」的擔當，認真、嚴肅、熱情地展開大刀闊斧的改革，與民更始——如果這一切的一切不是奢侈的悲願而已，則中國是何等的幸運！

最後我還想要說的，是讀者諸君在讀完這本書後，一定會有一個共感，即作為訪問者的王拓君，已不是「中立」的、「客觀」的訪問者。他的問題中有誘因、有鼓舞、有思路的組織和鋪陳，而且也有對被訪者求全的批評。而就在這些問題——以及這些問題所形成的答案中，王拓的器識、才學、膽力和操持，便和被訪者同時鮮明獨立地躍然於紙上。我們這一代的人，終於在王拓君——以及無數像王君同其優秀的青年代中，看見了明日中國不可摧殘的希望和不可遮抑的光明。

謹以為序

一九七八年八月二日

初刊一九七八年九月長橋出版社《黨外的聲音》（王拓著）

1 二〇一五年一月王拓受訪時指出，本篇為陳映真替黃順興代筆，為王拓所著的《黨外的聲音》（台北：長橋，一九七八）書序。參見《人間思想》第十五期（二〇一七年春季號）的〈出身八斗子的「土左」：王拓訪談〉一文：「《黨外的聲音》裡面黃順興的〈序〉是陳大頭〔陳映真〕寫的〔……〕這兩本書〔《民眾的眼睛》、《黨外的聲音》〕的封面都是陳大頭設計的。」（頁三〇）

人與歷史

畫家吳耀忠訪問記[1]

燈光下，畫家的頭髮有些灰白了；畫家的臉，也有了歲月的足跡——然而，他臉上斧鑿分明的英俊，卻比我熟悉的青年時代，還添了一份世務人事的滄桑。畫家喁喁地述懷著，我卻在他的敘述中拾回了我們少年時代的故鄉——台車、小鎮火車站的月台、長長的塗滿少年理想的書信……。但他幼小時候的種種，卻是他這廿五年的朋友所初聞的：

好帶的孩子

許：每一個畫家的傳記總有一段「自幼喜愛塗鴨」之類的故事。但「自幼喜愛塗鴨」的人卻不都能成為畫家。雖然我們結交已經二十五年許，我一直把你成為畫家的事，看作和你叫作吳耀忠的事一樣自然而當然。那麼，現在藉《雄獅》要為你做一個介紹的機會，請你談談，一個「喜愛塗鴨」的孩子如何變成一個畫家的過程吧。

吳：（回憶使他沉默，畫家輕輕地啜著手中的酒杯，然後向我要了菸，劃上了火柴，老到地吸著。他的回憶似在迅速地組織著。）在我們十個姊妹兄弟中，我排行第五，卻是父母頭生的男孩。但父母對我特殊的鍾愛——由於我是他們第一個男孩的緣故——卻並不曾使我成為嬌慣的、終日離不開爸媽的那種孩子。我的母親……。

（「我的母親……」，畫家用柔和的語調說著，使我想起畫家和藹可親、勤勞可敬的雙親……。）

我的母親常常會說：「養你們這麼多孩子，沒有一個像耀忠小時那麼好帶。」據說，只要把我往門檻上一擺，我就能安安靜靜地在門檻上坐上一天，默默地、興味十足地看著往來的人群，以及因為往來其中的人群而活躍起來的街道，以及遠方的景色。

許：一個奇怪的孩子……。

吳：等到我大些，當我繪畫上的天分逐漸顯露出來，我的繪畫題材就是那些往來的人、往來著人的街道和遠處的景色。在那個時代，不像現在的兒童，有各式各樣的色筆、紙張，任他們塗塗畫畫。但是我卻以寬敞的走廊為畫布，用父親的齒模石膏——他是個牙醫生，你知道的——熱心、專注地畫。

我的畫引來往來的人們的竚觀。在那麼幼小的時候，民眾便給予我最熱情、最慷慨的讚美和鼓勵。於是，我的「天才」之名，不脛而走遍全鎮。回想起來，鼓勵我走向藝術工作道路最早，最有決定性的，竟是我幼時故鄉的父老民眾。

幼時另一個強烈的記憶是我家隔壁的周家。周家約在曾祖父那一代從福建南部渡台。那位老爺爺終年唐裝打扮，在幽暗的房子裡，一年到頭糊「靈厝」。三峽是個古老的鎮落，像台灣一切古老鎮落裡的街坊一樣，房子蓋得很深，中間隔著一個或兩個天井。但是採光一貫不好，所以房間裡顯得很幽暗。小時的我，便遠遠地坐著，聚精會神地注視著那位唐裝的、枯老的、白皙的周家曾祖父在剖竹，紮架子，逐步糊起有廳有房，有飛翹的屋頂，桌、椅、床、灶俱全的靈厝，還用紙糊些佣、僮、妾、嬛……。這個中國民間藝術的神奇、煥美，深深吸引童年時代的我。我想，這個吸引，對於我日後走向藝術，應該有很大的影響吧。

第一次「畫展」

許：做了差不多二十五年的朋友，這些事卻是第一次聽你說起。在幼時顯露了異乎尋常的觀察力和藝術天分的這個孩子，是怎樣變成一個畫家的呢？

吳：直到沒有幾年以前，我很長一段時間過著無所事事的生活（我們會心地苦笑起來）。在那個時候，面對著停滯的生活的我，不時地在回憶中尋找快樂。我越想，越覺得自己成為現在的自己，和許許多多的人們有著綿密不可切割的關係。

五年級那一年，我在小學裡已經特別因為繪畫上的天分，而成為學校裡的小名人。有一天，我一早到了學校，才知道級任張老師破格地為我舉辦了「吳耀忠畫展」，把我陸續畫過的粉蠟筆畫，在我不知之中收集起來裱好，做了全校範圍的展出。在小鎮上，這不僅轟動了小學，也轟動了整個街鎮。這對於幼小的我，是怎樣的一種鼓舞，實在是無從估計的。

從那以後，從小學到初中，從初中到高中，我對畫畫的興趣，始終成為青少年時代最好的安慰和最大的喜樂。但初中臨畢業前有一度把青少年的熱情投到中國哲學上，生硬地耽讀過先秦諸子，暫時擱下了對繪畫的熱情。

高三那年，少年的敏銳、苦悶和適應上的不良，一度生病休學。

（畫家從容地、懷著回憶的溫情和對於過去的感激，絮絮地、愉快地述說著。然而，一個永遠在我的心中那麼鮮明的記憶迅速地呈現在我的眼前。那一年，對於我們都是不幸的一年。那年夏天，養父咯血去世。第二天，我在屋前呆坐的時候，一輛台車緩慢地由一個台車伕推過門口街上的台車軌道。一個面容蒼白的少年，被神情憂愁的父母圍坐在台車上。

「耀忠！」我的心中驚異地喊道。

燠熱的六月的陽光，喪父的悲哀、緩慢地滑走在軌道上的台車、耀忠的青蒼的臉神……構成不易遺忘的圖面，深藏在我的記憶裡。後來，我才知道那是他到台北住院的早晨。

「說來奇怪，」畫家說：「即使在病中，我也看見你家門前新搭的帳蓬，恍惚中也有不祥的疑惑。後來才知道你父親去逝了。」）

休學住院期間，我才又重新燃起對於繪畫的熱情。在醫院中一位林姊姊熱腸、滿有愛心的鼓舞下，我終於像甦醒了一樣地，使我的苦惱的心，在藝術上尋得了豐美無比的憩息和激動的地方……。

其後，你應該記得我們倆，有一陣子，各自拿著速寫本子，在火車站，在街角，熱情洋溢地練速寫……。

（我們於是乎笑了。他最喜歡畫當時停坐在台北火車站前三輪車上的車伕，我則對火車站候車室中的軍人發生濃厚的興趣。軍裝的線條不知為什麼對我形成迷人的造形上的組合。）

高三是令人焦慮、憂煩的年級。從我們那個時代，一直到今天，升大學，對於千千萬萬的青少年，是決定希望與幻滅、成功與挫折、光榮與羞恥的一年。回想起來，這是怎樣地戕害著無數學子的制度啊！

拜師

許：我還記得，你怎樣蝸居在擁擠、充滿汗臭的補習班宿舍，留著長髮……。

吳：（笑）那是以後的事了。高三那年，學科幾年都不好，要考取大學是不可能的。這才想起為什麼不考可以靠術科考到一些成績的師大美術系？主意打定，我才在臨近考試數月前，開始畫石膏像。就在這時節，我突然想起故鄉的名畫家李梅樹先生。

許：我一直以為你在進了師大以後才親炙李先生的。

吳：李先生在故鄉三峽是著名的士紳。我第一次看見李先生的畫，是早在小學五、六年級的時代。有一次，我遠足到台北，在新公園吃便當，然後在中山堂看省展。那是我第一次看真正的畫展，驚奇、興奮和敬佩那些參展畫家的情緒，漲滿了小小的我的胸膛。但是其中有兩個畫家的畫，給予我最大的感銘。等到長大以後，才知道我當時所感銘最深的兩幅畫的畫家，一位是李石樵，另一位便是家鄉的李梅樹先生。

我在補習班補學科，但是似乎一點成效也沒有。原因之一，是我在課室裡、在宿舍裡拚命地畫畫。入學考試愈來愈近，我才忽然想起應該回鄉下請李先生指導石膏像。

我回到家鄉，挑出幾張自己的鉛筆畫、粉蠟筆畫和水彩，幾次走到李先生家的門前，彳亍徘徊，可又提不起勇氣敲門，又轉回家裡。直到有一次，我鼓足勇氣，進了李先生家。我見到李先生，做了自我介紹。李先生默默地接過我的畫，一張一張地看。然後他淡淡地說：「好吧，你去畫，然後拿來我看看。」有一個晚上，李先生工作完畢，從畫室裡出來，搬了一個法國婦女的半面頭像，拿起炭條，在畫架上，做了示範。「畫石膏像，首先要把握它的形體，其次要把握住石膏像的『調子』（日本話，意若明暗層次的變化與韻味）。」他說。

這以後的一段時期，自己買了石膏像，關在家裡沒日沒夜地畫，定期請李先生指點。這是我正式的、嚴格的美術教育訓練的開始。我的一隻腳便已踩進了藝術的生涯……。

就這樣地，我考上了師大。

（我們都笑了起來。那一年，我們的名字同時出現在師大美術系專修班的榜上。他高居榜首，我則忝列末席。然而我終於沒有去註冊。現在在國外的彭萬墀、韓湘寧也都在那一張榜上。）

許：命運終於把你拉上畫家的生涯……。

吳：考上師大，我便全心全意地視自己為青年畫家，整個心思意念都放在勤勉鍛鍊自己成為一個好畫家這件事上。我畫素描、畫油畫，參加台陽展、省展……幾至於廢寢忘食。想起來，那時也真用功。別的同學在交女朋友，談戀愛，我卻滿腦子都是畫……。

許：我記得那時候你和學校鬧得不很好……。

吳：（苦笑。歎了一口氣，畫家默然地點起一支菸。）師範大學的美術教育是以養成中學美術師資為目的，不是在養成純粹畫家。因此，除了繪畫技法之外，還有許多「不必要」的學科。當時的我，狂熱地要苦練自己成為一個畫家，因此心中就沒有那些學科，一學期大部分的時間都在家裡猛畫，甚至學期考試都忘了去參加（笑）……，其實，就是那麼回事，訓導會議、「問題學生」、不准補修……諸如此類的。

許：在師大的幾年，總也有在某些方面令你懷念的老師？

吳：（沉吟）不論如何，母校還是母校，業師還是業師。我倒想提一下李澤藩老師。不只是我個人，差不多所有同學都認為他不但是一個好畫家，也是一位好老師。他沒有架子，熱心教導，令人懷念。我也應該提提陳慧坤老師和故世的廖繼春老師。他們在一個檢討我的訓導會議上，對於我當時因狂熱於學畫而來的不羈，表示了理解和同情。

其實，當時那份狂熱的不羈可能造就了我。師大的美術教育，是要使一個有繪畫天才的青年只不過成為一個美術老師；同時也要使根本缺乏繪畫天分的青年也竟而成為一個美術老師……。

「五月」的風

許：我們共同走過五〇年代中期以後台灣青年文化界大西化的時代。在文學方面，我們看見「現代詩」、「現代文學」怎樣起來；你看見畫界怎樣地吹起「抽象」風。扼要地談談那時候的情況罷……。

吳：抽象風是在五〇年代後半吹起的。以劉國松帶頭的五月畫會，逐漸在報章、雜誌上大談抽象，而且連帶地批評和攻擊台灣的老一代畫家。你們那時搞的《筆匯》，就是他們發言的主要講台之一（畫家於是嘲諷地笑了起來）。

許：「五月」一派的人，外省人居多，而且又是新一代，在語言表達上比老一代強，而且擅於搞關係，搞宣傳……。這些是不是也是抽象風喧騰一時的原因之一？

吳：不錯。今天，我們主張藝術界和文學界結合起來，重新帶動一個寫實的、關懷的畫風。其實，當時的抽象風也擅於團結當時的青年文學、文化界，使他們的聲音甚囂塵世（笑）。真是這樣的。不過，老一派的也不是沒有評論高手，例如王白淵就是一個。論到對繪畫的認識，他比「五月」一派的任何人要深刻得多。但是老一代的人對於「五月」的挑戰，似乎不屑一顧。他們只是沉默地、依舊專注於實技上的研究，埋首畫畫。

許：哦哦。

吳：「五月」一幫年輕人說老教授落伍了；老教授對於五月一派正眼也不瞧一眼，心裡想：「素描都沒畫好的小子們……。」事實上，野獸派以降的「現代」玩意是歐戰後的東西，這些老教授、老畫家們早在他們的青年時代就見識過了。

其實，現在回想起來，繪畫上的「抽象」、文學上的「現代」、思想上的自由主義，和一般價值上的歐美主義，都是一個風源刮起的風。從五〇年代以降，歐美的經濟和政治壓倒性地影響台灣，在當時大行其道於美國的抽象主義，自然也跟著支配台灣的畫壇。

冷戰，五〇至六〇年代上半美國的右迴旋——如猖狂的麥卡西主義，戰爭、軍事、產業組合體的形成——都給予美國抽象主義必要的土壤。但是這種抽象主義隨著美國政治—經濟勢力輸出到貧困的第三世界時，往往又經過一道折扣，成為原已虛空、墮落的美國抽象畫之可笑至極的拷貝。

但這一股「五月」風呀，一吹就是二十年、二十五年，貽害至深。自從「五月」風一刮，從無數年輕一代畫家的眼中、腦中、畫布上刮走了生活、生活中的人，以及生活中一切具象的東西；它也刮走了歷史，刮走了台灣，刮走了中國。對於台灣的抽象派，生活只成了一塊塊自欺欺人的色調和線條。個人熔化成為不可辨識的、盲目的意識，從他的社會、民族和世界剝離了。人徹底地失去了他的歷史背景。從來沒有一種藝術像它那樣失去具體的內容。內容的貧窮相對地膨脹了形式。色塊和線條的遊戲和詐欺——這就是「抽象」……。

許：是這些認識使你在那個整個青年畫界無不抽象的時代，抵抗抽象，堅持寫實的嗎？

吳：當然，當時也許還沒有想得這麼周密（笑）。但是，你也記得，我們在青年期的開始，讀了一些藝術論，例如盧那、例如蒲烈們的畫論。說起來，我應該感謝李梅樹先生，是他執著寫實畫風，是他深刻而認真的研究寫實技巧，使我親身體驗了寫實技巧的真正深度和重量。一旦領會了這深度和重量，「五月」的抨擊便顯得很幼稚……。

李梅樹論

許：說到李梅樹先生……。我記得當時畫畫的年輕朋友，諷刺李梅樹，也連帶地諷刺你的畫……。

吳：（畫家在回憶中愉快地笑了起來）他們嘲笑李梅樹「只是畫得像而已」，說他是「畫電影廣告的」；至於我，他們說我「只是李梅樹的翻版、台陽的餘緒」。哈！（笑）

其實，光是「畫得像」就不容易。對於一個畫家，「畫得像」並不只是一般人所謂「看起來很像」而已，而是表現畫家對於形體的觀察、解釋，對於光線、色彩的深刻研究。這些，懶惰、不肯又不必在實技上下工夫的「五月」們，是不能望老畫家、老教授們之項背的。

可是從另一方面說，寫實主義不應該只研究形體、光線和色彩，還應該有內容的問題。這只要想起歷史上的寫實主義畫家如米勒、杜米埃、高爾培、柯洛維茲、伊利亞·列賓就很明白了。寫實主義的重要條件是人和歷史的密切連帶感。在寫實主義中，人和社會、民族，甚至整個世界，都有了鮮明而積極的關聯。因此，它不從不可理解的個人內在的葛藤去看世界，而從民眾共同的要求和願望去認識世界。

從這一方面來看，台灣的老畫家、老教授便有所不夠。以李梅樹先生說，他的世界充滿了幸福、透明及瑰麗的色彩，充滿了某一個層群的滿足感和幸福感。這樣的世界似乎就顯得靜止不動了，與他青年時代那種對於更幸福、更合理的世界的憧憬和企求，有很大的差別。也許這個比喻有點不恰當，正如我尊敬藍色時期的畢卡索，李梅樹藝術的最高成就，不論從描寫的深度、用色、題材等方面而論，恐怕是他青年時代的作品吧……。不過晚期作品中，部分肖像畫的高水準造詣則是事實。

許：這麼說，你並不是一個無條件擁護「老派」的人？

吳：「兩害相權取其輕」吧。「老派」有他們一定的限制，但無疑也有他們的成就——特別是在描寫、形體、光線和色彩上整體的研究有不可奪的功力。年輕一代應該虛心、老實、認真、嚴肅地秉承他們優良的成就，從而在內容上、認識上，即繪畫和歷史的密著，使畫中的人和風土賦有生動、激盪的歷史、社會和民族的脈搏……，而不是像「五月」那樣掄起西方最墮落和腐敗的東西，橫掃一切。從五〇年代到現在，「抽象」不知誤了多少美術青年。在「老派」的世界，至少總還有台灣的人、台灣的風土。但自從「五月」以後，畫布上連這些也沒有了……。

現在的問題是，「老」畫家的功夫越來越深、越嫻熟——專注而深刻地研究形體、描寫、光線和色彩幾乎是台灣「老」畫家們共同的趨勢。這是好東西，年輕一代要善於承繼它。但這個還不夠，年輕一代的畫家應該比「老」一派多介入社會與生活，以高度寫實主義手法，去描寫、去表現畫家對於變動的世界以及其中的人們的看法。

「藝術性」的問題

許：在討論鄉土文學的時候，有些青年有這樣的問題：太強調寫作的特定內容，會不會影響文學的「藝術性」？我想，你可能遇見同樣的問題……。

吳：繪畫當然要講求藝術性。所以我一再說：我們應該在繪畫實技上，做永不滿足的鍛鍊。把握高度的藝術表現技巧，如果不用來描寫現實的生活，而淪於為技巧而技巧，便和一切形式主義的藝術一樣虛無和冷血。因為一切偉大藝術的表現對象總是具體的、活鮮的現實，是同時具備了普遍性和特殊性的現實。藝術便集中地、典型地表現這個現實。而其表現方法便透過精湛的、藝術的描寫。

許：你的意思是「描寫」有形式和內容兩重意義？

吳：對（畫家這才把叼了又取下，取下又叼上去的香菸好好地點燃，悠悠地吐出長長的煙來）。描寫，從形式上去看，就要正確、深刻地把握形體、構成、光暗、色彩、工具和材料的特性和功能等；從內容上說，是正確地掌握所描寫的對象——人、生活、事件、事物等等的典型意義。這是分開來說的。但是，徒然有形式意義上的藝術性，而缺乏認識上的內容，或者徒然有認識上的好內容，卻缺少描寫和表現上的高度藝術性，都不能成為好的藝術作品。西洋畫史上的偉大現實主義大師如米勒、杜米埃、高爾培、柯洛維茲、伊利亞·列賓，便是很好地結合了內容的深刻性和描寫上的藝術性之畫家。

說到「藝術性」，還有一個問題，那就是：不同的歷史時期、社會立場就有不同的「藝術性」價值體系。在農業的、手工業的、古代中國的歷史時期，一個士大夫的藝術觀，和今天處於霸權國家對峙下的歷史時期，一個第三世界的、民眾的畫家的藝術性觀，絕對是不一樣的。認為藝術是少數精神和文化的貴族所專有，「庸俗」的民眾不能也不必欣賞的藝術觀，和以藝術服務人類，以藝術建造人類更美好的心靈，振起顛仆者、安慰受難者、鼓舞戰鬥者，從而建立了一個自由、公平的世界這樣的藝術觀，當然也不一樣。藝術觀不一樣，所謂「藝術性」的標準自然不會一樣了。

溫暖的友情

許：三十年來台灣畫壇有這樣認識的畫家自然不多。「抽象」風猛刮時，年輕的你懷抱著這樣的認識，孤獨地、坎坷地走來……。

吳：（微笑）這一切經過，你全都明白。不過，我並不如你想的那麼「孤獨」。我和同儕的畫家，常常在師大學生活動中心，早上買一杯紅茶，就坐在那兒，我一人對眾人辯得臉紅耳熱，直到剛好趕最末一班車回三峽。不過，辯論歸辯論，過後大家還是很要好的朋友。一直到今天，雖然有些朋友遠隔重洋，雖然我曾一度漂泊到異常枯索和寂寥的地方，彼此還時常記掛著……。

現在的青年畫壇

許：啊，我全記得的。那時候，我也曾和劉國松、韓湘寧辯論過，可是那時從來沒有人張牙舞爪地喊什麼「狼來了！」「×××文學」之類的。多麼美好的情操！

（訪問者和畫家於是縱聲笑了起來）

談正經的。你曾經離開台灣畫壇一段時間（畫家笑，輕輕搖頭），回來以後，對於台灣畫壇的一般有什麼感想？

吳：我不看畫展是早在出這一趟門以前的事。回來以後，一時也改不過來。但偶爾也看過一、兩次學生畫展，於是有這樣的印象：「五月」的影響還是很大。「抽象」風已經是過去了的流行，但是個人主義、形式主義還是主要的畫風。描寫個人內心夢魘的世界，個人的苦悶、挫折，當然用的是超現實主義畫風，但是超現實主義原始的積極意義和革新性卻全然不見。另外有「照相寫實」，那種為照相寫實而寫實的冷酷、虛無、無希望、無意志的性質，令人毛骨悚然。這樣的「寫實」，「寫實主義」，和我們方才談過的那種寫實，完全是兩碼子事。

這叫你愈益深刻地感嘆「五月」以降「現代主義」的為害，竟使二十多年青年畫壇留下一片漫長的荒蕪、不育之地。

許：台灣畫壇，從歷史上看，並且和文學史比較地看來，似乎比較「馴良」。我的意思是說，文學曾有過日治時代的抵抗文學，有深入的、抵抗的傳統，比較之下，畫界彷彿……。

吳：不盡然。日治時代的台陽畫展就具有深刻的反日、反帝的民族主義意義，其敢然、懍然是今天青年畫家所不及的。不過，這三十年來台灣畫壇表現得很「仙」、很軟，是事實。但是鐘擺開始擺向另一個方向。小說，也許因它藝術形式上的特殊性，一直和現實走得很近。音樂、繪畫，從五〇年代起，一直「仙」了二十多年。可是，最近我看見鄉土文學打了一場並不喧騰卻很紮實的勝仗；直到最近，「現代詩」在你看著看著的時間中，逐漸地死去。你知道「現代詩」過去了，再也不能回復往時的「繁華」。更重要的是，新的詩歌——好懂、有生活內容的詩——正在毫不躊躇地生長。你會認為這一切不會影響青年畫家嗎？

許：當然不會。不過，這是理論上的，我倒想從你這兒獲得實際的例子來支持我們的推測。

吳：（畫家沉默地想著，遲遲不語。然後他說——）我恐怕不能提出具體的實例——具體畫家的具體的畫。你只是感覺到罷了。（畫家顯然很相信自己的話，卻也顯然地不滿意他自己的說法）文化是連帶的，這是第一。其次，文化的任何變化都不是孤立、偶然的現象。當「鄉土文學」起來，「現代詩」失去了信用，新的詩歌發展出來，那是因為促其如此的客觀條件已經存在了。那麼，這個客觀的條件也必定影響畫界。

返鄉以後

許：出了這一趟門，對你的藝術生活會有什麼影響？

吳：（畫家放達地笑了起來）我並不在意這七年把繪畫中斷了。這對於把畫畫當作他一生事業的人，當然是一種損失和浪費。但是，這卻斷不是毫無益處的、不幸的經驗。如果我能順利地重拾畫筆，那麼這些體驗只有更加豐富作品的內容。在那幾年裡，我勞動過，我想過，想過我的個人，我的民族、國家和世界。過去從沒有一個時刻像那一段時期那麼貼近自己的歷史、自己的民族和國家……。

不過，藝術畢竟是藝術，光想是不算數的，還需要畫出來才算數。一切得等我有了作品再說……。

許：其實，在某一個意義上，你的封面設計就該算是你歸里後的作品罷。

吳：剛回來那陣子，為了重新適應睽別已久的生活，徬徨了一陣子。過不久，碰到你要出書。那些原是你三十歲那一年就該出了的。於是，《將軍族》和《第一件差事》的封面成了我歸里後初拾畫筆的契機。沒想到這卻得到讀者和出版家的鼓勵，於是我半是為了生計、半是為了畫一些有意義的封面，我陸續地畫了吳濁流、鍾理和、王拓的書皮。我敬佩他們可敬的成就。我的封面也未必是「望文生圖」，只是以我的作品去附在一本我尊敬的作者的書皮而已。當然，為了生活，我也畫了一些交差的作品。免不了的啊（笑）。

另外一方面，畫在一切藝術中，怕是最具有私有財產的性質。用框子一框，掛在堂皇的客廳中，成為財產，且有投機性的市場。繪畫的民眾化首先必須打破它在需求上的稀少性；版畫、蝕刻、平版印刷提供了繪畫作品之大量生產的可能性。因此，在充分把握印刷美學的基礎上，繪畫作品的大量印製，是一條有意義的道路。我的畫並不怎樣，但從來沒有以只讓少數人收藏為高的想法。封面設計使我實現了一部分願望。

許：未來有什麼計畫？

吳：數月前我來到「春之藝廊」工作，換取生活費用，求個安定，然後希望很快就開始畫畫。嚴格意義上的「藝廊」的營作是藝術文化的一環。藝廊不可免的需要注意生意、業務，一切都應該按照經營的法則去做。必須先有這個認識，才能在業務展開中連帶地做些有益於繪畫向上的事。

訪問者問及畫家對於自己作品的詮釋。畫家笑著說：作品最好的詮釋者斷然不是作者自己。畫家毋寧更有興趣往未來的自己看吧。二十多年的朋友，在溫靄的燈光下，看見彼此的頭上都敷上了薄薄的霜白，臉上也多了幾條歲月和流轉的痕跡。畫家喁喁地、舒暢地、流利地談著。藝廊的門外卻早已是雖然窒悶，卻不失其興奮的夏的深夜了。

初刊一九七八年八月《雄獅美術》第九十期，署名許南村

收入一九八四年九月遠景出版社《孤兒的歷史・歷史的孤兒》，一九八八年四月人間出版社《陳映真作品集7・石破天驚》

1 本篇初刊《雄獅美術》有吳耀忠受訪照和多幅吳耀忠畫作。收入人間版後，標題位置與分段略作修改，本文從人間版。

上班族的一日
——華盛頓大樓之二——

1

床頭櫃上一陣驚心的電話鈴，使他慌張地醒來。他摘下眼罩，反射性地一把抓起電話。雖然隔著落地窗的帷幔，他依然感到這仲夏的早晨的陽光，炫人欲盲。

——喂……

「喂。」他說。從沉睡中乍醒的他的心，怦怦地悸動著。

——Olive呀？

「噢，噢，」他說。他忽然醒了大半。「是我，」他說

——還在睡呀？

「哎，」他說，從床上坐了起來。

——能睡到這時候，就叫人放心了。

對方嘿嘿地笑了起來，他抓起電話機旁的香菸，用左肩和左耳夾住電話，劃上火柴。「其

實，醒來過一陣子，」他應酬地笑，把語調盡量裝得輕鬆，「又睡了。」他說。

——好。睡了一夜，現在你總該清醒些。昨天的事，我們當是全忘了。以後，誰也不准再提。

他沒說話。楊伯良會打電話來，是他意外的事。一絲被安慰的卑屈的喜悅，不顧著他的矜持，卑屈地在他的心中漫了開來。

——早上，我已經跟 Mr. Talmann 說你請三天假。也許你該到哪兒散散心。

他默默地抽菸。他想起帶著金絲眼鏡，才過了四十不久就禿了頂的上司 Bertland 楊的狡詐的臉。

——不過，你知道，這段日子忙得很。你那些事，又沒人接得了……所以，如果你能明天來，忙過這一陣，我補你半個月的假。

他依舊沉默著。他緩緩地抽著菸。「我說辭就辭。不辭……不辭……我就不姓黃！」他想起昨天在 Bertland 的辦公室中壓低聲音忿怒的睹咒。「你胡說些什麼！」Bertland 一副愛護的怒容，趕忙起身把辦公室的門掩了起來。他一邊想著，一邊聽著 Bertland 在電話裡說，「Come on, Olive, come on...」，心裡便悒悒地絞痛起來。

——「不，」他終於說，「不要啦……」

——我不是要你現在來。明天。如果實在不行……

「不。」他安靜地說，聲音卻有些躊躇了。「不，我不會去了。」

——O-live![2]

「……」

——你胡說些什麼！聽我說，你的假我已經請好了。明天不想來，沒問題。

他想把電話掛掉。但是他依然默默地聽了幾句「千萬不要衝動」，「你的事我自有安排」之類的話，讓B·楊掛了電話。

他抬頭看鐘：九點還不過十分。他把抽剩的菸扔進床邊的痰盂。和平日一樣，美娟在上班前把早餐和報紙齊整地擺在臥室的茶几上。他下了床，開始盥洗、吃早飯，胡亂地翻翻報紙，走進客廳。

孩子上學去了的、妻也上班去了的家，竟而是這樣地安靜，是他素來所不曾想到過的。他帶著報紙走出臥室，背著客廳的窗子，坐在白色塑膠皮的沙發上。他想看報。但是從來不曾知道過的，獨自留在家中的安靜，竟而成為巨大的囂鬧，侵擾著他。他放下報紙。四周的壁紙在遷入新居一年半以後的現在，依然嶄新。為了這間公寓，他必須每月繳付七千八百元的利息。他在這棟公寓還只在挖地基的時候就曾算過：如果今年升上副經理，他就可以把攤還利息的時限，從十年縮短成六年。

然而「如果今年升上副經理」這個思緒，使他憂悒起來。他想起就在自己斜前方的、Bertland楊辦公室隔壁的空著的房間。一度伸手可及的那個空出來的副經理室，忽然像一個急速調遠的鏡頭，遠遠地離去。

昨天下午三時許，B．楊的秘書——瘦楞楞的茱麗——匆促地在他的桌子上丟下一張公文副本。正在苦於找不出不知躲在帳本中的什麼地方的一筆金額的他，索性就拿起副本，一字一句地讀著由很好的電動打字機打成的信：

……茲宣布自七月十五日起，艾德華．K．趙先生將擔任本公司會計部副經理。他將直接向會計部經理柏特蘭．楊負責。

艾德華．K．趙先生於一九七四年從美國嵌伯爾大學畢業，獲有商學碩士學位。翌年考入莫理遜股份有限公司紐約本部，任高等會計員。一九七六年，奉派調馬尼拉莫理遜亞太區部。今台灣莫理遜有幸迎接他奉派來台襄贊財務工作，必須指出：此一派令為亞太區部對於台灣莫理遜今後生產規模擴充計畫之實質性協助的重要表現之一。

余深信本公司各級經理暨全體同仁，必與我同心向艾德華．K．趙先生致賀。

薩姆爾．N．塔爾曼

他把全錄拷貝的副本擱在桌角上。他機械地把頭埋進黃色的報表裡。然而只那麼幾秒鐘，他又抬起頭來，把自己的手指嗶嗶剝剝地折拗著。然後他把報表一張張收起。他站了起來，把桌角上的副本細心地對折，放進自己左胸上的口袋裡。他的整個的臉，連同他平時總是單薄卻泛著櫻紅的唇，全變白了。

他於是筆直地走進Bertland的辦公間。

「怎樣，報表差不多了吧？」楊伯良說。

他知道Bertland分明已經迎面看見了他因為無由自主的羞恥、忿怒和挫傷所曲扭的難看的臉，這若無其事的問話，使他僅剩的抑制力在剎那間綳斷了。他從口袋拿出那份全錄副本，撕成四半，扔在楊伯良的桌子上。

「大家這樣互相欺騙，沒意思。」他困苦地說。

楊伯良立刻把手上的香菸，在滿是菸屍的大菸灰碟裡截熄了。

「坐下來，坐下來。」楊伯良說。

他沉默地站著。他的眼睛從楊伯良的臉上移向他背後的大窗之外。窗外的對街是剛剛蓋好的辦公大樓。四、五個工人在鷹架上披著炎夏的陽光，工作著。

「我應該跟你先提的，不錯，」楊伯良說，「Olive，他們要塞進一個人來，就塞進來，我能怎麼辦？」

楊伯良打開抽屜，抓起一包Rothmans，遞給他一根。他用雙手做了一個抵擋的姿勢，搖搖頭。楊伯良把謝回的菸啣在嘴上，點上火。他看見B．Y（Bertland Young）的抽屜照例躺著幾包牌名不同的洋菸。B．Y抽菸一貫很雜駁，Kent, Dunhill，甚至More, Salem都抽。楊伯良說：

「我這幾天又忙又生氣，沒有事先告訴你，正是我把你當自己人，你明白吧？」

黃靜雄冷冷地、無聲地笑了起來。他依舊站著，低下頭去看自己的一雙擦得烏亮的皮鞋。

「你跟我這麼久，Olive，」楊伯良說，「也跟你說過許多話。我不是說過嗎？他們洋人頂多三、四年一輪，我和榮老董扣得很近、很密，我們才是長久的……你明白嗎？」

「我不幹了，」他說。

楊伯良斜著眼瞟了他一眼。「你一向是我貼心的人，你的事我自有安排。」楊伯良說。

「我不幹了，」他又說。

「你給我辭辭看！」B．Y生氣了，「你辭！」

「我說辭就辭，」他的眼眶因忿怒和委屈而紅了起來，「不辭……不辭……我就不姓黃！」

他轉身欲走。B．Y叫住了他。

「你胡說什麼？」B．Y痛心也似地說。他站了起來，把辦公室的門掩上。

他默默地看著窗外。在白花花的陽光下，鷹架上的工人一寸一寸地把大樓漆成乳白色。他們間或也交談著，用圍住脖子的毛巾擦汗。把門掩了起來的B．Y的辦公室，使冷氣更加集中起來。他開始感到自己額頭上的汗水所凝聚起來的涼意。

楊伯良這才點明那將新來履任的艾德華．K．趙，是榮老董的表侄兒。「老董最近常問起你。其實，他挺賞識你的。」B．Y說，「他常說，你的風度、才幹都不像是本省人。」黃靜雄想起有一次B．Y把他介紹給這一貫神秘的榮老董。

「榮將軍您好。」黃靜雄說。楊伯良曾事先告訴他，老董喜歡人家以將軍稱之。

「好，好，」榮老董說，迅速地上下打量著他，「好，好，」他說，輕微地點著頭。

榮老董是個退職的將軍。他的面貌黝黑，粗濃的眉毛掛在墨鏡上，一頭銀白的粗髮。在第二次大戰的中國戰場上，他和當今莫理遜紐約總部裡的總裁Mr. Bottmore同事於一個中美合作單位。韓戰以後，Bottmore從五角大廈退休，以二次大戰在東方的經驗，到一家頂尖的軍火公司所屬的莫理遜公司亞太部任職，迅速竄升。台灣莫里遜公司的籌設，便是由他一手擘畫。而Bottmore戰時的老友榮侃將軍，便被挑選為至為理想的名義上的中國股東和董事，使純粹的美資，成為法律上的中美合作資本。

「只要Bottmore一天還當總裁，榮老董就是莫理遜在台灣的老板，你明白吧？」楊伯良說，「洋總經理三、五年一個輪調，那沒什麼。榮老董需要我，我需要你，你明白吧？」

榮將軍需要他，黃靜雄自然明白。好幾次，楊伯良把榮將軍厚厚一疊發票，交給他。楊伯良什麼話都不必說，他就會把這些發票四平八穩地登上公司正當的開銷。楊伯良需要他，他自然也明白。「把這筆帳轉掉，」B．Y若無其事地說。他於是就會把帳合情合理地轉掉，即使紐約委託的查帳公司也無從查起。他也為楊伯良瞞著公司投資的幾家和莫理遜做生意的廠商做內帳。然而，這回他已經意興闌珊。「你明白吧？年輕人要學著沉著點兒，明白吧？不幹？不幹只有你自己吃虧，白吃虧，你明白吧？就是要幹下去，磨下去，久了，全是咱們的，你明白吧？」B．Y滔滔地、婆心苦口地說。他只是默默地注視著窗外，看鷹架上的工人頑冥地把一棟粗糲的大廈，一寸寸塗成乳白的顏色，在午後的陽光中，發出閃耀的亮光。然後，他走出辦公室，看也不看自己的座位，走向電梯。他回家了。

十年了，他想。十年來，他過著千篇一律的，上下班的生活。到台灣莫理遜以前，他在兩家不同公司待過。五年前，他在這寬敞的、華麗的吹著實實在在的冷氣的辦公室裡，找到一張桌子。但是從來也不曾在應該是上班的，星期三的上午，一個人靜靜地待在家裡。對於「上班族」，家毋寧只是一個旅邸罷，他想。十年來，他生命最集中的焦點，最具創意的心力，都用在辦公室裡的各項工作上。第一年，他從會計員升高級會計員；第三年，他升信用組主任；同年秋天，他調升表報組主任。

然後，他開始成為野心勃勃的楊伯良的心腹。也就在那時，他開始熱心地想望副經理的位置。薪水高、配車子，這都還在其次。黃靜雄想望著副經理的椅子，還因為工作會輕閒些。那時他就有時間和心思的餘裕繼續他在大學時代沒有拍完的一部紀錄片。[3]

他於是站了起來。他一眼就可以看見靠在客廳右邊牆的他的書架上，一排破舊的、關於電影的書。羅塞里尼的專集三本，安德烈·巴桑等人關於費里尼、安東尼奧尼的研究論文集，以至於最初級的Young Film Maker。這些全是他在大學時代耽讀、並據以做夢的書。在大學的「影響社」裡，他是個沒有攝影機的拍片迷。他為那些有攝影機的社員寫腳本，跟在他們後面謙卑而又熱心地提拍攝上的意見，幫他們做剪接，然後從試映室走出來，孤單地踩著破舊的腳踏車回家。就在那些孤單的、幾乎絕望地渴想著自己有一架攝影機的貧困的夜歸的時光，使他立定要以單車為主題，拍一部紀錄影片的志向。他的第一個鏡頭，是從車把照下去的轉動的輪子，和不斷地輾過去的道路……

和美娟論及婚娶的時候，他在一家小小的廣告公司上班。美娟的家，一定要按照風俗收一點聘禮。他終於鼓足勇氣，向師專甫畢業的、很傳統地愛戀著他的美娟提起，請女方也以一個十八厘米攝影機作為嫁妝帶過來。婚後，直到他進入台灣莫里遜前的貧困的、甜美的兩年，他斷斷續續地拍了大約有五百呎[4]的毛片。

就在昨夜，他才又想起整整擱置了四年許的毛片，和於今已嫌老式的攝影機。

——擱下那麼久了。趁著這一段時日，再拍個百來呎[5]。

——從腳踏車的轉動的輪子開始，再照後座上的便當盒，然後讓騎單車的最低等的「上班族」逐漸沒入私家轎車、計程車和公車的街道中。然後，鏡頭調上矗立的、積木似的大廈的森林……

——Bertland，傢伙！竟而讓他騙了這麼多年，這麼多年。

——以後的生活嗎？美娟近三、四年來存起來的薪水，就是讓我閒個一年半載，應該是沒有問題的……

——上班，幾乎沒有人知道，上班，是一個大大的騙局。一點點可笑的生活的保障感，折殺多少才人志士啊。

——Bertland，我豈是好對付的嗎？我知道每一張發票，每一筆歪帳最真實的故事。我知道你和海關、和幾家廠商最內幕的關係。哼，我豈是好對付的嗎？

昨夜他轉輾、反側地想。也不知過了午夜的幾時，才沉沉地睡去。他原想今早把封存著的攝影機取出來擦拭。但楊伯良今晨的電話，竟而使他鬆懈下來。下午擦吧，他想。他深深地坐在沙發上，逐一審視著被勤勞的妻收拾得窗明几淨的客廳。他想起剛結婚的時候，分租了一間僅僅夠擺一張新床、一張鏡臺，兩個塑膠衣櫃的房間，和人共用一個廚廁、客廳。兩年以後，他在比較嘈雜喧鬧的小弄口，租到二十出頭坪的小房子，一廳一房，廚廁皆全。初為女兒萱之的父親，也正在那個時候。進入台灣莫理遜的第三年，他總算七拼八湊地背著利息，弄到了這間三十六坪的公寓。就這樣地，他在數不盡的上班和下班的生活裡，過了十年。他靜靜地坐著，注視著美娟的一盆雖然有些頹萎了的、卻仍不失人工荒趣的插花，無端地感到不能言說的、淒楚的空虛……

臨近中午的時候，他開始漫不經心地讀著巴桑的《電影論》。當他在這裡、那裡讀著類如這樣的句子，「……（《單車失竊記》）的論旨，就是如此奇妙地、令人忿然的簡明；在這個工人所生活的世界裡，窮人為了生存，就必須相互偷竊……」；「義大利電影能在西方世界中擁有廣泛的道德觀眾，便是由於它對現實的刻劃之重要意義。當這個世界已經再度被仇恨、恐怖的鬼魂所祟；在真實已不因其本身而受到喜愛；在真實被視同某一種政治性的象徵而受到排拒、驅逐的世界裡，義大利電影在它所描述的時代中，發出了改造世界的人道主義底光芒……」他感到驚慌、生疏，甚至於忿怒了。他隨手把書扔到茶几上。他開始在客廳、萱兒的小臥室和廚房間來回地走，到處張望。然後他想起一些不常相聚的朋友，開始給他們撥電話。「忙不忙？」他說。「真忙呀，」對方說，卻一點兒也不像在抱怨。「我現在正忙著做一個九百五十萬的廣告計畫，嘿，真忙，」一個幹上業務推廣經理的大學前輩說，「我們要整個改變中國人的價值觀念和消費習慣，才能把這項美國進口的東西推出去。推出去！嘿，忙啊。」「怎麼，在家裡享清福呀？」一個專門收買台灣的體育用品以出口的同學說。他當然沒有說他辭職不幹。他說他在渡年假。「啊，annual leave！你們高等上班的，就是比我們做生意的好。」對方說。他呵呵地笑，他說，「美國公司嘛，有制度。」他竟而有些得意了。「你去忙吧，」他寂寞地說。對方居然欣然地掛了電話，拋下一句：「這年頭，做生意不容易，就是忙死了，也只夠掙一碗飯吃罷了，嘿嘿……」

他忽然感到彷彿被整個世界所拋棄了的孤單。他這才想到：這一整個世界，似乎早已綿密地組織到一個他無從理解的巨大、強力的機械裡，從而隨著它分秒不停地、不假辭色地轉動。一大早，無數的人們騎摩托車、擠公共汽車、走路……趕著到這個大機器中去找到自己的一個小小的位置。八小時、十小時以後，又復精疲力竭地回到那個叫做「家」的，像這時他身處其中的，荒唐、陌生而又安靜的地方，只為了以不同的方式餵飽自己，也為了把終於有一天也要長成為像自己同其遑遑然的「上班族」餵飽——養大……

就在他孤單地、無頭緒地想著的時候，電話竟唐突地響了起來

「喂，」他說。

——Olive，沒有出去玩啊？

竟是楊伯良的電話。他忽而高興起來。

「沒有啊，這大熱天。」他說。

——中午我請吃飯。你挑個地方。

「謝謝，不用了，」他近乎反射地說，「怎麼就生分了？」

他話一出口，就覺得錯了。楊伯良，聰明玲瓏的人，當然不是不知道留下許多把柄在他手上。但願不要把他的推辭看作是威脅才好，他想。

「這樣的，是我才約好了朋友。我去不去上班，」他趕忙著說，「我對你，是一樣的。」

他噤著歎了一口氣。他不是個慣於說謊的人。但也曾幾何時，他竟學會了，在緊迫的關節上，虛情假意的話，順口就溜。

——好，好……

楊伯良似乎有些激動了。沉默了一會，說：

——好。其實，我有話要對你說。不過，也不急嘛，晚上聯絡。

楊伯良掛了電話。他這才感到飢餓。找個安靜的地方，一個人吃飯去，他想著。現在，他差不多有了真正渡假的心情。他換好衣服，鎖上門。一出冷氣公寓，台北夏天的悶熱和灰塵，猛然地撲面而來，他打開胸口上的鈕釦，瞇著眼睛在晒得燙人的紅磚路上走著。走不了兩步，他在一個小車牌邊的一棵楓樹的蔭影下，探著頭等計程車。他遠遠地向一輛漆著涼爽的藍色的計程車招手。當他跨上車子，他向司機挑了一條街。「過二段，靠近美國佛州銀行那兒，我下車。」他說。

車上的冷氣，逐漸又使他自在起來。然而，才沒幾年以前，他原是一個擠公車，甚而至於在大熱天走路上班的那一級屬的上班族。調信用組主任那年，由於信用調查上的必要，他的部分工作，便有外勤的性質，於是他有了坐計程車辦事、實報實銷的權利。這以後，坐車成了習慣，逐漸地把未必是因為公事的車費，也填到申請表上。他很快地變成一個不願意擠公車，不願意走路的人，甚至於十來分鐘的路，他也情不自禁地向駛過身邊的計程車招手。

他在佛州銀行門口下車。豪威西餐廳正好在銀行的頂樓。他挑了一個正好可以望見就在附近的、巍巍然的華盛頓大樓的位置，坐了下來。台灣莫理遜公司，便在華盛頓大樓的九樓上。從頂樓上望去，外面的街景，對於黃靜雄，是很富於電影的趣味的。矗立於這二段接三段的十字路口周邊的，高低、形狀各異的大樓，在陽光下，帶著各自的幾何圖案似的陰影，穩固、安靜地站著。但是地面上卻是一片川流似的人和車的往來，在交通號誌的指揮中，尤其在俯瞰之下，自有一種韻律。而華盛頓大樓，因著它的赭黃色的大理石建材和獨到的設計，在日光下，尤其的出眾。豪威西餐廳的雙層玻璃窗，把原必十分嘈雜的市聲，全都摒斷於外。櫛比而來的車子、穿梭其間的機車、潮水似的人的流徙，在林立的、靜默的、披浴著盛夏的日光的高樓巨廈……

都彷彿皆以窗為銀幕，無聲地、生動地、細緻地上演著。他實在應該拍片的，他漫漠地想。

「先生，是吃飯還是喝飲料？」

「吃飯，」他說，依舊凝視著窗外。他掏出香菸，才知道沒帶火。「給我一包火柴好嗎？」他說著，抬起頭來。

他看見一張圓圓的、少女的臉。他微微地吃了一驚。他接過菜單。「A餐吧，」他說。把不曾打開的菜單又還給她。「今天是牛排還是豬排？」他說著，凝視著她。

「豬排。」她說。

「請你把豬排換一下，」他說，「換烙明蝦好了。」

「好的。」她說。她把菜單抱在胸前，正欲走開。

「小瓶的啤酒一瓶。」他笑著說，「新來的嗎？」

「是的。」她說。

她走開。他注視著她穿著觸地長裙的制服的背影。雖然身材和年紀怎麼也不像，但是這新來的女侍，卻驀然地使他想起一個叫做Rose的女孩。

也是渾圓的臉，也是微噘的、厚實的嘴唇，也是比較寬的、多肉的鼻子。Rose缺少像這新來的女侍那樣一開口就討人親近的潔白而又整齊的牙齒。當然，身世和職業的緣故吧，Rose卻具有這少女所沒有的、漫不經心的嬈媚。調任信用組主任不久，他驟然多了和廠商交涉應酬的機會。就在他生平第一次上沙龍的時候便認識了Rose。

「中國名字叫什麼？」他問。

「叫我Rose就行了，」她說，「你又不是查戶口的。」

探問淪落風塵的女子的真名，是遊客的一忌——這是直到後來，他才懂的。然而，當時的Rose對於誤犯了禁忌的他，毫不介意。他們在昏暗的燈光中狎飲著。他原善於飲。正好是善飲的自信，使他在那次初涉風月的時候，有初客所不常有的自在。

「喂，你不會是朴子人吧？」

不時地凝視著他的Rose說。

「如果是呢？」他說。

她沒說話，默然地啣上一支菸。他為她點火，這才看見她那微噘的、厚實的唇。

從那以後，Rose不時的有電話來。有幾次是宿醉醒後打來的。

——電話就在床頭上。你一定很忙，我真不應該打擾你。

有一次，她的聲音荒濁而淒楚。他聽見她在電話的那一頭辛苦地嗆咳著。

「少抽點菸啊。」他說。

她忽然哭了起來，她淒楚地、自抑地哭著。「怎麼回事？你怎麼回事？」他說。然則她只是飲泣著。

——沒什麼啦。

她終於說。

「要不要我去看你？」他說。

——不要！這樣的地方，你以後少來。

他沉默地歎了一口氣。

——只要我打電話，你不嫌，就好了。

「隨時打來好了。」他說。

——盡量少打。我會盡量少打。

謝謝你哦。

她掛掉電話。

他開始吃第一道菜。這裡細嫩的牛舌冷盤，他素來喜歡。他慢慢地、精緻地喝下第一杯冷啤酒，然後他伸著脖子，在餐廳內找那個圓臉的女孩，卻怎也不見她的踪影。將近兩點的這時，豪威的客人逐漸地少了。斜後方的檯子坐著四個日本人，聒噪地談論著。

6

就這樣，在一段矜持之後，Rose迅速地滑入他的生活裡。他於是從一個謹慎的、謙卑的、擠公共汽車的職員，變成比較狡猾、世故、以計程車代步——而終於有了情婦的小主管。他招會買房子的時候，Rose自自然然地提了十萬元給他。

「這個不行。」他說。

她把支票塞進他掛在牆上的長褲口袋裡。

「需要的錢，我全預備好了。」他說。

「這十萬塊，替你蓋書房的兩面牆，」她一邊寬衣，一邊走進她的公寓裡的浴室。她關上浴室的門，「可不能用來蓋你們的臥室。」她在浴室中說，咯咯笑了起來。

半年以後，她忽然離開了。沒有爭執，沒有糾纏。後來他聽說她同一個美軍人員同居，終於一同離開了台灣。開始的時候，他想一笑置之。但他開始不自主地想念她。後來，他發瘋似地想她。愛慾和妒恨苦苦地煎熬著他，他甚至常常不可自抑地在早上同事未來、下午同事都回家的時刻打她留下來的電話。那是蜎居著像Rose那樣的女子的公寓。

——Hello…

一個當然是陌生的女子的聲音。

「妳以為一走就可以了事嗎？」他用英文說。

——你在講什麼呀？

對方用洋涇邦的英文說。

「你知道我在講什麼，蜜糖心兒，」他用英文說，「他×的，我想你啊……」

——寶貝，為什麼不來看我，我叫朵麗。Come and try me...

對方吱吱咯咯地笑著。他掛掉電話，眼淚掉了一臉。

然而他的棘心、他的沮喪，並沒有繼續多久。他忽然意外地被擢升到表報組當主任。表報組是會計部副經理的跳板，有獨立的、稍小的辦公室，有車子。幾次公司內比較高層的工作會議，他也得以和各部經理——有時也同桃園工廠部的高層管理者一同列席。他彷彿是一夜間竄升起來，自然地高於一般同事。而距他只一步之遙的副經理的工作是統籌、調理和分析、報告的性質，比較空閒些。不料大學時代閱讀電影理論的一點訓練，在需要常常寫英文分析報告的工作上，倒有了很好的用途。對於他，更其重要的是，一旦他搬進那個辦公室，他便立刻可以繼續他那一擱就是十年的紀錄片製作。就這樣，他把Rose淡忘了。

當他把只吃了一半的烙明蝦推開時，一雙素白的手忽而伸了過來，輕巧地撤去盅子和盤子。他迅速地抬起頭。他又看見那張渾圓的臉了。然而，這時的這圓臉的女孩，即使任他怎樣深深地凝視，竟而已與從斑駁、塵封的記憶中尋回的Rose判若兩人。他嗒然地投目於窗外。陽光似乎尤其的白熱了。華盛頓大樓在白熱中兀自矗立著，「像一座大理石的現代雕刻」，Mr. McNell曾說。

但是，那年秋天，出乎任何人意料地，當時的總經理Mr. McNell從扶輪社帶回來一個Kenneth趙，逕自派任楊伯良費盡心機和唇舌才奉准設立的會計部副經理。無需多久，Kenneth是Mr. McNell的同性戀伴侶的事，不但傳遍台北的高層企業管理者的社會，在台灣莫里遜內部，謠啄和耳語也開始像初沸的水一般窒悶地、頑強地翻攪著。

但無論如何，這對於黃靜雄曾是一步之隔的機會，像一隻沒接好的球一般，打從他的身邊颯颯然飛馳而去。

那時候，受到挫敗的Bertland楊，像一條被激怒的毒蛇，迅速地把自己團團地圈了起來，準備一個致命的攻擊。他忙碌地布署，像蛇一般不露聲色地工作著。首先，他以維護善良的風俗為理由，使榮將軍很快地參加他顛覆Mr. McNell的陣容。然後，他開始扮演一位同性戀的同情者的角色，終於鼓舞他們賃屋同居。當McNell太太以一個受騙的太太加入了B・Y所精心設計的陷阱時，厚厚的檢舉書便由榮將軍和McNell太太分別署名，告向紐約總部的總裁Mr. Bottmore。

「請問您要咖啡還是紅茶？」一個年輕的、滿臉青春痘的男侍，卑屈地問。

「冰紅茶吧，」他說。

他看見那個圓臉的女孩，坐在陰暗的角落上，用報紙擋著光線，趴在檯子上午睡。他依舊記得Mr. McNell滿頭銀白的頭髮，大而微凸的眼睛，一八五以上的個子，老愛穿深色的瘦筒褲子。Kenneth蒼白，略胖，端正卻說不上清秀，聽說是韓戰的時候曾當過翻譯官。其後由P．X轉到翰丁頓電子公司，在扶輪社的俱樂部碰到Mr. McNell。

而Mr. McNell終於走了。走得令人難忘。

Mr. McNell毫不吝惜地付出巨額的贍養費之後，和McNell太太離了婚。他也以哈佛大學博士的優雅，婉拒了總公司方面將他調派巴基斯坦的轉圜的餘地。他曾以十數年在跨國公司派到各洲、各國去擔任分公司經理的體驗，出版過三本由詩、散文、遊記和小說拼湊成的書，每年頗有一筆不大不小的版稅。而他拋棄了事業、妻兒，帶著青蒼、憂悒的Kenneth，漂泊到澳洲去。

黃靜雄斜對面的、就在B．Y隔壁的副經理室，重又空了下來。一度擺盪得遼遠了的希望，忽而又近在咫尺。就在這一段日子裡，他忽然收到一封從美國寄來的、筆跡陌生的信。他狐疑地打開了，才知道竟而是Rose寫來的。

她告訴他，他有「六、七分像」她一個初中時代的理化老師。「他教我不要為了貧窮而感到羞恥，」她寫道：「畢業以後，他跑到我們朴子鄉下，說我應該考女中，也說他要出學費。」可是「你畢竟不是我那終生不能忘懷的老師，我的心中的唯一的男子，」她寫著。當她被逼淪落的時候，她知道「他不會責怪我」。那時他早已因為肝病英年而死。接著，Rose以近乎三分之一的郵簡，討論中國男人與外國男人孰優的問題：「中國的男子比較聰明，但都是三流的lover。他們不敢愛。愛起來條件又多。你也一樣……外國的男子，有的簡直生蕃一樣。但是他們很勇敢地愛。我先生Paul明明知道我的職業，肚子也懷著別人的小孩，可是他說他要我，跟我結婚……」「最後我來告訴你我的中國名字。我叫周阿免。我的那個老師，那個我唯一的男子，是天下唯一告訴我周阿免是好聽的名字的人。」她寫道：「我在中山北路做的時候，當然不能用這個名字，不是含羞，是十分的愛惜。」她的字大小不一，密密麻麻地寫滿了兩面郵簡。

信表上歪歪斜斜地寫著她在愛荷華的地址。他想立刻回一封充滿友情的信給她。但是拖了一天，拖了兩天，他在和Bertland楊緊緊地掛勾的日子裡，把她完完全全地忘了。

他點上一支菸，用左手緩緩地轉動著冰紅茶的玻璃杯子。他看見那懸浮的、小小的冰塊，卻兀自懸掛在中央，並不跟著茶杯轉動。「中國的男子……不敢愛。你也一樣。」他尤其清晰地記得這句子。他喟然地、孤單地對著自己笑了起來。

Mr. McNell離職以後，紐約方面從印尼調了一個年紀只比B．Y多出三歲，卻早早地禿了頭的、蓄著山羊鬍子的Mr. Tolmann來當台灣莫理遜的老總。就是現在，他還記得楊伯良於是便變化做一隻狡慧的章魚，用長長的、無骨的、稠黏的觸腳，四方上下地向一望著精悍練達的塔爾曼先生觸探。直到有一天，B．Y終於拿到一大疊塔爾曼先生的帳單，交給黃靜雄做帳。

「這一隻，好養得很。」

楊伯良若無其事地說。但是整個眼尾、嘴角都洋溢了欣喜。「不挑食，大大小小，他都吃。」楊伯良終於笑出聲來。而黃靜雄於是一步深似一步地，看見了企業的既深又廣的腐敗面，初時也不免使從教科書吸取滿腦子「美國企業是現代合理化管理的實現」一類的觀念的他，大為吃驚。

去年春天，楊伯良，經常滿面春風的Bertland楊興致勃勃地告訴他，公司已經將他的基本資料和配車計畫，一併送請馬尼拉轉紐約核准。「這回我們鄰居是做定了，」B．Y說。那時候，他興致勃勃地上班、下班，工作的效率出奇的好。但是不到一禮拜，B．Y用內線電話把他請到B．Y的辦公室。

「告訴你兩件消息，」B．Y說，「不太好的消息。」

他從容地笑著，側身坐在他的桌前。

「Mr. McNell死了。」

「哦！」他說。

「自殺。」B・Y以手為刀刃，伸長自己的脖子，向右邊猛然地一拉。「吱——」B・Y說。

「噢！」他說，搖著頭。

楊柏良讓了一支菸給他。他為楊柏良點上火。

「另一個消息：總公司要各國分公司搞一個『成本撙節計畫』。」

「哦，」他說。

「要我們搞人事精簡。嘿，我只好把我隔壁的房間暫時再空一空，嘿。」

楊伯良向他眨眨眼，笑著。他一時竟也只好陪著笑了。

「放心，」B・Y說。

「嗯。」他說。

「放心好了，全是表面工作——誰說美國人不搞表面……？」B・Y壓低聲音說著，又復笑了起來。

他開始一小口一小口地啜著涼透了的紅茶。一直到今天，CRP（即「成本撙節計畫」的英語縮寫）果然——不，當然只是個「表面工作」罷了。楊伯良、榮老董這兩個無盡無底的坑洞留著不堵住，卻盡揀著紙張、原子筆一類的小項目去撙節。而他的會計部副經理，原以為是煮熟的鴨子，不料竟飛了。

其實，他想，自己對於B．Y失去完全的忠誠和信賴，大約便從推行這個以他的升遷為犧牲的CRP開始的吧。他轉過頭去，瞭望著依然在白熱的夏天的日光中矗立著的華盛頓大樓。他睜著眼去算數B．Y的窗子，上下、左右地數著，彷彿唯恐在一張巨大的報表上找錯了數字一般。

——B．Y，你是個騙子呢。

他對著那個推想應是屬於楊伯良的窗口，默默地說。然而，他卻早已沒有了怒意。現在，拋棄了世界以為珍貴的一切而漂泊的Mr. McNell和懷著感恩的愛行走於風月之中，並且無忌諱地斥責無勇、無義的男人之愛的Rose，在他的心中，逐漸浸拓開來。他忽然憂悒起來。他看看錶，已是三時許了。他揮了揮手。不知什麼時候醒來，正在和同伴玩牌的那個圓臉的女孩，走了過來。

「帳單。」他說。

「噢。」

她掠了掠及肩的頭髮，若有所思地說：

「他們說您是華盛頓大樓的……」

「是啊。」他說。

「華盛頓大樓的，」她一邊收拾檯上的杯子，一邊說，「是要簽帳呢，還是……」

「不，」他說，站了起來。「這回，我自己付。」

從豪威西餐廳回來，他竟睡熟了[7]。醒來，已是下午五時許。他把放在衣櫃上面的壁櫥裡的攝影機取出，在客廳裡擦拭著。片子雖然有七、八年沒拍，但一年至少一次的保養，他卻從來不曾間斷過。萱兒和美娟先後回來以後，他的保養已經完成了。而這一日來令人惶恐、孤單和叫人陌生地安靜的他的家，便重又充滿了各種聲音：妻在廚房烹飪的聲音、萱兒的房間傳出來的電視卡通節目的聲音，以及在這些聲音中互相交換的談話。

晚飯有美娟刻意的豐盛。昨夜，他把自己想要放棄莫理遜的工作，稍事休息，並且趁便拍片的決定告訴她。不料她竟爽朗地、不假思索地說：

「那好。」

「為什麼？」

「我以後再也不用擔心要參加你們公司的正式宴會，」她笑著說，「我穿不慣晚禮服。再說，我不像其他的經理太太能說流利的英文。」

他苦笑了。

「我們還有房子的利息要繳，」他說。

「什麼時候放電影呀？」小萱之說。每次看見黃靜雄整理攝影機和放映機的時候，她總是吵鬧著要看那一段他和美娟初婚以至於小萱之出生之時所攝的兩小卷紀錄。

「吃飯，」美娟說，「吃過飯就看。」

「還有眼前這種生活……」他說。

「暫時還不是問題吧，」她說，「今天，我在學校裡想過。我們買架鋼琴，晚上收學生，很有一筆收入呢。」

他沒說話。他在昨日的盛怒中賭咒要辭職之後，立刻感到他其實早已落在重重的生活的驅使每一個人去上班、下班的無形的巨大網罟之中，難於動彈。

電影是照例要看的。小萱之早已迫不及待的等著關燈。

他熟練地裝好片子，打開放映機的燈。「好嘍！」他說。小萱之「啪！」地關掉燈，急急忙忙地跳上她挑好的沙發上，睜大眼睛看著。放映機細細切切的聲音，充滿了整個客廳。

小小的銀幕上照出一條狹小的、古老的、零亂的巷子，鏡頭舒緩地向前推去，然後以一個優美的角度向右上迴旋。一個小小的陽臺迅速調近，於是新婚不久的美娟從屋子裡走出，倚在陽臺上。微風使她的頭髮不住地飄動著。她東張西望，表情有些僵木。

他笑了起來。

「那時你拚命叫我不要看鏡頭，擺自然些，」她說，「卻反而是這怪樣。」

鏡頭跳進屋子裡。美娟和她的女友坐在共用的客廳裡的沙發上，翻著照相本。翻的人和解說的人的動作，都顯得很誇大。然後他看見自己走進鏡頭裡，一派老練的大明星樣子。他看見那時的清瘦的、留著長髮的、年輕的自己，不慌不忙地把整個臉轉向鏡頭，表情嚴肅地說著話。背後的美娟和她的朋友，卻在摀著嘴笑，然後高興地鼓掌。

「爸爸在說什麼？」小女兒問。

「問媽媽。」他說。

「媽不知道，問爸爸……」她說。

他點上菸，深深地吸了一口。青色的煙，在放映機射出去的光簇中縈繞著。他記得很清楚。那時他把攝影機在桌子上擱好，走進鏡頭裡。然後他對著鏡頭說：

——黃靜雄，中國未來的偉大紀錄電影家，在他廿五歲那年結婚。就在這簡陋的公寓裡，黃靜雄拍下了他最初的作品……

「為什麼那時候的生活裡，充滿了另外一種力量？」他低聲說。

「什麼？」她說。

他搖了搖頭，沉默地抽著菸。鏡頭不斷地跳著，流著。已經懷孕了的美娟，在田間走著；在床上翻閱育嬰的書；在翻弄由娘家縫製過來的娃娃衣裳。然後是在襁褓中張大嘴巴哭泣的萱兒……

然而忽然間，銀幕上跳進圓臉的、寬鼻的、噘著厚實唇的Rose。他大吃一驚，想關掉放映機，又迅速地想到這樣反而啟人疑心。

「誰呀，這是？」小萱之興味十足地問。

「對，這是誰呀？」美娟說。

他沉著地抽著菸。他告訴美娟這是一段影劇科學生的習作。因為學生沒有放映機，向他借過機器放映。其後乾脆連片子也存在這兒。

「雖然是習作，在技巧上，還是挺穩的。」他淡然地說。

Rose在鏡頭上不時神經質地拉著當時流行著的迷你裙。她時而摸摸花瓶上的花，時而迅速地向鏡頭瞥一眼。她不是一個上鏡頭的女人。現在她側身坐在籐椅上，自然的光線照著她冬衣下豐美的體態。她似乎執意不看鏡頭，輕輕地晃動著疊在左腿上的她的右腿。然後忽然間，她嗔怒地隨手抓起一本厚厚的雜誌，向鏡頭用力擲來。片子也在那一霎時斷了，留下空白的銀幕和細細切切的放映的聲音。

小萱之開了燈。

「那是誰呀？」小萱之說。

「一個爸爸不認識的阿姨。」他說。

「她幹嘛把書丟過來呀？」

「因為她不喜歡唸書，我猜。」他說。

美娟和小萱之都笑了起來。視他的「電影藝術」有若神聖的美娟，顯然對Rose的片段，毫無疑心。他開始把片子倒轉。放映機發出颯颯的、急速的聲音。

就在他突然接到Rose從美國寄信來的那天，他把鎖在辦公室的這個片段拿了回來，在妻兒未歸的時間中，一個人偷偷地放過一次。可是Rose用力擲過來的那一本書，卻一直到今天，才重重地打在他的羞愧的心上。

他記得很清楚，在拍攝的時候，他要她慢慢地把衣服脫掉。

「不要。」她一邊遵守著「不許看鏡頭」的他的約束，僵木著脖子說。

「如果不要全脫，脫到內衣，也行。」他一邊拍著，一邊喁喁地說，「你的身體，很美呢。真的。」

「不要。」她說。

「怎麼你也害羞呀？」他笑了起來。

他看見她忽然轉向鏡頭，用力向他擲來一本厚厚的書。他立刻停了下來。他看見她依然坐著，用兩手絞弄著衣裙，流著眼淚。

在那個時候，他有過憧憬；有過一顆在地平線上不住地向著他閃爍的星星；也有過強烈的愛慾。而曾幾何時，他成了副經理室閉了又開、開了又閉的那扇貼著柚木皮的、窄小的、欺罔的門的下賤的奴隸。他成了由充滿了貪慾的楊伯良所導演的醜陋而腐敗的戲曲中的，小小的角色。

一直到沐浴、更衣、上床的時候，他的心都懷著一份久已生疏的悔恨和心靈的疼痛，以及這悔恨和疼痛所帶來的某種新生的決心。

「暫時間，生活不會有問題的。」美娟在梳妝鏡前說。

他望著鏡中的美娟，沉默著。

「我看你有些心事。」她說。

「噢，沒有什麼。」他說。

沒有楊伯良、榮將軍，沒有腐敗的陰謀、沒有對於副經理的那黑色的假皮的坐椅的貪慾，生活會有多麼的不同啊。他沉默地想著。

就在這時候，床頭上的電話驀然響起。

——Olive…

是楊伯良的聲音。

「是啊，」他說。

——我剛剛從榮將軍的家回來。他說他那個寶貝侄兒早上打了越洋電話，說是不願意回台灣來，向總公司辭職。

「哦。」他說。

——這個艾德華．趙，說是如果這時來台灣，他好不容易就要等到的Green Card就會泡湯。嘿嘿。

「哦。」

——不說這了。你只不在一天，我才發覺Joe, Nancy全部派不上用場。表報一塌糊塗呀……

「哦。」他說。

——你說什麼？

「我明天去看看！」他大聲地、生氣似地說。

楊伯良在嘿嘿的笑聲中，掛了電話。美娟安靜地凝望著他。

「誰？」她說。

「Bertland，」他說。

她又轉身去看鏡子。她說：

「要你回去？」

「嗯。」他說。

「他們少得了你麼？」

她對著自己在鏡中的、卸了妝的臉，得意地笑著。然而她看見原已斜臥在床上的他，匆匆地爬了起來，走出臥室。

「什麼事？」她說，「大門我關好了。」

她看見客廳的燈亮了起來。過了一會，她又說：

「你在幹什麼呀？」

「把攝影機和放映機收起來。」

他低聲說。

「噢。」她說。

初刊一九七八年九月《雄獅美術》第九十一期
初收一九七九年十一月遠景出版社《夜行貨車》
收入一九八三年二月遠景出版社《雲》，一九八八年四月人間出版社《陳映真作品集3・上班族的一日》、二〇〇一年十月洪範書店《陳映真小說集3・上班族的一日》

1 本篇初刊《雄獅美術》，篇題〈上班族的一日〉前有附記「華盛頓大樓之一」，後收入一九八三年遠景出版社的陳映真小說集《雲》(「華盛頓大樓第一部」)，篇題後附記改作「華盛頓大樓之二」。

2 洪範版無標點符號，此處據初刊版補「！」

3 初刊版此下空一行。

4 「五百呎」，初刊版為「五十呎」。

5 「百來呎」，初刊版為「幾十呎」。

6 初刊版此下空一行。

7 「睡熟了」，初刊版為「熟睡了」。

試評〈打牛湳村〉[1]

一、鍾理和時代的農村

民國三十八年頃在台灣的土地改革，在台灣的土地制度史上，是一件大事，而在下列的幾點上，有重要的意義：

首先，這個土地改革，使具有兩百多年歷史的台灣本地地主，作為一個階級而被消除。地主—佃農的土地所有關係，不再是農村中主要的所有體制；農村地主，再也不是農村中重要的社會、經濟、政治和文化的領袖，從而農村地主在農村中，從整個台灣的政治和經濟的舞台上，迅速地消失了。

其次，隨著農村地主階級的崩潰，土地改革產生了一大批中小自耕農和半自耕農。儘管背負著一定時期的債務，在所有權上，很多農民新得了自己的土地，大大地提高了農業投資和勞動生產的熱情。於是農業生產力獲得極大的發展，使農村物質財富增加，而成為具有購買力的市場，為台灣的資本主義工業化，預備了好的條件。

因此，民國四十二年以後的十年裡，在全世界戰後第一個恢復和繁榮期中，在大量美援的協助下，台灣也有了極為安定的成長。從日本帝國主義主權的國家獨占資本主義企業全盤接收過來，而成為國民經濟主權的國家獨占資本主義，加上以恢復了購買力的農村市場為溫床而逐步養大的台灣戰後民間資本主義，到了民國五十二年，終於使工業資本產業在台灣的整體產業結構上，超過了農業資本產業，而為另一個加工貿易出口經濟時代，即在整個產業結構上，工業資本產業急劇上升，農業資本產業迅速下降的另一個十年，做好了準備。

死於民國四十九年的鍾理和，便在他所做的小說中，紀錄了這個時期的比較窮、比較偏陬的農村。在鍾理和的農村中，農人依然很貧窮，但他們卻異常的勤勞，卻差不多沒有怨言。至少，對於新得的耕地的無數分散的小農，總是相信只要拚命地把勞力注入土地，終於有一天土地會償還更好的酬報。

二、資本經濟下的小農體制

一九六〇年代，是世界先進國家大繁榮的時代。六〇年代初，美援終止，改以投資的形式繼續介入台灣的經濟。在六〇年代面臨金融恐慌的日本資本，在資本的集中化和精密化後，把過剩資本，伸向台灣。台灣於是展開了十多年加工貿易出口的經濟，工業生產指數以一九六三年的一〇〇增到一九七三年的六〇二，產業結構也有了很大的再編成，即農業生產部門急速下降到一九七二年的一四・八四，而工業生產部門則上升到同年的三八・九六。

吸取農業、農村的血乳而長大的工業資本，使台灣的產業資本主義有了空前未有的繁榮和成長。正是在這個時期，台灣的民間獨占性資本形成了，並且大大地降低了國營企業在全部資本中所占的比率；也正是在這個時期中，我們的國民經濟在加工貿易出口為主導的體制中，形成對於一、二大國之市場、資本、商品和技術的高度依賴。加工區、新的工商業市鎮興起，從而也產生集中在這些市鎮的工商資本家，和依附在工商業的大量的中產階層，及以集中在工廠四周的工業勞動者。

在這些經濟－社會結構的變化中，台灣的農村面臨了一些特殊的問題。

為了防止土地的再兼併，我們的土地改革在法律上阻止了土地向一個巨大的土地資本再次集中。財產平均繼承的法律，使本來不大的土地，不斷地零細化。這是一方面。

資本主義的強大影響，向農村徹底地滲透。台灣的農產品，便鉅細無遺地組織到資本主義的商品中。這又是另一方面。但是土地的零細化和農業生產規模的細小化，是和資本主義對農業的要求——大土地規模的農場，在現代農業技術條件下的大量生產和品質的統一，以及從生產者到消費市場間的一貫的、靈活的、有效而迅速的經營等等，是互相矛盾的。

台灣內部市場，甚至國際市場對台灣農業產品的要求，和分散的、零細的、經營上比較散漫、比較落後的小農民、及他們的小田地，也發生了矛盾。正是在這個矛盾上，產生了宋澤萊所寫的「包田商」人。這些「包田商」，經無數的小農的生產品中，挑挑揀揀，然後集中起來。藉著這些商人，農業生產部門才能完成資本主義商品之品質的統一，和大量生產的要求。

三、中間榨取下的農民

在前．資本主義的時代，農產品主要地、首先地是農民的食料。食而有餘，才拿到市場上去交換。在經營上，也比較傳統、比較落後。但是，在今天，農產品具有空前的商品性質。農民為了賣出而種植；農民也順應、預測國內甚至國際市場的需求而種植。在過去，人畜的糞便等天然肥料，是作物主要的營養。今天，化學肥料、除蟲劑、專門的飼料和飼料添加劑，動物疫苗……等等，成為不可缺少的投資。農民必須以貨幣購入各種現代工業產品以為資本，投入農業生產行程，才能使農產品符合現代市場的品質上的需求，並盡量減少栽培和飼育過程中的損失而保證量的增大。另一方面，他們對於詭異萬端的市場，毫無所知。他們沒有現代記帳計算的知識，缺乏現代資本主義經營的精神和技術。此外，他們更沒有能力將農產品運銷到各個消費市場，將農產品賣給國內和國外的消費者。他們盲目地種植。幸而遇見求過於供，農民驚喜地賺一筆單憑老老實實地種稻是永遠無法掙到的錢。有時候，供過於求，農民便無助、惶恐，不明所以地虧掉了一筆如果老老實實種稻子是怎麼也不至於虧掉那麼大的錢。更多的時候，他們任憑「包田商」和菜販、果販的榨取，忍氣吞聲，而無可如何。

四、〈打牛湳村〉的現實性

宋澤萊的〈打牛湳村〉，便是以一九六〇年代初以迄於今日的，變貌中的台灣農村為背景，描寫生活於這個背景中的人的困境。在資本主義[2]下的農村，農產品徹頭徹尾地變成了商品。

包商和農民

在過去，農民種的菜蔬瓜果，自食以外，才拿到附近的市集去交換農民所需的日用百貨。但是今天，農產品的市場，已不只是農村附近的市集，而是比較遠、比較廣闊的大都市，甚至是外國的市場。以打牛湳村來說，全村的人在稻作的間隙，一律種「梨仔瓜」。自己吃不完，附近的市場也消化不完。因此，這些梨仔瓜必須運到諸如台北、台中、台南……等大的消費都市。如果是外銷的蘆筍、柑桔、洋菇，則以更遠的外國市場為指向。

但是分散的、零細的小農，對於市場的各種變動不居的情況毫不理解，也沒有財力把產品直接運到消費都市去。今天的農民，千辛萬苦地把作物種出來以後，卻立刻要面對他所無從理解、無從把握的問題。出賣農產品，成為他們頭痛、駭怕的問題。「包田商」便在這個背景上，向廣泛的農村滲透：

貴仔一聽便曉得這幾個人是商販，中盤的，他們組成了採收集團，每當梨仔瓜季時，他們下到鄉底下來，包攬大批田地，打牛湳有些人害怕著賣瓜果，便乾脆把田包給他們，橫豎這些商人自備卡車，在北市又有商行（……）。

一方面這些包田商人熟悉全省各地的菓蔬商情、價格，有運輸的工具，有遍布的銷售網。另一方面，零細的小農，不但昧於實際商情，沒有資本自設運輸工具和銷售網，更因為沒有組織的力量，而完全失去議價的能力。於是在包田商獨占的市場下，農民只好把自己勞動成果的大部分，任由包田商榨取，以免血本無歸。

資本對於利潤的欲求，是不知限制的。以分潤他人的勞動成果為特色的商業資本，尤其是用擴大這分潤的比率，即盡量壓低生產者勞動結果的價格，來完成榨取。恃雄厚的資本、運銷工具和市場獨占以搶掠別人辛勤血汗的包田商人，便與農民小生產者之間，形成了矛盾和衝突：

「剛才那塊田的阿吉桑說三分地只要七千塊，就可以包給我們。」展昭說：「所以我們也想用七千塊錢來包你的。」

「七千塊？」貴仔又楞了一下，他說：「頭仔，你吃了瘋藥了，你們昨天說還可以加價咧。」

「那只是估計的。」展昭立即回答：「現在那塊好的才只七千塊，大家都看到了。」

貴仔終於不楞了。他已摸清怎麼回事，原來長痣毛的這批包商說話不算話，今天的價不同於昨天的價，自然一分鐘以前的價也不同於一分鐘以後的價，貴仔有些慌了，但他的慌又誘使他黑暗底心澎湃起來。

「頭仔，不要昧著良心說話，昨天在柳樹下大家也聽到，比李來三好的可以加價。」

「唉，蕭老弟。」長痣毛說：「做生意是兩相情願的，若我們願意的話，一萬塊也可以包下來。」

「正是，」展昭又接腔，以指代劍的指頭在空中亂舞，他說：「最多七千五。」

「什麼話！」貴仔終於因為黑暗底心而萌發了怒氣。伊說：「我比李來三的好，價格卻比他差。你們莫要來欺騙我吧，你們只會欺侮人吧。」

「蕭先生，你要諒解。」展昭說。

「諒解什麼？我豈是好欺詐的，幹伊老母，我蕭貴是憨人嗎？」

貴仔終於忿怒起來了。他大步踏到田裡去，嘩嘩地撥開葉子，東抓西摘地抱了一大堆梨仔瓜上來。

「你吃吃看，幹伊老母，只包七千五，我都寧願放火燒掉，這種黑暗的無天無良底世界。」貴仔叫著，便用力砸破一個，把水漉漉的瓜菓舉到展昭的臉上，展昭嚇一跳，便要走開，但臉上被塗得一片黏膩。

「你幹什麼？」展昭叫起來，伊沒想到打牛湳還有這樣凶狠的人，一時間便招架不住。

「你也給我吃！」他對長痣毛的說：「這樣的梨仔瓜你好意思包七千塊。」

「不要亂來，蕭先生，我們是生意人。」

「你是生意人，幹伊娘，沒良心的那種生意人！」

蕭貴很生氣了，伊一跳，便落到草叢去，拏出一把鋤頭，把鐵片拆了，顫巍巍地舉著要來打長痣毛的。

「……」

「蕭貴要殺人了，蕭貴要殺人了。」

伊們大聲地呼叫起來。

農業性商品，不比一般商品，經過一定時間，收穫的蔬菓，便會汙爛。農產品的這一特質，在包田商、瓜販資本獨占的市場下，無組織、無議價能力的小農民，競自殺價求現，以支付栽種期間因購買生活材料或農業投資所造成的債務，而使深刻地浸透於農村的農產品中間商人的資本，顯露猙獰、冷酷的貪欲。

瓜販和農民

以經驗老到的目光、豐富的市場背景知識，對農民弱點充分的把握來到田裡包田的商人，和專待農民將菓蔬採摘淨洗後拖運到市集裡，再出而議價收購的瓜販，沒有本質上的差別：

〔……〕這些商人實在不宜稱為「菜蟲」或「菓蠅」，伊們更像一只精巧的牛蜂，知道哪一隻牛的肉比較香，哪一地方是多血質，還可以從這隻牛的眼睛瞧出他是笨牛，怒氣的牛或乖巧的牛，必要時還可以從牛角上叮出一口很好的血來。

然而在市集上，面對著惶惑的、焦慮的、分散的、無知的農民，他們可以用更多的狡計和威嚇，去搶奪農民的心血。在〈打牛湳村〉裡，我們至少看到三種詐詐的方法：

第一種方法，是布置幾個人串通包圍，局部封鎖市場的行情，然後製造瓜價猛跌的錯覺，逼使農民賤價賣出。

〔……〕「你的梨仔瓜不好，只賣二塊五。」

笙仔和他的妻子都嚇一跳，不知道他是什麼意思，當時大家都賣得很囂鬧，隱隱中聽到有人喊三塊錢。

「賣不賣？」商人又問。

「不賣。」伊的妻子說。

商人便跑了。

那時太陽赤燄燄，大家都想趕快回去，整個市場繁忙動亂，但商人真會計算，伊們只是在那兒拖磨著。

大約又過了二十分鐘，又有一個瓜販走來，也不看他們的梨仔瓜，便說：「你的梨仔瓜不好，只賣二塊三。」

笙仔摸摸胖胖的後腦勺，想著，等二十分鐘後沒賣得更好，價格反倒下跌了。他的妻子便嘀咕起來，這款的市場，一點準則都沒有！又過了一刻鐘，忽然又走來一位年青的販仔，伊也是不太用心來看梨仔瓜的，他又說：「不好！只賣二塊錢。」

笙仔的妻子終於生氣了，她把聲音提高到最高點，說：「不賣！」瓜販又走了。

於是頭一個商人又回來，笙仔夫婦急忙以二塊三的價錢賣給他，後來才知道當時市上的行情竟是三塊[3]！

第二個方法是利用口頭契約的不明確性，使農民吃虧上當。在言明「只挑好的買」後，蕭笙高高興興地以稍好的價錢做了一筆生意。於是商人精挑細撿，把好的全部挑光，使剩下的瓜成為三、四級品。商人把撿剩的瓜用推車推還他說：「好了。」

「好了？」笙仔疑惑起來，他看還有半載的瓜仔沒裝進去。

「好了。」他們快樂地笑著。

「喂，莫囉，還有半車咧！」

「那些綠的我們不要。」他們站直著身子來說，有些把汗衫脫下來拭汗，露出強壯的臂肌。

「你講瘋話咧！這些你不要，我拿去賣誰？」笙仔緊張了，他說：「好的你都揀去，留下這些幹什麼？」

「我們都買好的。」當中一個人說，他纏一條白帶子在腰部。都像電視裡的打手。

「鬼咧！天下哪有這種賭贏不賭輸的，都是強盜！」

「你說話客氣一點，我們只買好的，你又不是沒聽我們事先說明。」一個三角肌的也站出來。

「要打架沒關係。」白帶子的說。

「死人！走呀！」笙仔的妻子一看場面不對。她便不敢說，只怕笙仔被欺侮了，就想拉他走開。

「鬼咧！你們都是強盜。」

笙仔的和煦暫時跑掉一分鐘，禁不住也要叫起來。

死死咬定打牛湳村和整個世界是無救地黑暗的蕭貴，也吃過類似的虧。言明任其採摘，在誠信的基礎上出公道價錢之後，瓜販把蕭貴園中的瓜採個精光，然後以品質不劃一的理由，出了二塊錢一斤的低價。在瓜田已被蹂躪一空的事實下，貴仔只好飲恨吃虧，還賠上一頓飯。

貴仔看看青綠的梨仔瓜又看看商人又看看太陽，伊終於認定這世界無救了。

第三個方法，是延宕戰術。這是利用農產品保存時間不長久，農人必須急速脫手的條件，或利用農民搬運農產品來市集，都希望迅速、順利地脫手，以便趕回去料理家務農事的條件，商販故意拖延收購的時間，逼使農民在焦急的情況下，折價出售。「怒在棺材店」的一章，便描寫在雨天中，農民都急著快快出售梨瓜，但瓜販就是遲遲不在市場上出現。

〔……〕一個個的販仔都躲著不肯出來，他們都像玩猴子的人，他們深知下雨天的打牛湳和十二聯莊是最焦躁的，一則面臨瓜價下跌的命運，一則又面臨瓜仔腐爛的劫數。伊們要等到這批老骨頭來央求伊們廉價兮兮地購去，讓老骨頭淋夠雨，把價格淋成一斤五毛錢！

打牛湳村的零散的、孤獨的、焦灼的瓜農，便在市集上任雨淋著。焦慮、惶恐、忿怒和怨恨在雨中逐漸累積起來。

突然秤量場那邊有人喊起來了，警察們的哨音嗶嗶響，人潮像水般動蕩起來，有人喊著：「吵架了！吵架了！」

原來是一個瓜販和打牛湳的人吵上了，在秤量場那邊用牛椿來毆擊著。

棺材店避雨的人也不耐煩起來，他們站到馬路上去，便大喊：「伊娘！老躲著不來買梨仔瓜，還要打人，什麼意思。伊娘，打！打！」

說著，便要去搶棺材店的木塊。

路上的人紛紛也都搖動起來。

「找伊們理論去，這種吃人的瓜販。」

寺廟和農民

無從理解、更無從把握的現代市場和商情，現代經營知識的闕如；時時刻刻都需要現款去購買工業產品以生活、以投資於土地；零散、薄弱的資金不足以自己經理運銷和販賣其產品於消費市場；瓜販獨占下的孤立感和無力感——這一切，都使農民寄託其命運於未知、神秘的超自然的力量。於是各種宗教迷信，廣泛地繁延於今日的農村。堂皇的寺廟，獨立於貧困的農舍社區之中，成為不可思議的對照。「問罪大道廟」的一章，以插曲的性質，描繪了寺廟對於農民的斂取。辛勤種植，又含悲賭氣賣掉的一百斤、兩百斤……甚至一千斤梨瓜，便落入以地方政治領袖「鄉民代表」為主任委員的大道廟管委會的財庫裡。

其他

長年以來的低米價政策固然壓低了台灣的工資，從而增大了產業資本的利潤率，養肥了台灣的工業，卻使農民收入在日日高漲的工業產品的世界中逐步、相對地降低。廣泛農村米倉設施的不足，或突來的水潦，皆可使稻米在雨水中生芽霉腐，使豐產低廉的稻米愈益跌價，使農民受到進一步的損失。

這是每年打牛湳的大季節。早先在農村極不景氣的時候，每期的稻子都有賠錢的。〔……〕尤其第一期稻作浸過水，發芽穀降到三百塊，許多人都沒賺錢，這一季的梨仔瓜便成了伊們唯一的希望。

在自由放任的經濟下，公共設施比較差、資源比較貧瘠、自然條件比較壞的農村，和這些條件都比較好的農村，存在著發展上的不平衡。打牛湳和十二聯莊的經濟並不見得很好，但是蕭貴在歷盡挫敗，降身和鬍鬚李去當行腳瓜販的所在——沙仔埔，一個貧困的漁村，梨仔瓜最貴只能賣一塊錢。

五、〈打牛湳村〉的藝術性

〈打牛湳村〉的深刻現實性，生動地表現了當面廣泛台灣農村社會生活的現實，和這些現實中的問題點，從而也反映了這些問題點下生活著、勞動著的人的葛藤。我們從集中地、典型地反映在宋澤萊的〈打牛湳村〉現實，看見了不同於鍾理和時代的，在唯工業化論和唯成長論體制下類如打牛湳村的農村的現實形象。這種深刻的現實主義性格，鮮明地使「鄉土文學」突出於一向一般地比較缺乏涉入和關心的台灣音樂和繪畫，而表現了近代[4]台灣小說在描寫、批判和抗議上獨特的積極性。

當然，單只是現實性，不能造成一篇優秀的小說。小說，既然是藝術的一種，便要充分地注意它的藝術性。〈打牛湳村〉無可爭辯地具備了生動地表現上述現實性的藝術技巧。

人物論

〈打牛湳村〉以蕭氏兩兄弟為主要人物——這只要看「笙仔和貴仔的傳奇」這個副題就甚為明白。其實，〈打牛湳村〉最大的成就，正是在於它塑造了七〇年代台灣農村的兩個典型的人物。

蕭笙是蕭家老大。蕭家並不是打牛湳的本地人：

〔……〕這個老大笙仔，有一顆大大的頭，像月亮般圓圓的臉，看到人從來是和和藹藹，伊底身體胖碩得像牛一般，頭上披一叢金色細膩的髮，講起話來也是細緻的〔……〕

蕭笙一生中最大、最終的美夢，是在終生操勞後，能在晚年時養一窩豬：

〔……〕笙仔不禁想到他一向的宿願，在他老時，那時他的髮白了，走路拿著拐杖，他的小孩長大了，他一定要在自己空曠的田地裡蓋一幢大豬舍，養一大群藍瑞斯，他要坐在藤椅上，喝著兒媳們泡好的茶，然後望著四邊的田野、望著豬舍、天空、厝鳥，呼吸著帶有糞香的空氣，然後沉沉睡去……睡去……

其實，這樣的一個「宿願」，是和他對於人生的看法有關的。他總以為人的一生，應該像豬一般地飽食無憂——雖然「你莫要光看社區的那些漂亮花草，現在還是有許多人窮得住在竹廬裡像修道的人，他們始終都沒有翻過身咧！」

〔……〕有一陣子飼料被摻了牛脂，死了很多豬仔。笙仔可慌了，總要泡一點飼料水來品嚐，他認為死了人可以，死了豬仔是不應該的。每一次伊的豬仔長大了一點點，他肥胖的臉便會浮一種和藹的笑容，他總想，人生最大的樂事是像那些畜牲罷，有人養著，和和氣氣，身心都坦然無憂，他是把自己用來比較於那些豬仔的，伊不明白，除了舒服和享受外，人活著究竟要幹什麼。

以「有人養著，和和氣氣，身心都坦然」為已足的人生觀，並不因著現實的困厄而有所改變：

〔……〕蕭笙在那段日子裡也跟著打牛湳吃著簡陋的飯。但伊底吃住雖沒改善，可是伊底人生觀也沒有改變，生活雖不和煦，但對事對人可是永遠和煦的。他若與人談話，不管怎麼樣，打從心底都要浮起快活的微笑，他的微笑憨直，可以說是迷人的吧，和他談話的人也都高興。為此，和他在一起是樁樂事，不管是做什麼，只要遇上他就一定是有趣的。就比如說有一次放田水，上游的人把水堵死了，只留一絲絲給他，伊沒有絲毫的怨言，只把那一點水堵起來，點點滴滴灌溉到自己的水田去，但下游的人便跑過來，要伊把水讓出來，伊也毫無異議，那人在搶水的怒氣中罵他一句：幹你娘！但伊用和煦的微笑來回敬他。兩人便哈哈地笑起來，最後他的秧苗慢插了幾天，但他還是笑微微的。

蕭笙「最喜愛一大群一大群的人了，他也喜歡熱鬧，從來不為人多而心煩」，而且一口氣生了六個孩子。他喜愛人生。人生中的苦難、挫折，甚至遭到欺奪、凌辱的時候，蕭笙也不改其和煦。在市價三塊的時候，瓜販串通好欺騙他，使他以二塊三的價賣出去。「然則，笙仔沒有責怪誰。他想三塊和二塊三，只差一些罷了。若小孩不慎生了病，一花就盡了，多賺少賺是沒有必要計較的」。於是他又想起要養一窩藍瑞斯的宿願，「想一想，他又高興起來」。在一個令人懊惱的、焦慮的雨天的泥濘的瓜市中，他「整個人愉快得像騰空一般，和晚年時睡在豬舍邊大約是沒兩樣的，所以這世界便用不著你來計較，休息的時候是快樂的，勞動的時候也有它的快樂，甚至伊也相信，餓肚子的時候也是快樂的。」唯獨有一次，瓜販把他的好瓜全挑揀個精光，留下賣不出去的半載青瓜，他才忿忿地說：「鬼咧！你們都是強盜。」但是按照笙仔的和煦的脾氣與和煦的哲學，那忿忿大約只維持「一秒鐘」光景吧。

蕭笙是一個典型：善良、知足、「和煦」……。但他卻絕不失去一個農民的勤勞。他披星而起，摘瓜、養豬、賣瓜。在艱苦的生活中，他「和煦」的性格撫慰了他無數的挫折。他熱愛人生，熱愛生活，熱愛人群，懷著終於要養一窩藍瑞斯的卑微的宿願，過著日復一日辛勞的生活。當然，他也從來沒有想要改變他的生活。他以農民特有的韌性，加上他善於快樂、善於不加計較的個性生活過來，也將照樣的生活下去。

蕭笙的弟弟貴仔，恰好又是另外一個對比。而且無疑地是這個故事的中心。他受過高農的教育，是今日農村中數目不少的半知識分子。

〔……〕貴仔是瘦楞楞的一塊排骨，走起路像風中搖擺的莠草，伊有張削瘦的臉龐和高高的顴骨，一雙像飛進沙子的澀苦的賊眼，雖然是面貌不揚，但以前在念農校時伊可是懷著志向的。他愛種柑桔，畢業後回家就要發明新品種，厝前厝後種滿了綠桔樹，但大約沒有成功，都變成枯乾的樹枝。

受過教育，就有了一些知識，也就有了一些「志向」，也就容易按著這些知識和「志向」去批評甚至改革這個世界。他在一、二十年來落後、貧困的打牛湳，過著憂悒、貧苦的日子，整天唉聲嘆氣地說：「唉！黑暗的打牛湳……。」

和他的大哥笙仔一樣，貴仔也斷然不是個只知道擺擺知識分子的身段，不事勞動，空言抱怨的人。他「從來沒有偷懶過」。事實上，他沒有一刻不掙扎著要從打牛湳窒悶的貧困中解脫出來。

勤勞終日而猶不得一飽，使他「很忿怒起來，便要用廢耕來表示伊的抗議」。他擱下田不做，跑到市鎮去，當一家餐館的淫媒。「剛開始果然賺了一筆錢，很贏得窟守在打牛湳的鄉親底崇敬」。但是半知識分子的善惡心使他不安。「不久，貴仔的憂鬱症又發作了，因為城底罪惡和游離使他很不安」。他於是想起他失敗了的柑桔新種試驗：一株株立地不動的柑桔。他想：「這世界和柑桔的世界是一樣的，要接上強勁的根幹才會生出結實的果子。」

他終於受到警察的取締，「被關了幾個禮拜」，乃重又迤迤然回到打牛湳種田。「伊卻始終沒有忘卻要來圖存」。他應考而當上了當時國民中學的「作物栽培」教員。他勤勞、認真地教，學生卻嘲笑他是個「掘墓仔的」。他「憂悒的眼珠便瞧見了教育界的黑暗」。他「忿怒地在校務會議上大罵教育制度」，甚至批評政治，「結果被警察叫到分局去問口供」。他被解聘了。

他是個傷痕纍纍的人。他的悲劇，在於他不若笙仔那樣逆來順受。他對任何方面來的壓力、挫折和凌侮，都要反抗，但結果，這孤獨的、受村民嘲弄的抗議，徒然只成為一個新的傷痕，沉落到他「黑暗的」心中不斷地「發酵」。「據一位消息人士透露，貴仔在警局的紀錄是夠瞧的，包括不健全、誣告、煽動、詐欺、妨害善良風俗等等，大約已經集打牛湳有史以來罪惡的大成，是打牛湳的芒刺」。

然而他又自分高人一等。他不屑於被人與李來三並列，然而他那比李來三好的瓜田，卻包不到李來三的好價錢。他以為自己不同於打牛湳芸芸的愚昧的農民，是不容瓜販欺詐的，卻讓瓜販以最低的價錢，將他希望所寄的一片瓜田蹂躪淨盡。他自以為比鄉人先知先覺，想起自己直接把瓜果運到鄰近的鎮上，交給水果商人，卻不料早已有人捷足先登，而且由於惡性競爭，價錢比打牛湳市集上的還壞。他瞧不起農村無產無業的行腳商販鬍鬚李，卻終於不得不和鬍鬚李成為合夥人，把好好的梨瓜，在更落後、更貧瘠的沙仔埔，當作爛瓜臭果賣出去。

〔……〕在傍晚時，斜陽甫掛在大道公廟破陋的屋瓦上，打牛湳有些殘缺的村廓都濛在一層光燦中時，小柏油路上便看到一位穿寬鬆髒衫的人在那裡吹口哨，他還穿著一雙破布鞋，雙手插在口袋裡，頭髮亂得像牛啃過的稻草。這時他什麼事都不做，只望著人窮瞪眼，偶而停下來，盯著地上的石頭想半天。大家又嚇一跳，以為是十二聯莊跑過來的瘋子。〔……〕但他一概不理，有時忿怒起來，便要打他們，小孩子嚇得跑了。後來大家才看清，這個人是蕭貴〔……〕。

貴仔便是在這樣失神的情況中登場了。做了各種努力「圖存」於打牛湳而終於挫敗的蕭貴，大約也在失神的狀態中，奮筆直書了「建議要改革崙仔頂的瓜市場」、「鼓勵打牛湳的人團結起來打商販」的文件，貼在「蕭家的牆上，還有打牛湳的告示牌上、柳樹幹上、社區牆上」。最後，留下全村人的嘲笑，「蕭家兩兄弟就被請到警局了」。

曾有一次見到宋澤萊。他稱類如〈打牛湳村〉的小說為「卓別林式的」。當時我沒有就「卓別林式的」含意，和宋澤萊議論過。如果蕭貴是宋澤萊的卓別林，則又比卓別林更多了一種半知識分子的理智——尤其蕭貴在大道公廟的一場委員會中，怒斥鄉民的愚騃：

「你們就不會討論怎樣地把瓜仔賣出去的事嗎？只會做些蠢事嗎？修什麼廟？梨仔瓜賣不出去修什麼廟？你們一世人只做憨頭，駛伊娘咧！會議是用求宣揚和決策緊急的，不是做這些鬼怪的事啊！」

這是一個頭腦清醒，有見識、有理論的改革者的議論。低於一般人生的，在性格上僵執了的卓別林——蕭貴，在做這議論時，便與讀者屬於同一個人生，而失去了喜劇性，也從而失去了包蘊於喜劇中深沉的悲哀。但是，不論如何，宋澤萊已經塑造了兩個活生生的人物。一個胖子，「和煦」、快樂、「古意」得叫人悲酸；一個瘦子、失神、不快樂，用盡全部的力量和生活，和瓜販——甚至整個打牛湳格鬥，為了圖一個生存。而且更其重要的，是透過這兩個典型化了的人物，生動、活潑而且相當深入地表現了七〇年代台灣農村實際生活的各種條件，以及生活於這些條件下的台灣農民的困境。

結構論

故事寫蕭貴抵抗包田商、拒不包田；終於上當以低價讓商人把他的瓜田劫掠一空；試著直接運銷瓜果於鄰近的鎮上，但發現瓜販間劇烈的削價競爭，使計畫失敗，最後「降尊紆貴」地幹起行腳瓜販，仍然虧損慘重，而終於怒而號召村民改革瓜市，抵制瓜販，以致為警察所召。

動作的邏輯，十分清晰。當然，在結構上，「問罪大道廟」的一章，其實只是一個插曲，在結構上和整個構成的關係中比較不那麼密著。但是，整個故事中，作者一直冷靜地站在故事以外。沒有作者個人的感傷、個人內心的瓜葛。我們在〈打牛湳村〉看見了具體的社會，具體的生活，具體的人——以及由具體的社會、具體的生活和具體的人所構成的脈動著的歷史。

語言論

現實主義的題材——鮮活、動人、興奮、遼闊的題材，顯然感動了作者自己。因此，有的時候，你感覺到作者那麼匆忙、那麼興奮地用語言去追捕不斷湧現和發展下去的情節，因此有語言便顯得比較粗礪，比較有欠斟酌。但更多的時候，宋澤萊的語言從容、清晰，而富於敘述的濃厚的趣味。不若有些宋澤萊的其他比較個人主義，比較「現代」的作品，在〈打牛湳村〉中的語言，因為受到〈打牛湳村〉現實主義內容的規定，就沒有那種造作；那種為了刻意追求荒疏、夢魘般的語言效果；那種把語言經營得徒然看見形式性的語言而不見內容，使一篇小說變成一片語言的遊戲所表現的無意義的個人內心的葛藤，而不見具體人生和具體生活的發展。

在效果最好的許多地方，宋澤萊以新發展出來的富於敘述性又富於個性的語言，為我們描寫了陽光下打牛湳果市場的全貌。對於瓜農、瓜蔬市場，簡直是「折磨伊們憂患的心」，「壓抑著心懷，好比一個生悶氣的小孩」的「刑場」，「繁囂而充滿了欲念。凡是到這裡來的人，都好像沉到水底去，看不見什麼，聽到的只是盈耳的聲音，呼吸和心跳都變得困難了」。宋澤萊為我們描寫了整個市場，市場中擁擠蠕動的人群，窒悶的、充滿了欲望、又充滿了焦慮、也充滿了各種心機的市場，以及圍繞這市場而展開的七〇年代台灣農村的生活和社會。宋澤萊的語言，毋寧是在描寫和敘說這些充滿了現實性，充滿了生命力的具體生活時，被賦予無比的活力，在摻和一種粗礪、一種地方氣息、一種嘲弄和深刻同情的氛圍中，產生了〈打牛湳村〉獨有的語言。所謂「內容決定形式」，就小說而言，不止是內容決定使用什麼性質的語言，還意味著內容自然地使語言彰顯出來相應於表達一個特定內容所必要的各種語言的質素。比較宋澤萊〈打牛湳村〉的語言，與宋澤萊其他比較個人主義、比較形式主義的作品中的語言，這一點就顯得尤為昭著了。

六、結論

〈打牛湳村〉反映了當代變貌中台灣農村的諸問題；描寫了變貌中台灣農村裡的人的困境；生動活潑、深入地表現了當前農村中最急迫的問題點。這問題點在最近中央和農復會、省議會相繼提出主張，要解決全面無限制購糧問題；廣建農倉問題；提倡合作經驗，在小農制土地所有體制的基礎上爭取大農制農業經營問題，干預農產品運銷，以減少中間榨取，提高農民收益，減輕消費者負擔——這些議論和提案，說明和印證了〈打牛湳村〉的重大現實主義的意義。

相應於題材和主題意念的現實主義特點，〈打牛湳村〉在藝術表達上，也有很好的成績。在人物上，宋澤萊塑造了活生生的、具有深刻現實代表性的典型人物。蕭笙，一個逆來順受、以和善的性情溶化現實生活中苦味的挫折和傷害、野草一般卑小、柔韌地生活著的農民。蕭貴，一個農村的半知識分子，竭盡心力「圖存」於商業資本深刻滲透下的農村，而屢遭折辱。每一個挫折成為另一個心中的傷痕，使他憂悶、拗悒，越來越深地沉落到他自己「黑暗」的世界。〈打牛湳村〉沒有個人內心不可解釋的葛藤；沒有病的夢魘、沒有恁恣的自我中心恁恣地搭建起來的非現實的、不負責任的世界。〈打牛湳村〉不是一個想像中的、沒有歷史、沒有生活、沒有現實的世界。正相反，在〈打牛湳村〉中，人們看見現實通過具體的社會、具體的人，具體的人在具體社會中的生活，以及由具體的人、具體的生活、具體的社會所構成的歷史的強勁的流動。語言已不是語詞的遊戲、誇大的聯想，甚至終於消滅語意本身的「現代主義」文學的語言。語言在描寫、刻劃、敘述生動的現實主義題材時，在清晰的、可充分傳達的語句中，顯現出語言表現上無限的遼闊的可能性。

宋澤萊是近五年來出現的、年輕的、創作力豐沛、寫作態度異常認真的作家之一。他似乎一直在嘗試著不同的創作路線和形式。但是我們認為他大量而勤勞的努力中，〈打牛湳村〉是一條康莊的、寬闊的、許諾了無限發展可能性的寫作道路。宋澤萊已經毫不含混地表現了他在寫作上的雄厚的潛力。不論他自己是否有意，他的〈打牛湳村〉，已經把爭訟紛紜的「鄉土文學」推向一個新的水平。自一九四五年台灣光復，成為中國的一省，光復後第一個中國文學的世代，正以辛勤的努力、充實的生活、嚴肅的態度、謙虛而又滿有信心的胸懷逐步寫出一篇比一篇好的小說。宋澤萊和宋澤萊一代的其他同樣富於青春和才華的，在台灣的中國文學家，終於是要不可威嚇地、不可誣陷地、不可抑壓地茁壯起來的——這是宋澤萊的〈打牛湳村〉給予我們最鼓舞人心的訊息。

註：有關台灣經濟發展的材料，大半引用侯立朝先生論文《台灣鄉土經濟望春風》

初刊一九七八年九月遠景出版社《打牛湳村》（宋澤萊著），署名許南村
另載一九七八年十月《夏潮》第五卷第四期、總三十一期，一九七八年十月《現代文學》復刊第五期
收入一九八四年九月遠景出版社《孤兒的歷史‧歷史的孤兒》，一九八八年四月人間出版社《陳映真作品集9‧鞭子和提燈》

1 宋澤萊所著小說〈打牛湳村：笙仔和貴仔的傳奇〉初刊於一九七八年三月《臺灣文藝》革新號第五期（總五十八期），同年九月收入小說集《打牛湳村》（台北：遠景）。本篇為《打牛湳村》書序，並另以〈變貌中的台灣農村——試評〈打牛湳村〉〉為題，發表於一九七八年十月一日《夏潮》第五卷第四期。本文結論的部分段落文字，另以〈宋澤萊所帶來的訊息〉為題，刊載於一九七八年十一月十二日《自立晚報》第三版（署名許南村）。人間版以一九七八年夏潮版校訂，本文則以初刊版的小說集書序作校訂，引文亦據小說集中所收入的〈打牛湳村〉校訂。

2 「資本主義」，人間版為「戰後台灣資本主義」。

3 初刊版及人間版原文均為「三塊二」，此處據宋澤萊《打牛湳村》改正為「三塊」。

4 「近代」，人間版為「現代」。

現實主義藝術的新希望

現實主義，並不止於對現實的描寫。現實主義的重要質素之一，便是藝術和歷史的密切接觸。詩在乍見之下，似乎和現實主義不容易連得上手。更多的時候，詩似乎更容易和超現實主義、浪漫主義、象徵主義等發生關聯。其實，當詩人尖銳地意識到歷史的形成運動，並積極地涉入這個運動的時候，所看見和抒寫出來的詩章，便有了磅礴的現實主義風格。詩經、漢代的樂府，唐代的「為時」、「為事」而寫的詩，以及抗日民族戰爭時代大量的詩篇，便這樣地輝耀著偉大的現實主義光芒。

因此，現實主義文字的形成，有幾個條件。第一個條件，便是客觀的、重大的歷史變化——例如抗日民族戰爭的歷史風暴。在那個時代裡，沒有一個中國的作家會失去激動人心的民族的大危機和民族的大希望，而徒然從事冷漠的、枝節的、照相式的自然主義；也沒有一個中國的作家，會從歷史感中漂離，徒然從事渾沌、晦澀的形式主義。現實主義的另外一個條件，是科學地認識到藝術的歷史和社會的諸條件，主觀、主動地掌握這些規律，創造出改變歷史和人生的文字。

那麼，在目前，文字和藝術，是客觀地受制約於哪些歷史的、社會的條件呢？

在一個工商社會，藝術品不可避免地成為一種商品。在這個意義上，「純」藝術品和「商品」藝術品，具有同一個性質。一本小說，不論其「藝術性」、「格調」的高低，無不是一種在市場上賣出的商品，只不過是它所指向的消費者群的需求不一樣罷了。一臺戲，是由一個老板，買下劇本，僱請演員、舞臺工作人員、經營人員，以售票的方式售出，以營利潤。繪畫尤其具有商品的性質，經畫商集中售出，成為私人的財貨。

正如生產技術影響商品的性質和形式，藝術的生產條件也影響藝術品的性質和形式。動輒十百萬份印刷發行的時代的文字之形式和內容，和手抄流傳時代之文字的形成和內容，有很大的不同；以廣泛市民為對象的文字，和以少數識字的讀書人為對象的藝術，有所不同。以作者而言，曹雪芹是一個獨立的作家，一如當時的獨立的作坊主人。今天，作家之上有一個出版商，他必須為出版商寫出能暢銷的書。

因此，作家和其他社會產品的生產者一樣，是一個商品的生產勞動者。向來的作家，在一般的認識中，是一個令人羨慕的、神秘的天才。他像天神一樣，無中生有，創造出活潑生動的人生。但是，如果從作家和他的作品之受制約於一定的歷史底、社會底諸條件的事實去看，作家就失去了他神秘的、個人的、創造神跡的帷幕。他和其他的生產者一樣。使用某種生產性的技術——特殊的藝術技巧——將語言和經驗的材料，經過精神性的勞動，變成某特色的藝術產品。

對於藝術品和藝術家的這樣的分析，對於大多數的人，是非常沮喪的。然而，在一個工商業社會，因著它著重於數量更甚於品質，它的將一切的一切商品化；它的將一切人的崇高精神、靈魂、情操等無情地物質化、庸俗化等諸性格，成為藝術精神最強力的阻礙。事實上，工商社會的這些特性，毋寧是先成為人性充分發展的障礙，而成為表現這人性的藝術的障害吧。而人性和藝術的發揚，也就必須在克服了人的因為工商經濟體制所帶來的人的社會的疏離，才成為可能。

藝術在表現人的力量的可能性，受制約於歷史的客觀的運動規律。藝術，從藝術史上去看，是社會分工的結果。在歷史的某一個時期，精神性的工作和物質性的工作分開了。勞心者和勞力者的分離，產生了一群藝術家和知識分子，相對性地離開了生產勞動。從此，藝術便吸取社會經濟的乳血而成長。

但是，藝術卻有它內在的力量。因此，藝術也偶爾掙脫它的物質的、社會的限制，而展現了某種真理。當然，這真理有所不同於科學的、理論的真理，而是顯示了人類如何體驗各種生活上的條件——以及如何起而抗訴這些條件的真理。

這藝術本身的規則，給了我們一線希望。在庸俗的、激發人類最低俗的欲望的「藝術品」，在商業的、市場的規律下，以前所未有的大數量和大規模所處氾濫的歷史時代，我們還能看見少數藝術作品，現實地表現了人的生活和人的奮鬥。

這種現實主義的藝術的可能性，首先在於客觀的歷史運動的影響。在一個新的歷史時代的塑成時代，常常是這種偉大的現實主義藝術的重要根源。巴爾扎克的市民社會，正是西歐工商社會從它的理想主義時代墮落到平庸的、固定的、失落了英雄主義的時代。巴爾扎克從而也為我們描寫了人對於工商社會的墮落最後的、最偉大的抗訴。隨著一八四八年歐洲革命的挫折，工商社會進入了既有秩序和體制的強化時代。巴爾扎克的現實主義，也在他的後繼者中失去了現實主義所由生的歷史的諸條件，而墮落成為自然主義和形式主義。

對於社會表面事項的照相式的再生產而不觸及重要的本質；描寫精細的末節而不塑造典型；和活生生的人相疏離的死的、偶然的環境代替了人和自然之間的辯證的關係；心理學和變態心理學的規律——而不是運動中心歷史——成為決定個人行為的因素。作家成為臨床研究者而不是一個積極的介入者——這就是自然主義的特質。現實主義所揭開的史詩的、戲劇性的道路，被封閉成為小小的個人的趣味。

藝術之失落了歷史意義的另一個結果，便是形式主義。

在卡夫卡、喬哀司、貝克特和卡繆的疏離的世界裡，人從歷史中剝離了，並且在他的自我以外，沒有了實體。人的性格溶化成為破碎的精神和心靈的狀態；客觀的實體縮小成為不可理解的渾沌。內在世界和處在世界的辯證的連帶破壞了，而人和社會都失去了意義。人被失望和焦慮所壓倒了。人失去了各種社會的、歷史的關係，從而也失落了真實的自我。歷史只成了犬儒的、漫長難挨的時間。一切事件沒有了意義，而成為大堆偶發的事情。象徵終於成為不可解釋的內在的心靈的流動。正如自然主義是晦澀的客觀一樣，形式主義成為晦澀的主觀。

流行於六〇年代的台灣現代詩——以及一切現代派文學和美術、音樂，便是相應於六〇年代西方資本、技術和商品對台灣的支配性的滲透而輸入的西方形式主義文字的拙劣的倣造品。在跨國性資本的滲透下，台灣像一切第三世界的經濟一樣，奢侈品和出口品在國民經濟中扮演著領導性的角色，從而阻斷了這些地區的經濟之獨立發展的可能性。經濟的附庸，帶來了嚴重的文化附庸性。西方的形式主義文學，便和西方的消費性文化形式和消費性文化價值，洶湧地流入台灣的文學生活。

現實主義的藝術，除了客觀地成為歷史轉型時代的產物，它還可能是作家有意識的努力——即對於藝術之歷史的、社會條件，有正確的認識。從而主觀、主動地運用這些規律，而不是客觀、被動地受制約於這些規律——的結果。

歷史的變動握住巴爾扎克的筆管。是以儘管巴爾扎克和朵斯陀也夫斯基是如何的主觀地是個保守主義者，他的藝術卻激烈地彰顯了人的苦難和對於苦難的抗訴。

然而，一個理解到自已只不過是平淡無奇的社會生產物的生產者之一的藝術家；一個理解到藝術作品之受制約於歷史、社會生產體制，以及與這體制相應的藝術技巧的作家，是可以主觀而主動地創造克服人的疏離的偉大的作品的。這就不單只要求這個作家把他抵抗人的疏離的意念結晶於作品的內容，他還需要充分地認識到藝術品在工商社會中受制約於市場法則的整個生產到消費的行程，積極地掌握現有的藝術表達形式，寫出現代人生的破碎、不連續、庸俗化和失去動能的條件；鼓勵人和社會、人和歷史從而人和人之間生動活潑的關係的偉大的、這個時代的、這個民族的現實主義之藝術。

初刊一九七八年十一月《詩潮》第三期，署名許南村

智者的進言[1]

七十年代，台灣年輕一輩的思想界發生極大變化，《大學雜誌》在當時扮演了一個相當重要的角色，它成為此一時期思想變動最典型的紀錄。

這幾年，台灣的傳播媒體被少數企業集團所壟斷，輿論被壟斷，媒體被壟斷，無論如何都是令人憂心的現象；九月號《長橋雜誌》，報導女記者陳婉真離開《中國時報》的一些內幕，雖然她在文中所談到的種種遭遇，我們在一般認識的層面上也可推測得知，但是觸及報社百般醜陋的面目時，稍具良知的人們仍要感到擔憂和痛苦；有一些失去原則罔顧操守的知識分子，為了追求個人利益，竟在龐然黑暗的浪潮聲中隨波逐流，泯沒了社會良心，也玷汙了個人人格。但即使是這樣，我們仍然隱隱約約察覺到一股新興的希望正在慢慢浮現；一般讀者的認識水平和要求逐漸提高，他們對輿論壟斷的局面表示憤怒和不滿，甚至在企業化輿論界工作的不少年輕知識分子，本身也不願屈服在各式各樣的壓力限制與利益誘惑底下，而毅然決然地與它斷絕關係，這又顯示出潛伏在我們社會中另一脈逐漸強壯碩大的新生一代。

台灣的知識分子一向有一個傳統，在物質待遇並不優渥的環境底下，他們仍會不斷地努力去思考，去寫作。我希望革新後的《大學雜誌》，在未來奮鬥的途徑上必須堅苦、卓決、謙虛並且謹慎，為有良心的知識分子提供另一個說話的講壇，為我們苦難的國家多做一點奉獻。

初刊一九七八年十一月《大學雜誌》第一一九期

1 本篇為一九七八年陳映真、林載爵、尉天驄、蘇慶黎等人對《大學雜誌》改版重新出刊（第一一九期）之評論與建議，「智者的進言」為系列評議總題。本文僅摘錄陳映真的部分，其建言前附有作者簡介：「陳映真先生，作家，著有《將軍族》、《第一件差事》、《知識人的偏執》等書。」

〔訪談〕從西化文學到鄉土文學[1]

問：從《筆匯》到《現代文學》到《文學季刊》的投稿，代表著您作品的三個時期。而這三份雜誌的風格是否也代表著文學界基於歷史背景而產生的一種文學思潮的轉變？您是否能談談這種轉變的過程？您個人作品風格的建立與改變，是否也是基於這種思潮的反省？

答：我和《筆匯》的主編尉天驄認識是在成功中學辦壁報的時侯。尉天驄那時風頭很健，演講、作文、寫字比賽都有他。可是那時我知有他，他卻不知有我。後來我到「淡江」讀書，日子過得很窮困。尉天驄那時辦《筆匯》，辦起來需要有稿源，於是就輾轉託人四處邀稿。我高中的一位姓尤的同學就向他推薦，就這樣我開始在那裡寫稿，我早期的作品多半都在那上面發表的。

後來《筆匯》停刊，另一個系統——台大外文系的《現代文學》也出來了。一開始他們也來邀稿，但那時總覺得自己是《筆匯》的人，不肯寫。其實那樣實在沒道理。後來我的老師姚一葦先生參加了編務，要我寫些東西，所以我也就寫了。然後又是《文學季刊》開辦，其後需把一些作品登在那裡。

說到文學思想潮流變化的問題，我在其他文章裡也談過一點了，當時台灣的知識界有個共同現象：就是比較進步，比較求新求變化的知識分子，大都主張西化。所以從《筆匯》開始，就大量的在介紹外國藝術、文學思潮的各種流派，什麼什麼派，什麼什麼主張等等。《現代文學》更是如此，因為這個刊物大部分是當時台大外文系一些比較有創造力的學生發表的園地，他們是更直接地把西洋文學的知識實踐到寫作上。我想一個人總離不開他那個時代的思潮。《筆匯》在當時並沒有深刻的批判性、民族性，《文學季刊》的早期也還是這樣，整個文學思潮的轉變，是更後來的事。

《文學季刊》停刊之後，又以《文季》的面貌出現，那時大約是在「保釣」（保衛釣魚台）以後。「保釣」事件對當時的台灣知識界是個很大的衝擊，思潮的轉變可說是以「保釣」為分水嶺。其中不同之處是，《筆匯》、《文學季刊》這一派人也受西方文學的影響，不過比較上沒有那麼著意於模仿西洋的文學技法和文學思潮，他們寫的比較具有實際的日常社會生活面。《現代文學》的一派，就比較有西洋文學課程的習作性質。西洋文學家卡夫卡、勞倫斯、伍爾夫夫人等的直接影響，常常表現在《現代文學》的作家的創作上。但我這麼說並沒有指責的意思，而只是說明在西洋文學強力影響下，當時年輕文壇的實際情況。《筆匯》、《文學季刊》也受西方文學影響，不過比起《現代文學》就不是那麼特意的去模仿西方了。

總括來說，有個特點：這一代在台灣成長起來的中國作家，不分省籍，都與「五四」的傳承斷絕了。這個斷絕是由於複雜的客觀因素造成的。然而在斷絕以後，他們必須尋找一個泉源、一個傳統。於是就只好轉向西方去擷取，這是個很自然的現象。

而西化的自由主義在那個時代有它進步的意義。比方說以李敖為代表的思潮，在和當時還比較強大的復古派對峙時，甚得青年之心。但這一條路線在現在這個時代就開始受批評了。新詩的論戰已不只一次，在最近一次之前的那一論戰，幾乎比較開明的知識分子都站在西化這一邊。有人笑余光中的「星空何其希臘」實在不通，年輕人都說很通。這實在是一股求變求新的現象。在那個時節，他們把所有的標準都放在西方，在政治上是民主、議會政治，思想上是自由主義、個人主義，文學上就是西方那一套，繪畫上就是抽象、現代，音樂也是五音階、十三音階那一套，這一切都有相互連帶的關係，那時候的風氣就是如此。一直到後來「保釣」以後，才開始對西方的政治、經濟、文化、文學的價值，採取批判的態度。

雖然如此，我們並不能就以「保釣」的觀點，來批評「保釣」以前的西化思潮。因為那個時代有那個時代特定的條件和背景。一直到「保釣」以後，另外一些新的條件出現，才開始覺得我們應該往裡看，往自己看。《文學季刊》到《文季》的這段時間，就很清楚地提出了文學歸屬的問題，文學的民族性、民族風格、文學的社會關懷問題。一般而言，《筆匯》、《現代文學》與

《文學季刊》在創作上有很好的收成。《文季》則是偏重在文學思想方面，創作上的成就相對地小了。《文季》以前的文學思想雖較傾向於西方的價值，但在文學上卻有了很好的收穫，這個收穫一直不斷地成長，成長在台灣的中國文學底重要成就。從整個中國的文學思想史去看，《文季》的文學思想並不是新的，但它與七〇年代以後從關傑明所展開對現代詩的批判，一直到目前鄉土文學的論戰，都有密切的關係。

問：「鄉土文學」與「西化文學」銜接的時期，您是否能就當時文壇上的動態，做一個具體的說明？

答：前行一代的鄉土文學家，例如鍾理和、葉石濤、鍾肇政、鄭清文和其他許多人，不能說就沒有談過西洋文學，從沒有受到西方文學的影響。正好相反，由於他們的日文好，讀東洋文學比新生代多，而且透過日譯本，也讀了不少西方的名作。但是，由於他們生活在台灣農村，因此他們便很自然地以他們現在的，或者過去之農村生活，以他們身邊的人和事作為題材，他們都有很強的文學創作的衝動，在他們學好熟練地使用中國語言之後，便在這自然的衝動下寫出一篇篇質樸可愛的小說來。在這些小說中，有具體的人，有實在的社會生活，沒有現代文學或西化文學那種不可辨識的心理的葛藤、和無歷史、無社會……的空虛。這第一代的鄉土作家，也有很好的成就，如葉石濤、鍾肇政、鄭清文等。但我很奇怪：為什麼葉石濤的成就——有決不亞於其他人的成就——卻一直沒有受到應有的高的評價。但這一代的小說中，比較差的，則往往在無意識中把鄉土人物簡單化，有時甚至醜化了。而故事則淪為素樸的「鄉土風味」、「田園牧歌」而已。

第二代的鄉土文學家最特出的，是黃春明。他是崛起於農村的，不但創造力和想像力都極為豐富，而且有敏銳的思想力和豐沛的愛心。他的作品的重要焦點之一，是變化中的台灣農村新舊時代交替中，鄉村中的人的悲劇。王禎和是台大外文系的好學生，有相當的西洋文學士的訓練。他的作品，便是以這個訓練為基礎，精細地刻劃台灣的農村。他是比較理性的作家，比較講究技巧。王拓的小說，有強烈的社會性。至於楊青矗，則集關心的焦點於現代產業工廠中的農村的人——工人。不論如何，在作品中有具體生活、有具體的人和社會這一點上，和前行代一樣。但是在小說的思想性上，藝術性上，一般而言是比前行代更進步些。他們都或多或少地受到西洋文學的影響。但西洋文學中人的疏離，歷史、時代、社會、生活的喪失，卻為他們所不取。他們以無限的關懷、憂心，以現實主義為表達上的有力工具，直寫一個活生生的時代。

近年來，第三代已經在成長。個人主義的、無歷史的西化文學，在台灣的中國現代小說中，勢必只能是肥料，使台灣的中國現代文學吸其精華，去其糟粕而茁長。「鄉土文學」不是一個宗派，而只是一個傾向——關心人、關心社會，具有強力的歷史感——這是一切落後地區文學的共同點，而有別於先進的、富裕的、靈魂空虛的西方文學。

初刊一九七八年十一月《大學雜誌》第一一九期
收入一九七八年十二月龍田出版社《中國現代文學的回顧》（丘為君、陳連順編）

1 本篇為《大學雜誌》的訪談，刊載於「文學、時代、傳統」專題。原刊以楷體和明體區別提問與回答，本文則綴以「問」和「答」。

〔訪談〕鄉土文學・民族主義・帝國主義[1]

問：在您的〈「鄉土文學」的盲點〉[2]一文中，提到台灣反帝、反封建的傳統與文學運動有不可分割的關係，那麼「鄉土文學」源起的意識是否和日據時代的民族意識有直接的淵承關係？

答：在日據時代，帝國主義的壓迫，是當面的，直接的壓迫。在日據時代，帝國主義的壓迫除了透過製糖工業施行榨取，也透過地方上封建勢力如地主、士紳進行壓迫，因此，反帝、反封建的主題，成為日據時代文學家最關心的題材。

今天問題已經不一樣了，帝國主義不以總督、文官、獨占資本來進行壓迫，而是透過政治的干涉、經濟的控制、技術的壟斷、商品傾銷、文化滲透來支配落後國家的。有壓迫的地方，就有反抗。〈莎喲娜啦・再見〉、〈小林來台北〉都是對抗這種新型帝國主義的自發性的抗議。至於封建主義、封建的價值，只成為一種意識而存在於極少數人的胸中。但三十年來台灣社會的資本主義化，使這些保守的、復古的、封建的意識形態，失去了支配人生的力量。鍾理和對同姓不婚的封建婚姻之反抗，恐怕是台灣最後反封建文學作品吧。

一個國家的文學中所流露的思想，和那個國家所面臨的諸問題有密切的關係。帝國主義問題，封建主義問題，是全中國各重大問題的焦點。因此，反帝、反封建曾是四〇年代以前中國新文學的重要主題。台灣抗日抵抗文學，也有這主題。時代變了，帝國主義的形式也變了，封建主義問題也失去了重要性，因此，在台灣的中國現代文學關心的焦點也有改變。我想，對於大國對我們政治、經濟、文化上支配的問題，此後將逐漸受到台灣的中國作家更深的注意吧……。

西化派文學比較關心個人內心的葛藤。他們注重人的內心世界，以至於連這心理的葛藤都變成無法溝通的夢魘。個人主義的文學推向極端，人就失去了可以辨識的面貌。個人已被支離至此，作品中當然更看不見歷史、社會、和有意志、有思想的個人吧。那麼，中國近代文學中反帝的問題，自然更不為他們所關切。如此，比較起來，鄉土派、寫實派，比西化派更具深刻的歷史性和社會性，從而也更具有批判性。

問：由於我們和帝國主義的關係，從上一代到這一代已經轉變，在一些「鄉土文學」的作品中，我們看到的常是現代化過程中，傳統意識與現代化趨向之間，在意識形態上的衝突，這種衝突常是不可避免。如果說「鄉土文學」的建立是來自一種現代化過程中的自覺，您同意嗎？

答：這是一個很有趣的問題。中國是屬於開發中國家。所謂開發中國家是什麼？揭開來說，是在五十年、一百年前是別人的殖民地的那些國家。這些殖民地後來紛紛獨立了。獨立有各種各樣的原因，一是民眾自己爭取得來的，如印度的甘地，土耳其的凱末爾，所領導成功的獨立。另外一種殖民地是帝國主義國家看見大勢已去了，為了更聰明地延續它自身的利益起見，於是在協商、協議的辦法下讓自己的殖民地獨立，但是它與母國還是有很深的連繫，不管是在經濟上或文化上。

最近，有一些歸國學人談現代化的問題，老實說，「現代化」這個名詞非常曖昧，若按照我們台灣比較常聽的意思，是「美國化」、「西方化」，可是我相信對於第三世界，「西方化」不是唯一的出路？也是不太可能的出路。在帝國主義時代，大國把持技術、資本、把持世界的運銷系統，把持全球性的經濟網。他們透過跨國企業體和跨國銀行團，支配、獨占世界經濟，更透過對第三世界政府之政治性支配，強化對落後國家人力、物力市場的獨占。在這些條件下，落後國家要走西方資本主義發展的路，絕不可能。因此，第三世界開始尋找合於自己條件的「現代化」道路。我們三民主義，就是一條獨立而不是模仿的道路。

美國在政治上、經濟上、社會上、文化上、文學上的價值，經我們加以美化後，成為我們的價值和理想。可是到了最近，西方國家自身也開始有一種檢討運動。他們對西方資本主義無限制的擴張、生產，無限制地提高國民所得、經濟指數，是不是對的問題產生疑問。比方說，公害的問題。有人說；美國人用十卡路里的能源來生產一卡路里的食品，你可以說他有錢，愛怎麼花就怎麼花，可是這個世界是愈來愈成為一個互相依賴的世界，而非獨立的、個別的。所以像我們這樣比較窮的國家，走現代化的路線，是走西方化的路線，還是自己找出一條可行之道呢？這值得我們想想。

我想，鄉土文學或多或少是對幾十年來盲目西化的一個反省吧。我們思想界曾一度傾於無條件西化。現在我們開始懷疑了。也許鄉土文學沒有提出一個答案，因為它不像政治學、經濟學。但至少它提出了一個問題，就是——這樣對嗎？這樣好嗎？而且作為文學作家，對於亞洲民族所共同面臨的諸問題——如觀光賣淫的問題——應有共同的關懷的。起初也許我們覺得觀光很好，但它所帶來的問題也相當大。比方說帶來了西方的消費觀念，小至於衣裝、衣著，大至於在我們還沒有那麼有錢之時，就去學習過他們那麼有錢的生活。還有西方開始把他們自己法律所不允許的公害，向這些地方輸出之類的問題。不只是我們應該關切，像日本、美國一些環境科學家也開始組織他們的國民運動，反對他們的公害輸出到其他地區。他們認為：不是說公害在美國或日本不行，別人就該活受罪。

對這些問題，鄉土文學所提出的批評，也許還不夠深刻，但問題的提出，便具有重大的思想意義。以越戰的問題而言，像《小寡婦》一書，便提出了越戰問題和在越美軍以他國為軍人妓院的問題，對於觀光賣淫的問題，連帶整個觀光體制對亞洲人民的影響等，這些都具有批判的意義。我想鄉土文學有這些批判性，是連帶地對現代化的問題，提出了疑問。至於怎麼解決，應該怎麼做，還沒有也不必要提出一個答案。

問：對於這次「鄉土文學」的討論，您以為是在怎樣的心態下產生的？對這次的討論您感覺如何？

答：我們必須很誠實的說，鄉土文學到目前為止，每一個作家都還沒寫出最好，最了不起的作品。我們從來沒有認為：鄉土文學是最好的文學，是唯一的文學，別的文學、西化文學都不好。好在就是，我覺得鄉土文學有一條非常廣闊的道路可走，比起西化的文學來，西化文學已經走絕了，因為愈往個人裡面挖，就愈晦澀、愈曖昧。個人已經沒有了、歷史也沒有了、社會也沒有了，國家就更不用說了；在那種極端個人化的文學裡就沒有這些。可是像這次有一篇宋澤萊寫的〈打牛湳村〉，就讓人家覺得那條路是那麼寬敞。如果我們所要的文學是像杜斯也妥夫斯基或小一點的像莫里哀、巴爾讓克、莫泊桑，這肯定是一條寬闊無比的道路。鄉土文學到現在是還沒寫出偉大的作品，然而可以肯定比那些回憶的文學、西化的文學有更遼遠的道路。我不是在批評任何人或是什麼鄉野的小說，那是寫我們所不熟悉的大陸的茫茫叢野中的傳奇故事，的確很動人，可是這不能一而再，再而三，因為那是個過去的東西。可是現實生活裡面有無比的發展，小說就是跟著這現實的無比發展去發展，才有它生動活潑，寬敞遼闊的一條路。

鄉土文學老實說也需要真正關心它的人，給予他最熱情、最嚴密的批評。問題在於不應該從政治上的框框去橫加誣陷、殘酷打擊。論文學，就要比作品。拿出作品來嘛……。

在鄉土文學的論戰中，至少有關當局沒有介入是非常好的舉措。如果真正的介入，不要說逮捕，禁幾本書，或是傳幾個人去談談話，造成恐怖，是十分容易的。我在一篇文章裡也談過，的確，在一定的時候，一個政府要檢查新聞、文學等，我不一定贊成，可是我能了解。但我總覺得對於文化、學術、文學的檢查，必須要以非常謹慎的心情。因為真正愛國家、愛民族就應該愛這個國家的在這樣一個複雜條件下才能長出來的文化、學術、文學和科學，這些十分細緻的事物，是屬於整個民族。

比方說：《查泰萊夫人的情人》，這本書一直引起各方的爭論，可是你去看別人的態度，非常嚴肅。前不久東京有一檢查官提出要禁此書，然後引起全國輿論的討論。心理學家、宗教家、哲學家、教育家……等紛紛參加了討論，論點都登在各種大報雜誌上。最後那個檢查官寫了一篇文章，自認經過這一、兩個月來仔細地讀過各種論點的文章，他必須承認自己對文學那麼無知，自己對文學的了解原來是這樣有限，對於一個事情無知的人，怎能去審判這件事情？

他願撤下這個控告。但作為社會的一分子，他贊成在參加討論中的人的一些觀點，建議這本書的讀者若未成年就應須在有指導下閱讀，這本書當中然有欲情的描寫，然而它是藉著男女的欲情寫一個更深的東西，絕不同於一般的黃色書刊。日本檢查官的那篇文章，使我感動得不得了。

另外，《包法利夫人》一書之方出，也引起法國檢方的控告；有個知名的老律師出錢為斯湯達爾辯論，啊……，那真是鏗鏘有聲的辯護狀。他的辯護意旨，大意是說，法國的文學，是法國民族共同的財產，是民族的生命所寄，是法國民族千秋萬世的事業。切不可輕言禁斷。我讀過十分感動。在現代政治組織之前，文學何等脆弱，何等易於被摧殘。因此，除了作家要認真嚴肅地創作，它還需要有人時時勇於在政治上、法律上，甚至社會上、經濟上，給予最細緻、無私的愛護。我期待目前的檢查當局，要提高檢查人員的文化素質，要有「夜聞風雲之聲而難安枕蓆」的心性啊……。

初刊一九七八年十一月《大學雜誌》第一一九期
收入一九七八年十二月龍田出版社《中國現代文學的回顧》（丘為君、陳連順編）

1 本篇為《大學雜誌》針對鄉土文學議題之受訪內容，刊載於「文學、時代、傳統」專題。原刊以楷體和明體區別提問與回答，本文則綴以「問」和「答」。

2 〈「鄉土文學」的盲點〉一文，署名許南村，刊載於一九七七年六月《臺灣文藝》革新號第二期（第十四卷總五十五期）。

一年來的文學

一、鄉土文學「論戰」

七十年代以後，台灣在文化的一般上，有一股反省運動，針對台灣三十年來的文化生活上附庸外國的傾向，提出了批判和檢討，並且一般地在各個文化領域上，以不同的程度提出文化的社會關懷、民族歸屬等問題。

去年夏秋，不約而同地有幾篇文章，試圖總結光復後成長而趨近成熟的文學，給予「鄉土文學」的社會關心、民族意識和現實主義風格很高的評價。

早在去年春天，另外有些人已開始批評「鄉土文學」，認為鄉土文學為社會不公提出抗議的傾向，有散播仇恨的危險；認為鄉土文學以社會下、底層人為及其生活為素材，有挑撥階級分化之嫌，而譏刺鄉土文學的民族主義為義和團；此外，也以為鄉土文學格局小，「難望其成氣候」。

至去年夏秋，有大報的專欄作家開始一系列批評鄉土文學，露骨地認定鄉土文學有政治上的危險。至此，台灣文壇開始籠罩一片欲來的山雨，恐怖瀰漫。

值得特別記載的是：政府始終沒有出面介入。另外，有識之士如胡秋原、徐復觀、任卓宣、侯立朝等人，堅定支持了鄉土文學，才沒有使這論戰以政治事件終場，贏得國內外的讚揚。

在這次「論戰」中，《聯合報》副刊採取偏向激烈壓抑鄉土文學的立場。

這次「論戰」，因為挑戰的一方自始即以凌厲的政治指控開始，致被攻擊的一方不能不在恐怖中噤默，而其他關心文學問題的各方面也不能參與討論，因此未能使這討論向更深刻的方向發展，是一個遺憾。

二、詩的新發展

七十年代初，「現代詩」遭到徹底的批判，並且提出詩的民族形式、社會關懷、現實反映等問題，批判了現代詩的極端形式主義、個人主義、晦澀主義和逃避主義。但是，在創作上，一時還沒有相應於這個批判的新創作。不過，一般地說來，語言已趨於平白易讀，晦澀主義大致已克服了。但是在內容上，個人主義、對生活和社會的冷漠，依然如故。

直至今年春，蔣勳、施善繼、詹澈、葉香相繼在《雄獅美術》月刊革新號上和《夏潮》上發表了新詩，在內容上表現了對於社會、對於生活、對於民族和國家的深切關懷；在形式上也相應於內容的變化而趨向較長的、敘事性的結構。

吳晟是在六十年代台灣詩壇向現代主義一面倒的時代，極少數保持以清晰的語言描寫生活和社會的詩人之一。他連續在《聯副》發表的「向孩子說」、「愚直書簡」系列，使批判現代詩以後之詩的新發展，顯現了莫大的信心和可能性。

當然一般地說來，詩的再生還在摸索階段，還有不少缺點和問題等待詩人去克服。但是，上述詩人在今年中的努力，在某一個意義上，已超過了「現代主義」時期五年、十年的成績。

三、小說：鄉土主義

緊隨著政治打擊鄉土文學之後，《聯合報》和《中國時報》副刊相繼舉辦了短篇小說獎的評選。揭曉結果，作品都在水平以上。但值得一提的是，以台灣農村的人物、生活和社會為題材的作品仍然占了壓倒性多數。

我們不以為這是「提倡」鄉土文學的結果。從文學反應社會的性格來說，這一傾向毋寧是一種自然的發展吧。此外，台灣的中國小說，自日治時代起，就有比較強烈的批評和抵抗的性質，而延長為一個傳統。在現代主義的逃避風颳得最猛的六十年代，台灣小說始終不曾離開關心社會的視點。

在年輕新秀的作品方面，值得一提的是宋澤萊的〈打牛湳村〉。其他許多頗具潛力的年輕作家都令人懷著信心和喜悅，對他們寄予無限的期待。

初刊一九七八年十二月《雄獅美術》第九十四期
收入一九七八年十二月龍田出版社《中國現代文學的回顧》（丘為君、陳連順編）

致一群「自由人」[1]

〔《鼓聲》〕編者按：這篇文章曾出現在去年年底中央民意代表選舉期間，台北陳鼓應競選辦事處「民主牆」上。文章是針對署名「自由人」，自稱為台灣大學學生，所寫「給陳鼓應教授的建言」的答覆。此文的署名者諷刺性地自稱為「一群不自由的人」。大選期間類似「民主牆」這一種民眾性的民主辯論形式，出現過不少好文章。本文就是一個例子。我們感謝一位熱心的選民，經由他的抄錄，保全了這篇文章，特刊出以饗讀者。

據說你們是一群「自由人」。那麼，我們就從「自由人」說起吧。

在經濟上，平均地說來，大學生的家庭在小康以至富裕之間。托著父兄的庇蔭，可以安安心心地做一個「自由的」、「沒有黨派之爭的知識人」。可是，親愛的朋友們，你們似乎忘了：在這個社會上還有無數的人，為了填飽自己和家人的肚子，耗盡一生的力量。對於你們，在經濟上，你們確乎是「自由」的人。而這自由的大小，正和你們家貲財產的大小成正比。但是，對於那些畢其生為生計勞苦的人，就不一樣了。你們還記得：在你們整個就學的過程中，有多少同學——甚至比你們聰明、正直、勤奮的同學，升不了學。當你們終於成了一個「自由的、沒有黨派之爭的知識人」之時，他們卻不能不在各個社會生產崗位上，為生計而辛勞。如果他們也有「自由」，他們只有不能繼續受教育以發展其潛能的「自由」；以低廉的工資橫遭盤剝的「自由」；以靦覥、挫敗的眼光看著你們「自由地」、「無黨派之爭」地進出於大學之門的「自由」。

「在我們的社會裡，每個人都有受教育的自由！」你們會說。不錯！但是對於經濟上無法像你我那樣，離開社會生產而接受教育的人，這「自由」是多麼虛假！

在政治上，只要你們採取「自由、沒有黨派之爭」的立場，或者你們是「自由」的吧。但是，當有人為了更民主、更自由的台灣或者也為了「一個壯大的中國」，熱愛中華而有不同的意見，他們只有被秘密逮捕、判刑、長期坐牢的「自由」。近幾年來，顏明聖、黃華、陳明忠等案件，正是這「自由」的舉證。

在文化上，你們或者也是「自由」的。你們享有嚮往西方「民主」體制，卻對於維持你們目前「自由、沒有黨派之爭的知識人」地位的體制不做「過多的要求」的自由。但是，對於殷海光、雷震、李敖、陳鼓應，乃至於最近「鄉土文學」的文學家們，他們只有被封筆、停職、監禁、圍攻的「自由」！

你們說「訴諸群眾」是一種「惡果」。這基本上說是由於你們認為群眾是所謂「盲目」、「無知」的一群庸俗的人。你們可以高談民主、自由，卻也根深蒂固地把「民眾」剔除於這「自由」、「民主」之外。在你們，民主、自由只屬於像你們這樣「有知識」、「有教養」的人。但是，我們卻以為，民眾的智慧才是真實智慧的來源。「中壢事件」中，桃園、中壢民眾所表現的原則性、法律性，早已打破了傲慢的「民眾盲目」論。當你們說：民眾是盲目的時候，你們和教官以及部分國民黨黨工之間失去了分別。沒有中國民眾，北伐抗戰都無從理解。中壢事件給予「知識分子」最大的教訓是：「知識分子」真正的落後性。也正因為這落後性，你們可以對陳鼓應、陳婉真競選辦事處每日被黨工威脅、破壞、謾罵不置一詞，而卻提出一大堆你們的「冀望」。

你們對「濫用激情」也以為是一種「惡果」。這其實是五十年代傳入台灣的西方邏輯實證主義的謬說。以純粹的感情語代替推論，當然是一種錯誤。但是，當日本軍隊開進中國，中國人喊出「打倒日本帝國主義」、「消滅漢奸走狗」這一類「感情語」，卻有不可辯駁的真理。「大東亞共存共榮」論，再說得「冷靜」，也是一種謬說。為資本主義辯護的經濟學說，說得再「理智」，也不因其「理智」、「冷靜」而為正確。當中山先生說：「民生主義是對誰打不平呢？是對資本家打不平的。因為有了機器，生出了極大的資本家，國內無論什麼事，都被資本家壟斷……。」說資本主義廠商是「血汗店」，雖然對你們而言，頗有「濫用激情」之嫌，卻未必就不是真理。親愛的朋友，問題在於真理和「激情」與否無關。

你們把「公理、正義、自由」看作「語言的汙染」。但是，對於因為不同的政治見解而身陷囹圄的人；對於為民族的解放而轉戰於深山的隊伍；對於為謀求工人弟兄合理的權益而與資方力爭的人，「公理、正義、自由」卻正是他們生活、戰鬥、面對苦難和死亡的光明火炬和力量的來源。對於這些人，世界上沒有中立的、純粹的語言。他們要用風浪一樣強烈、火把一樣灼熱的語言，說出改變世界的話語！

說到「憤怒的神情」，親愛的朋友，即使是宣揚愛的福音最大的使者——「溫柔的耶穌」，也有怒斥法利賽人，怒驅聖堂中的商人的時候。有真正火熱的愛，才敢於忿怒——對公義的喪失、對謊言的當道、對壓迫者的忿怒。我們不相信「溫柔敦厚」可以改變世界。正因為我們反對殘酷、冷血的謊言和壓迫，正因為我們對「自由、正義、公理」有不能妥協的愛，我們才有來自這愛的深刻忿怒。「溫柔敦厚」云云，一貫是統治者用來通過像你們這種「自由」而又「無黨派之爭」的「知識分子」麻醉和欺騙人民的幌子罷了。如此，你們的「無黨派之爭」的立場，恐怕也落入一個非常明顯的「黨派」裡了。

如果有人深深地信賴民眾的智慧，深深地相信非改革不足以救中國，而高舉對「自由、無黨派之爭的知識人」和頑固的守舊勢力而言似乎是「異端邪說」的言論出而競選，那正是對這個苦難的國度最大的「信心和愛心」。相反，如果對這樣的候選人採取撕破標語、海報、威脅砸爛辦事處，高喊「我們要戒嚴法」，高喊別人「為匪利用」，或者和你們一樣苦口婆心，要別人不要「充滿敵意」，你們才真正是對這個苦難的國家缺乏愛心和信心。說開了，你們只對眼前這個維護自己利益的體制充滿「愛心」和「信心」罷了！

至於說台灣是「家道」雖然「中落」，卻在「力求上進」的窮苦家庭，我們要問：是誰敗壞了、糟蹋了原本光榮的「家庭」？也要問問「力求上進」的人到底是那一小撮當家的人呢？還是家裡絕大多數辛勞的成員？我們還要問：給當家的人一點忠告，或者換一批人當家，是不是更有利於「力求上進」呢？三十年來，龐大台灣人民、青年、知識分子和黨員，對那些「當家」的人寬容至極。「當家」的所做的壞事，受到最大的隱忍；他們做的小善，得到最多的掌聲。但是大官巨賈的貪贓枉法，一直到今天，卻還在變本加厲！

親愛的朋友們，我們不懷疑你們「建言」的充分「誠摯」性。我們只要說：人權、自由、民主，在今天，是全中國人民——包括大陸青年在內——共同的熱切要求，任何勢力都無法加以阻擋。在這個革命性洪流中，「台大人」應該有一份共同的責任（儘管這個責任並不特別大於別人）——積極參與大辯論、大運動。改革永遠是狂風暴雨，而沒有和風細雨；改革永遠是滔天的火焰，而不是一盞小小的火柴光！

最後我們主張講道理的民主辯論，堅決反對有人施行粗暴下流的砸、撕等流氓作風。讓我們為保衛逐漸不可抗拒地高漲於海峽兩岸的民眾性民主浪潮，為中國的和平、民主、自由、人權——以及在和平、民主、自由與人權的原則上的國家統一，貢獻全部的力量。

初刊一九七九年九月《鼓聲》第一卷第一期，署名一群不自由的人
收入一九八八年五月人間出版社《陳映真作品集11・中國結》

1 根據原刊編按，將本文的寫作時間定在一九七八年十二月。

斷交後的隨想

中美斷交以後，政府不但沒有因為緊急情況而宣布軍管、實施新聞、言論、出版等方面進一步的縮緊，並且截至目前，連日宣告繼續維持憲政，保障民主體制、重視人權，號召全國團結奮鬥。

我想，這一方面是三十年來在台灣發展出來的社會力量的具體表現，也是政府對於這力量的充分認識和信心，值得稱道。

但是，在宣傳方面，卻頗令人覺得和這種實力以及基於這實力而來的信心不相適應。連日來，電視、收音機、各種傳播媒體上的眼淚、怒聲、甚至於血旗、血書，徒然令人覺得整個社會的失力、驚慌，看不見我們社會和民眾實際擁有的、遠超過那些主持宣傳的人所想像的力量。

三十年來，美國對於台灣政治、經濟、社會和文化各方面，有十分強大、深遠、複雜的影響。這種支配性的影響，在國民的心理上，對美國產生極為繁複的錯綜——羨慕、敬畏、忿怒、嫉妒、卑屈、狂傲。有一位留過美的「專欄作家」就曾說，對於美國，他是一個「感情上的反美主義者」，但也是「理智上的親美派」。感情上，看見美國對弱小國家的驕恣、干涉、欺負，引起很大的反感；但是在「理智」上，又覺得自己的生存，非依賴美國不可。這種矛盾，長年悒積起來，足以斲傷一個個人、一個民族的人格，養成一種「敢怒而不敢言」，當面陪笑臉、背後搗著嘴發出惡罵的卑屈、猥瑣的奴才性格。

這種民族性格的卑屈化、猥瑣化和奴才化，差不多是二次大戰以後，在美國支配下的第三世界各國、各民族普遍而嚴重的精神疾患，長期毒害了這些民族的精神生活。

往者已矣。今天中美斷交，若從這方面去看，正好是決然擺脫美國對我們精神上的支配的最好的契機。今後，我們應該開始重新檢視中美關係的歷史；應該對三十年來美國式教育、文化、消費觀念、文學價值等等在我們文化、社會等各方面生活中所造成之影響，提出深刻的反省和檢討——不是為了責備那些三十年來執行無原則的親美文化、教育諸政策的人，而是在這個總結中，找到有益的教訓，使中國在走向獨立、自由的奮鬥中，永不再犯同樣的錯誤。

然而，必須指出：美國的影響力，即使在斷交後一段相當長遠的時期中，對台灣仍會有很大、很深的影響，絕不是一時的眼淚、一時的怒聲所可以清除於易易的。清除美國有害的影響，從而樹立中國自己的文化和精神面貌，肯定需要廣大（特別是年輕的）知識分子、文化工作者和社會大眾，進行嚴肅、辛勞、認真的工作，經過一段長時期的努力，才可以達成。

讓我們不計較那些人在過去發表過、或執行過那些無原則的親美主義意識形態的工作。讓我們團結一切敢於重新開始，善於虛心、認真地為建設中國自立、自強的文化和精神生活的人，即刻開展持久而辛勞的工作。

近年來，要求政治民主、社會公平、人權受保障、思想和言論有更多自由的呼聲，在海峽兩岸的中國人中，成為越來越普遍、越來越強大的聲音。

這是長久地等待了各種發展條件，經過無數中國人的犧牲奮鬥，終於匯集了起來的、歷史性的聲音。

就這聲音之在台灣者以觀，兩年來，它受到當政者不同尋常的、令人頷首的寬容。

這寬容只能為中國政治和思想的自由化、民主化帶來建設性的鼓舞，而不是破壞性的混亂。斷交的消息傳來，連以最激烈的言論從事競選的人，都一致向政府輸申團結、自強的號召。沒有人發出幸災樂禍、嘲弄揶揄的言論，就是最好的證明。

如果斷交的衝激能激起政府和民間勇敢、踏實的反省，從而在這反省的結果上，下定改革和自立自強的決心；如果斷交的撞擊能促進我們決心徹底實踐民權主義以使政治民主化，徹底實踐民生主義以使社會公平化；徹底實踐民族主義以建設民族自立自強的風貌，那麼，我們依然有極為光明的將來和無限的發展前途。

三十年來台灣民眾辛勞的努力，早已為台灣積蓄了遠超過自己所能想像的社會力量，足以使我們屹立於這斷交的撞擊而有餘。但這力量畢竟有它的條件。這些條件是：全國上下在為了使台灣和中國更自由、更民主、更公平、更有人權的共同願望上，全國一致，精誠團結，進行切切實實的改革。

初刊一九七九年一月《中華雜誌》第十七卷總一八六期
收入一九八八年四月人間出版社《陳映真作品集8・鳶山》

被壓抑侮辱和虐待者的文學

《日據下台灣新文學》問世的時代意義

懷著感謝的心情，我買到了李南衡編印的《日據下台灣新文學》明集一套共五冊[1]。在這以前，陸陸續續地讀到過一些優秀的台灣文學史研究者，如葉石濤、梁景峰、林載爵等人的論文，也讀過一些登載在《夏潮》雜誌上日據時代台灣作家的作品；但是，把日據時代台灣的中國新文學做有系統的蒐集、並且整理出版，李南衡的這個勞作，卻是第一次，它所給予一切關懷台灣文學的人的便利、以及它在台灣的中國新文學研究上的價值，是十分明顯的。

台灣是中國的一省，但是，在台灣發展起來的中國新文學，和中國新文學之在中國其他省分者比較，顯然有很大的特殊性。這特殊性，雖疑來自台灣在中國近代史經驗中的特殊地位，即五十年的日本殖民地的地位和體驗。

現代殖民體制，是十九世紀帝國主義擴張下，強國加諸於弱小國家的體制。它在政治、經濟、軍事、文化上加諸於殖民地統治者和被統治者在精神上的影響，是複雜、巨大、而深遠的。一種壓迫體制對於人的精神上的殘害，並不止乎對於被壓抑、侮辱、虐待甚至被殺戮的民族一方；它也同樣地腐化、墮落了施壓抑、侮辱、虐待甚至殺戮的民族一方。最近在電視上連續播映的《浩劫餘生》[2]，便以令人震驚的、愴絕的筆調，描寫了納粹黨人對猶太人那種難於置信的暴行，也描寫了暴力對於施暴者受暴者兩方深刻的殘害。「殖民地文學」的研究，也因此成為戰後新興的研究項目。而在台灣中國新文學「生起、發展……」的歷程，由於「日人據台計達五十年又四個月，其統治期間，台灣是他們的殖民地，日人是統治者，台人及山胞是羔羊、也是被統治者，文學既是社會的鏡子，這種殖民地生活，當然會反映到文藝作品裡去，成為一種殖民地文學。」（王詩琅，〈日據下台灣新文學的生成及發展〉[3]）

殖民地台灣文學的第一特點，恐怕是在於它反映了殖民地時代台灣人民、社會的思想和感情。在暴力下逡巡躊躇、忍辱偷生，一直到奮起抵抗的描寫，都有一個強烈的道德基礎。對於在暴力下逡巡，苟且的忿怒和羞恥感，對於妥協事敵者的諷刺，乃至於面對「不知暴力為羞恥」的壓抑者而蜂起的號召，都有一個道德的基調：即堅持人不能以強凌弱；人的基本的尊嚴不受挫辱的信念。對於人的生命、尊嚴的不妥協的尊重，貫穿於一切殖民地文學優秀作品之中，而正是對人的生命和尊嚴的執著，產生了為自由、正義與和平的永不讓步的奮鬥。

光復以後年輕一代的文學，卻一般地缺乏了這種基於人道精神而來的強大的道德力量。個人纖瑣的情感，極端主觀的內心世界，佛洛伊德式的心理——變態心理的不可辨識的葛藤，成為作家著筆的焦點。形式和語言或許比從前流暢華麗，甚至進而趨於奇傲罷，但卻失去了那一份磅礡的，對於人類、民族和世界的信念和關懷。

殖民地文學，產生在極端嚴酷的殖民體制之中。殖民地文學家深刻地反省、逼視了在這體制下被歪扭的歷史和人與人的關係。因此，文學家不但對壓抑者展開了批評，即對被壓抑的同胞自身，也對同胞在暴力下曲扭了的人性，展開了批評。而這樣的批評，也同樣地基於一個理想的人的形象：即強不凌於弱、弱不屈於強的人的形象。而這樣的形象，和現代文學中喘息、苦悶於官能的欲求、無作為、自憐、自棄、充滿個人的夢魘的，卑小化了的人的形象，恰恰成了鮮明的對比。

遭到軍國主義的鐵蹄蹂躪過的台灣的經驗，和戰後受到日本商品的洪水淹沒的台灣，是相同性質而形式不同的日本體驗。但這一代作家，除了黃春明〈莎喲娜啦，再見〉這類僅見的作品，又向歷史做了什麼樣的交代……？

殖民地文學中所描寫的時間，具有鮮明的歷史性格。在殘酷、艱難的殖民時代，人們思索歷史的意義。在不合理的人與人的關係結構中，思索著由人與人的關係之時間的累積——「歷史」這個費人思索的問題。他們也在歷史中找尋不義者，施暴者必敗的理由，也在歷史發展的規律中豎立反抗不義者和反抗施暴者必勝、受困辱的人必得釋放的信念。也因為這樣，殖民地文學中，具有鮮明的歷史格局，並且在歷史的地圖中，抵抗的作家為自己找到明確的方位。

對於戰後的文學，特別是深受西方文學影響的現代主義文學，歷史只成了個人歷程中瑣碎的紀錄。不，歷史在更多的時候，只成一股苦悶、空白、難挨的時間。在戰後一代的文學中，歷史是靜止的，聽不見人類響徹雲霄的要求自由、正義與和平的呼號，看不見人類為一個更加完美的世界所作的愴絕、動人的奮鬥。

戰後三十年來的文學，在描寫個人內心世界，在形式上極端膨脹，對人類和世界極端索漠和拒避的文學風格上，已經走到了盡頭。就在這樣的時候，向日據下台灣文學索取經驗和有益的教訓，成了當前年輕一代文藝工作者們最其迫切和嚴肅的課題。李南衡編印《日據下台灣新文學》系列的出版，也因而具有十分重大的意義。那麼，《日據下台灣新文學》的明集、以及將來「潭集」的出版，不論對編者李南衡、台灣文學研究者、以及一切要在日據下台灣新文學的歷史傳承中汲取經驗和教訓的一切文學工作者，都是值得慶賀的大事。

初刊一九七九年四月《大學雜誌》第一二四期，署名許南村

1 李南衡主編的《日據下台灣新文學》於一九七九年三月由明潭出版社出版，此選集原定出版「明集」（漢文版）和「潭集」（日文版），後僅出版「明集」五冊，分別為：《明集1・賴和先生全集》、《明集2・小說選集（一）》、《明集3・小說選集（二）》、《明集4・詩選集》、《明集5・文獻資料選》。

2 係指Marvin J. Chomsky一九七八年導演的美國電視影集《Holocaust》，改編自Gerald Green同年出版的同名小說，共五集，影長七小時。

3 王詩琅的〈日據下台灣新文學的生成及發展〉一文為《日據下台灣新文學・明集》套書之代序。

中國人任人恣意侮辱的日子已一去不返了[1]

各位愛國的同胞：

今天能有這個機會在這兒講話，感到很激動，也很感動。

激動，是因為還有這許多來自中國各個省分的同胞，紀念四十二年前開始的，一場中國反抗日本帝國主義侵略的，空前的，為民族的獨立和自由所打的一場偉大的戰爭。感動，是因為今天來到這裡的，抗戰結束以後成長的，新生的中國青年占很大的部分。從各位同胞的身上，我具體地看見了中國明日的希望。中國可以任人隨便欺侮的時代，已經永遠一去不返了。

今天，在日本的技術、資本、商品和文化，在台灣大肆氾濫的情況下，幾年來，一直有各位愛國的同胞，懷著嚴肅而堅強的心情，聚焦起來紀念「七七」，胡秋原先生的《中華雜誌》鍥而不捨的主催，有重大的貢獻。讓我們以熱烈的掌聲，向胡先生和他的雜誌，表示我們最衷誠的感謝和敬意。

歷史，對像中國這樣一個飽經帝國主義蹂躪和挫辱的民族，具有什麼樣的意義呢？

歷史，對於像中國這樣一個飽經帝國主義蹂躪和挫辱的民族，絕不僅只是時間的流轉，和時令的自然輪換。帝國主義的凌辱，使中國人民自覺地把歷史看成自己自覺地介入，自覺地改造自己的命運的無數事件的連鎖。就這樣，在帝國主義的侵略下，中國人民學會了自覺地把握和創造歷史；也就這樣，產生了中國的近代意義的中國民族運動。

我是在七七抗戰開始的那一年，生於日本占據下的台灣。從小，我的父親就告訴我們幾個孩子，我們有一個叔祖父，在割台後日軍登陸向島內進軍的時候，和同鄉的青年撿起清王朝遺留下來的，還不知道如何使用的槍械，到鄰鄉去抵抗日本軍隊。一上陣，我的叔祖父就被打死了。我的祖父到夜裡才把自己弟弟的屍體，揹回家來。台灣光復那一天，父親在物資極端缺乏的條件下，叫母親弄了一桌比較好的晚飯，拿著《漢和字典》，把孩子們的名字逐字找了出來，告訴我們，我們的名字，是中國字寫成的名字——因為我們是中國人。

殖民地的歷史；受帝國主義侵辱的民族的歷史，就是這樣自覺地把握了像這類諸事件所連鎖起來的歷史。像這樣的歷史——由於意識上的自覺而與自然的時間之流轉斷絕了的歷史中，在五億、八億、十億人民的中國，不知道還有多少更生動、更慘痛、更難於忘懷的事件。正是這些事件，構成了近代中國的歷史。也正是這些事件，構成近代中國文學的文學主題。

在帝國主義下的台灣，日本殖民體制下受害者的心靈和反抗，構成了殖民地抵抗文學的主題。由於複雜的原因，他們的文學，要一直等到七〇年代以後，才重新恢復了它們應有的地位。最近，這些文學經過整理、迻譯，結集成書，公諸於世。它將是中國在帝國主義下的近代文學的寶貴遺產，成為我們民族永遠的鼓舞、啟示和教育。

但是，如果也要把「皇民文學」當作「受害者的文學」的一部分，加以粉飾，是不能答應的。不錯，紀錄了以自己的民族的血液為汙濁，以「精神的系圖」為言而欲奮力成為「皇民」的文學，當然是受害者——民族自尊受盡摧折——的文學。但是，我們也不能忘記，這種「受害者的文學」，在鼓舞「翼贊」日本南侵的「天業」的一刻，變成了加害者——不僅加害於中國，也加害於南洋人民——的文學。把這樣的文學迻譯出來刊載，當作反面的好教材，是可以的。但決不能以它是同為「受害者的文學」，作為存在的價值。否則，我們怎麼面對瘐死日本特務獄中的台灣抵抗運動的志士們？

今天，我們絕不是想要清算這些皇民文學。今天，我們也絕不是要清算——甚至報復——日本在歷史上對中國所犯下的重大罪惡。我們聚集在這裡，為的是要告訴全世界：中國人民永遠不要忘記這一個歷史上重大的教訓。今天，日本人以西裝、革履進出於台灣、南韓、菲律賓和泰國，以資本、技術、商品和獨占性的經營，攫取了多於當年日本帝國主義軍閥所欲攫取者更多的物資，摧殘了更多東亞其他民族的經濟和文化，引起東亞各民族普遍的抗議和反抗。今天，我們聚集在這裏，正是要告訴這樣的日本人：中國是不可戰勝的，中國人可以恣意加以侮辱的日子，是永遠一去不返了！

日本是東亞各民族中，第一個幸運地走向現代化的國家。不幸的是，當她建設成現代化的國家以後，不但沒有幫助同在東亞的其他比較窮困落後的兄弟民族，反而抱眼睛向西看，學會了一身帝國主義把戲，反過來侵侮她的近鄰民族，而遭逢了敗戰的苦果。

然而，敗戰似乎沒有給予日本以足夠的教訓。最近，軍國主義思想不聲不響地編入日本的教科書；最近，二次大戰的甲級戰犯，被日本當局偷偷地迎進國家的神社。日本在韓戰和越戰中，不但發了一大筆戰爭財富，也完成了可以迅速轉化為軍事工業的現代工業結構。在美國勢力的退潮中，日本也企圖扮演起世界警察的角色。

對於這樣的日本，應該有充分的警戒。中山先生告訴我們：我們要自己強盛——不是為了要欺負別的民族，而是為了要抵抗強權，扶助弱小。正是這樣，在日本帝國主義正在東亞到處伸手的今天，我們要聯合東亞各兄弟民族，也要聯合批判和反抗日本新的侵略政策的正義的日本人民，抵抗日本在經濟、文化和政治上的侵略，保衛和建設自己的經濟和文化，保衛自已民族的獨立和自由，共同為一個充滿正義，和平和自由的亞洲，貢獻出各自的力量。

初刊一九七九年八月《中華雜誌》第十七卷總一九三期

1 本篇為一九七九年七月七日「七七抗戰四十二週年紀念會」的現場發言，刊載於《中華雜誌》的「『七七』抗戰四十二週年紀念演講」專輯。

陳映真全集（卷三）

THE COMPLETE WRITINGS OF CHEN YINGZHEN (VOLUME 3)

作者 陳映真
全集策畫 亞際書院・亞太／文化研究室
策畫主持人 陳光興、林麗雲
執行主編 宋玉雯
執行編輯 陳筱茵
小說校訂 張立本
版型設計 黃瑪琍
內頁排版 顏麟驊
印刷 中原造像股份有限公司

出版者 人間出版社
發行人 呂正惠
社長 陳麗娜
總編輯 林一明
住址 108台北市萬華區長泰街五十九巷七號
電話 886-2-2337-0566
傳真 886-2-2337-7447
郵政劃撥 11746473・人間出版社
電郵 renjianpublic@gmail.com

初版一刷 二〇一七年十一月
定價 一萬二千元（全套不分售）
ISBN 978-986-95141-3-2

國家圖書館出版品預行編目（CIP）資料

陳映真全集／陳映真作. -- 初版. -- 臺北市：人間, 2017.11
23冊；14.8 ×21 公分

ISBN 978-986-95141-3-2（全套：精裝）

848.6　　106017100